从宋词中汲取审美智慧

吟咏宋词名句,提升文化底蕴
锻炼写作技巧,学会诗意表达

姜越 编著

图书在版编目（CIP）数据

从宋词中汲取审美智慧 / 姜越编著. -- 呼和浩特：远方出版社，2024.6. -- （"魅力经典"系列）.
ISBN 978-7-5555-1933-1

Ⅰ . I207.23

中国国家版本馆CIP数据核字第20244GY341号

从宋词中汲取审美智慧
CONG SONGCI ZHONG JIQU SHENMEI ZHIHUI

编　　著	姜　越
责任编辑	孟繁龙
封面设计	李　玉
出版发行	远方出版社
社　　址	呼和浩特市乌兰察布东路666号　邮编 010010
电　　话	（0471）2236473总编室　2236460发行部
经　　销	新华书店
印　　刷	北京洲际印刷有限责任公司
开　　本	710毫米×1000毫米　1/16
字　　数	268千
印　　张	17
版　　次	2024年6月第1版
印　　次	2024年6月第1次印刷
标准书号	ISBN 978-7-5555-1933-1
定　　价	66.00元

如发现印装质量问题，请与出版社联系调换

前　言

宋词是中国古代文学中一丛奇丽的花。它代表着中国宋代文学的最高成就，在中国文学史上取得了与唐诗并称"双绝"的殊荣。王国维在《宋元戏曲考·自序》中写道："凡一代有一代之文学：楚之骚、汉之赋、六代之骈语、唐之诗、宋之词、元之曲，皆所谓一代之文学，而后世莫能继焉者也。"

词在宋代创造了辉煌灿烂的成就，成为宋代独树一帜的文学形式，从而达到与唐诗并列的崇高地位。宋词作为中国文学一个阶段的高峰，蕴藏了无尽的审美价值与艺术价值。在宋词中浅唱低吟，读者能感受到生活的韵味和美学的韵味。宋词具有多种风格，率真明朗，高旷清雄，婉约清新，奇艳俊秀，典丽精工，豪迈奔放，骚雅清劲，异彩纷呈。

宋词对读者的吸引首先是在其抑扬顿挫、长短参差、错综变化的韵律上。宋词是一种合乐的歌词，又称曲子词、长短句、乐府、诗余等，最早是带乐演唱的，犹如今天的流行歌曲，后来逐步发展成一种富有歌唱性和音乐美的文学体裁。

就文字的审美特质而言，宋词不失为一朵绚丽多彩的文化奇葩，具有不可估量的美学价值。以不同的审美角度鉴赏挖掘，意象中的美感香醇馥郁，处处体现着宁静之美。宋代词人在表达自身情感的同时，努力塑造一个宁静优美的文学场景，一切的景致，在词人的笔下，皆成风景，在意境塑造与情感抒发两个方面赋予文字以灵动的色彩。宋词最初主要是抒写男女相思爱恋之情，词调也是婉约的，至李煜、苏轼等人之后词境逐步开拓，领域不断扩大，情感更加丰富。宋词寄寓着先人的相思爱恋、希冀情怀、人格操守和志趣追求，是古人留给我们的宝贵精神财富。

宋词还兼具绚丽之美、感伤之美，在遣词造句方面，极尽奢华绚丽；在作品的着色与造境两个层面上，用浓烈的色彩与艳丽的辞藻，给读者勾勒出一个个华美绚丽的意象。

诗情画意源自宋词之美。含蓄的美，热烈的美，纤柔的美，豪放的美，哀婉的美，悲壮的美……宋词之美是永恒的，就像那一轮明月，亘古不变。

宋词之美，美得足以让人陶醉。在宋词里穿行，如置身于青石小径缓缓地行走，看到一个个才子佳人凌波微步，带着浓浓的沁香，从书卷中、从典故中，着一袭艳丽的绸衣，款款而来。

宋词，它或婉约含蓄，或豪放激昂，阐幽发微、笔力纵横，感动着一代又一代读者。

第一章 读宋词，学独特的韵律美

1. 壮志豪情的《破阵子·为陈同甫赋壮词以寄之》……… 003
2. 婉转动听的《如梦令·昨夜雨疏风骤》………………… 007
3. 朗朗上口的《望海潮·东南形胜》……………………… 009
4. 重叠错综的《采桑子·恨君不似江楼月》……………… 013
5. 昂扬壮烈的《满江红·怒发冲冠》……………………… 016
6. 节奏明快的《行香子·树绕村庄》……………………… 020
7. 沉郁幽咽的《声声慢·寻寻觅觅》……………………… 022
8. 韵律活泼的《眼儿媚·楼上黄昏杏花寒》……………… 025
9. 潇洒浪漫的《水调歌头·明月几时有》………………… 027

第二章 读宋词，学无尽的意境美

1. 托物寓怀的《卜算子·黄州定慧院寓居作》…………… 037
2. 辞淡情浓的《眼儿媚·迟迟春日弄轻柔》……………… 040
3. 生动传神的《蝶恋花·春景》…………………………… 042
4. 苍凉豪放的《秋波媚·七月十六日晚登高兴亭望长安南山》…… 046

5. 形神兼备的《念奴娇·赤壁怀古》………………………… 048
6. 意境高远的《南乡子·登京口北固亭有怀》……………… 053
7. 即景生情的《定风波·莫听穿林打叶声》………………… 056
8. 美感无限的《天仙子·水调数声持酒听》………………… 060

第三章 读宋词，学浓厚的感伤美

1. 相思离别的《清平乐·红笺小字》………………………… 067
2. 思乡怀人的《踏莎行·候馆梅残》………………………… 069
3. 伤春惜时的《浣溪沙·一曲新词酒一杯》………………… 071
4. 慷慨悲壮的《采桑子·十年前是尊前客》………………… 074
5. 牢骚感慨的《鹤冲天·黄金榜上》………………………… 076
6. 凄苦哀怨的《踏莎行·郴州旅舍》………………………… 079
7. 催人泪下的《临江仙·直自凤凰城破后》………………… 083
8. 壮志难酬的《六州歌头·长淮望断》……………………… 085

第四章 读宋词，学深挚的恋情美

1. 欢乐相会的《诉衷情·青梅煮酒斗时新》………………… 093
2. 新婚甜蜜的《南歌子·凤髻金泥带》……………………… 094
3. 情人相思的《卜算子·我住长江头》……………………… 097
4. 别离之苦的《一剪梅·红藕香残玉簟秋》………………… 099
5. 叙事言情的《清平乐·夏日游湖》………………………… 103
6. 离愁别恨的《御街行·秋日怀旧》………………………… 105
7. 惊艳钟情的《西江月·宝髻松松挽就》…………………… 108
8. 情怀幽怨的《千秋岁·数声鶗鴂》………………………… 110

9. 刻骨铭心的《鹧鸪天·元夕有所梦》……………… 112

10. 感人肺腑的《鹊桥仙·纤云弄巧》……………… 116

第五章 读宋词，学轻快的柔婉美

1. 风雨凄迷的《渔家傲·小雨纤纤风细细》……………… 123
2. 微风细雨的《望江南·超然台作》……………… 125
3. 柔婉曲折的《浣溪沙·漠漠轻寒上小楼》……………… 127
4. 词丽情柔的《祝英台近·晚春》……………… 131
5. 触景抒怀的《蝶恋花·小雨初晴回晚照》……………… 134
6. 词景交融的《虞美人·梳楼》……………… 137
7. 含蓄蕴藉的《醉落魄·离京口作》……………… 139
8. 细致入微的《雨霖铃·寒蝉凄切》……………… 141
9. 疏淡轻快的《采桑子·群芳过后西湖好》……………… 145

第六章 读宋词，学精巧的细腻美

1. 深曲细腻的《忆帝京·薄衾小枕凉天气》……………… 151
2. 巧妙别致的《苏幕遮·燎沉香》……………… 153
3. 深广细致的《双双燕·咏燕》……………… 157
4. 情景交织的《永遇乐·璧月初晴》……………… 161
5. 情思缠绵的《蝶恋花·伫倚危楼风细细》……………… 165
6. 构思巧妙的《鹧鸪天·十里楼台倚翠微》……………… 168
7. 声情并茂的《苏幕遮·怀旧》……………… 171
8. 深稳妙雅的《蝶恋花·庭院深深深几许》……………… 174

第七章　读宋词，学朴素的平淡美

1. 语言朴素的《浣溪沙·簌簌衣巾落枣花》……………… 181
2. 清新愉悦的《蝶恋花·春涨一篙添水面》……………… 183
3. 平平淡淡的《西江月·夜行黄沙道中》………………… 186
4. 秋色迷人的《浣溪沙·江村道中》……………………… 188
5. 朴素雅静的《清平乐·村居》…………………………… 191
6. 意蕴深厚的《临江仙·风水洞作》……………………… 193
7. 触景生情的《石州慢·寒水依痕》……………………… 196
8. 质朴向上的《南柯子·山冥云阴重》…………………… 199
9. 余韵无穷的《闻鹊喜·吴山观涛》……………………… 201

第八章　读宋词，学多样的新奇美

1. 新颖奇特的《清平乐·五月十五夜玩月》……………… 207
2. 妙趣横生的《浪淘沙·云藏鹅湖山》…………………… 209
3. 活灵活现的《玉楼春·春景》…………………………… 211
4. 含蕴丰富的《醉花阴·薄雾浓云愁永昼》……………… 214
5. 情真意切的《一丛花令·伤高怀远几时穷》…………… 217
6. 虚实相间的《生查子·含羞整翠鬟》…………………… 221
7. 标新立异的《念奴娇·插天翠柳》……………………… 223
8. 立意新颖的《沁园春·灵山齐庵赋时筑偃湖未成》…… 225
9. 新而不俗的《卜算子·送鲍浩然之浙东》……………… 229
10. 比喻巧妙的《江城子·西城杨柳弄春柔》…………… 232

第九章　读宋词，学婉转的含蓄美

1. 含蓄深沉的《点绛唇·感兴》…………………………… 237
2. 深婉含蓄的《蝶恋花·槛菊愁烟兰泣露》……………… 239
3. 含蓄真挚的《临江仙·梦后楼台高锁》………………… 242
4. 意在言外的《苏幕遮·草》……………………………… 245
5. 言浅意深的《丑奴儿·书博山道中壁》………………… 248
6. 婉曲缠绵的《六州歌头·东风著意》…………………… 251
7. 借物抒情的《减字木兰花·天涯旧恨》………………… 254
8. 含蓄丰富的《钗头凤·红酥手》………………………… 256

第一章 读宋词，学独特的韵律美

宋词是一种合乐的歌词，它具有抑扬顿挫、长短参差、错综变化的韵律美。宋词韵律美的独特性在于："文字之声律助音乐之谐美"，从而产生声情并茂的艺术效果。

1. 壮志豪情的《破阵子·为陈同甫赋壮词以寄之》

◎ 作者

宋·辛弃疾

◎ 原文

醉里挑灯看剑,梦回吹角连营。八百里分麾下炙,五十弦翻塞外声。沙场秋点兵。

马作的卢飞快,弓如霹雳弦惊。了却君王天下事,赢得生前身后名。可怜白发生!

◎ 译文

醉梦里挑亮油灯观看宝剑,恍惚间又回到了当年,各个军营里接连不断地响起号角声。把烤好的牛肉分给部下,让乐器奏起雄壮的军乐鼓舞士气。这是秋天在战场上阅兵。

战马像的卢马一样跑得飞快,弓箭像惊雷一样震耳离弦。我一心想替君主完成收复国家失地的大业,取得世代相传的美名。一觉醒来,可惜已是白发人!

◎ 注释

醉里:醉酒之中。

挑灯:拨动灯火。

看剑:查看宝剑。描写出准备上战场杀敌的形象,说明作者即使在醉酒之际也不忘抗敌。

八百里:指牛。

麾:军旗。麾下:指部下。

炙:烤。

五十弦:本指瑟,这里泛指乐器。

翻:演奏。

塞外声：以边塞生活作为题材的雄壮悲凉的军歌。

沙场：战场。

点兵：检阅军队。

马作的卢（dì lú）飞快：战马像的卢马那样跑得飞快。作：像……一样。的卢：马名。一种额部有白色斑点性烈的马，其奔跑的速度飞快。相传刘备曾乘的卢马从襄阳城西的檀溪水中一跃三丈，脱离险境。

霹雳（pī lì）：特别响的雷声，比喻拉弓时弓弦响如惊雷。

了（liǎo）却：了结，完成。

天下事：此处指收复中原之事。

赢得：博得。

身后：死后。

可怜：可惜。

◎ 审美赏析

该词是作者失意闲居信州（今江西上饶）时所作，无前人沙场征战之苦，而有沙场征战的热烈。词中通过创造雄奇的意境，抒发了杀敌报国、恢复祖国山河、建立功名的壮怀。结句抒发壮志未酬的悲愤心情。

按谱式，《破阵子》是由句法、平仄、韵脚完全相同的两阕构成的。后阕一般的写法是既要和前阕有联系，又要"换意"，从而显示出这是另一段落，形成"岭断云连"的境界。辛弃疾却往往突破这种限制，《贺新郎·别茂嘉十二弟》如此，这首《破阵子》也是如此。"沙场秋点兵"之后，大气磅礴，直贯后阕"马作的卢飞快，弓如霹雳弦惊"：将军率领铁骑，快马加鞭，神速奔赴前线，弓弦雷鸣，万箭齐发。虽没作更多的描写，但从"的卢马"的飞驰和"霹雳弦"的巨响中，仿佛能看到若干连续出现的画面：敌人纷纷落马，狼狈溃退；将军身先士卒，乘胜追杀，霎时结束了战斗；凯歌交奏，欢天喜地，旌旗招展。

词的上阕，写作者闲居家中心情苦闷，只能借酒浇愁；然而，就是在深夜酒醉之时，还一次又一次地拨亮灯火，久久地端详着曾伴随自己征战杀敌的宝剑，渴望着重上前线，挥师北伐。作者带着这样的渴望进入梦中。他恍惚觉得天已拂晓，连绵不断的军营里响起了一阵嘹亮雄壮的号角声。他用大块的烤牛肉犒劳将士们，让他们分享；军乐队奏着高亢激越的边塞战歌，以助兴壮威。在秋风猎猎的战场上，他检阅着各路兵马，准备出征。

词的下阕，紧接着描写了壮烈的战斗和胜利的结局：将士们骑骏马飞奔，快如"的卢"，风驰电掣；拉开强弓万箭齐发，响如"霹雳"，惊心动魄。敌人崩溃了，彻底失败了。他率领将士们终于完成了收复中原、统一祖国的伟业，赢得了生前死后不朽的英名。到这里，我们看到了一个意气昂扬、抱负宏大的忠勇将军的形象，他"金戈铁马，气吞万里如虎"！然而，在词的最后，作者却发出一声长叹："可怜白发生！"从感情的高峰猛地跌落下来。原来，那壮阔盛大的军容，横戈跃马的战斗，以及辉煌胜利、千秋功名，不过全是梦境。实际上，在苟安卖国的统治集团的压制下，作者报国无门，岁月虚度。"可怜白发生"，包含着多少难以诉说的郁闷、焦虑、痛苦和愤怒啊！这首词基调雄壮高昂，真不愧为"壮词"。而结句的悲壮低回，却与此形成鲜明对比，更令人感慨。词的结构也不同于一般词作，上下阕语义连贯，直到最后一句突然一个顿挫，读来波澜起伏、跌宕有致，实为辛弃疾"沉郁顿挫"的典型之作。

从全词看，壮烈和悲凉、理想和现实，形成了强烈的对比。作者只能在醉里挑灯看剑，在梦中驰骋杀敌，在醒时发出悲叹。这是个人的悲剧，更是国家的悲剧。而作者的一腔忠愤，无论在醒时还是在醉里、梦中都不能忘怀，是他高昂而深沉的爱国之情、献身之志的生动体现。

这首词在布局方面也别具一格。"醉里挑灯看剑"一句，突然发端，接踵而来的是闻角梦回、连营分炙、沙场点兵、克敌制胜，有如鹰隼突起，凌空直上。而当翱翔天际之时，陡然下跌，发出了"可怜白发生"的感叹，使读者不能不为作者的壮志难酬洒下惋惜怜悯之泪。这种陡然下落同时收笔的写法，如果运用得好，往往因其出人意料而扣人心弦，产生强烈的艺术效果。这样的结构不但宋词中少有，在古代诗文中也很少见。这种艺术手法也正表现了辛词的豪放风格和他的独创精神。但是辛弃疾运用这样的艺术手法，不是故意卖弄技巧、追求新奇，因为这种艺术手法确实与他的生活感情、政治遭遇密切结合在一起。由于他的恢复大志难以实现，心头百感喷薄而出，便自然打破了形式上的常规，这绝不是一般只讲究文学形式的作家所能做到的。

  这首词在声调方面很有特色。上下两阕各有两个六字句，都是平仄互对的，即上句为"仄仄平平仄仄"，下句为"平平仄仄平平"，这就构成了和谐的、舒缓的音节。上下阕各有两个七字句，却不是平仄互对，而是"仄仄平平平仄仄，仄仄平平仄仄平"，这就构成了拗怒的、激越的音节。和谐与拗怒，舒缓与激越，形成了矛盾统一。作者很好地运用了这种矛盾统一的声调，恰当地表现了主人公复杂的心理变化和梦想中的战斗准备、战斗进行、战斗胜利等许多场面的转换，得到了绘声绘色、声情并茂的艺术效果。

2. 婉转动听的《如梦令·昨夜雨疏风骤》

◎ **作者**

宋·李清照

◎ **原文**

昨夜雨疏风骤，浓睡不消残酒。试问卷帘人，却道海棠依旧。知否，知否？应是绿肥红瘦。

◎ **译文**

昨夜的雨虽然下得稀疏，但是风却刮得急猛，虽然酣睡了一夜，仍有余醉未消。问那正在卷帘的侍女外面的情况如何，她说海棠花依然和昨天一样。知道吗？知道吗？这个时节应该是绿叶繁茂，红花凋零了。

◎ **注释**

雨疏风骤：雨点稀疏，晚风急猛。疏：指稀疏。

浓睡不消残酒：虽然睡了一夜，仍有余醉未消。浓睡：酣睡。残酒：尚未消散的醉意。

卷帘人：有学者认为此指侍女。

绿肥红瘦：绿叶繁茂，红花凋零。

◎ **审美赏析**

李清照这首《如梦令》是"天下称之"的名篇。这首小令，有人物、有场景，还有对白，充分显示了宋词的语言表现力和词人的才华。此词或急或缓，轻重相宜，节奏和谐明快。吟咏起来如行云流水，婉转动听，回味悠长。

这首词借醉酒醒后询问花事的描写，曲折委婉地表达了词人的惜花伤春之情，语言清新，词意隽永。

起首两句"昨夜雨疏风骤，浓睡不消残酒"，侧面点明写词时间与环境：昨夜词人不忍看到明朝海棠花谢，故把酒以消愁绪；翌日晨起宿醉尚未尽消。"雨疏风骤"十分恰切地写出暮春时节风萧萧然而雨却是疏落，渲染了词人花下醉酒的怅然之感。即便把酒过后的酣睡浓甜，但仍难"消残酒"，写出词人此刻的慵懒惺忪。

词人唤来侍女"试问卷帘人"转折巧妙精当，灵动自然。词人情知海棠不堪一夜骤风疏雨的揉损，窗外定是残红狼藉、落花满地，却又不忍亲见，一个"试"字，将词人不忍亲见落花却又想知究竟的矛盾心理刻画得贴切入微，真实可感。"试问"的结果——"却道海棠依旧"。侍女的回答让词人感到非常意外。本来以为经过一夜风雨，海棠花一定凋谢得不成样子了，可是侍女卷起窗帘，看了看外面之后，却漫不经心地答道：海棠花还是那样。一个"却"字，既表明侍女对女主人喜出望外却又无奈黯然的心事毫无觉察，对窗外发生的变化无动于衷，也表明词人听到答话后感到疑惑不解。词人的细腻委婉和侍女的粗疏淡漠形成对比。她想："雨疏风骤"之后，"海棠"怎会"依旧"呢？这就非常自然地带出了结尾两句。

"知否？知否？应是绿肥红瘦。"这既是对侍女的反诘，也像是自言自语：这个粗心的丫头，你知道不知道，园中的海棠应该是绿叶繁茂、红花稀少才是。这句对白写出了诗画所不能道，写出了伤春惜春的闺中人复杂的神情和口吻，可谓传神之笔。"应是"，表明词人对窗外景象的推测与判断，口吻极当。因为她毕竟尚未亲眼见到，所以说话时要留有余地。同时，这一词语中也暗含着"必然是"和"不得不是"之意。海棠虽好，风雨无情，它是不可能长开不谢的。一语之中，含有不尽的无可奈何的惜花情在，可谓语浅意深。而这一层惜花的殷殷情意，自然是"卷帘人"所不能体察也无须更多理会的，她毕竟不能像她的女主人那样感情细腻，那样对自然和人生有着更深的感悟。这也许是她做出上面的回答的原因。

末了的"绿肥红瘦"一语，更是全词的精绝之笔，历来为世人所称道。"绿"代表叶,"红"代表花,是两种颜色的对比;"肥"形容雨后的叶子因水分充足而茂盛,"瘦"形容雨后的花朵因不堪雨打而凋谢,是两种状态的对比。本来平平常常的四个字,经词人的搭配组合,竟显得如此色彩鲜明、形象生动,这实在是语言运用上的一个创造。由这四个字生发联想,那"红瘦"正是表明春天的渐渐消逝,而"绿肥"正是象征着绿叶成荫的盛夏的即将来临。这种极富概括性的语言,又实在令人叹为观止。

此词借宿醉醒后询问花事的描写,委婉地表达了作者怜花惜花的心情,充分体现出作者对大自然、对春天的热爱,也流露了她内心的苦闷。全词篇幅虽短,但含蓄蕴藉,意味深长,以景衬情,婉曲精工,轻灵新巧,对人物心理的刻画栩栩如生;以对话推动词意发展,跌宕起伏,极尽传神之妙,显示出作者深厚的艺术功力。

3. 朗朗上口的《望海潮·东南形胜》

◎ **作者**

宋·柳永

◎ **原文**

东南形胜,三吴都会,钱塘自古繁华。烟柳画桥,风帘翠幕,参差十万人家。云树绕堤沙,怒涛卷霜雪,天堑无涯。市列珠玑,户盈罗绮,竞豪奢。

重湖叠巘清嘉。有三秋桂子,十里荷花。羌管弄晴,菱歌泛夜,嬉嬉钓叟莲娃。千骑拥高牙,乘醉听箫鼓,吟赏烟霞。异日图将好景,归去凤池夸。

◎ 译文

杭州地处东南方，地理位置重要，风景优美，是三吴的都会，这里自古以来就十分繁华。烟雾笼罩着的柳树、装饰华美的桥梁，挡风的帘子、青绿色的帐幕，楼阁高高低低，大约有十万户人家。树木茂盛如云，环绕着钱塘江沙堤，又高又急的潮头冲过来，浪花像霜雪在滚动，宽广的江面一望无际。市场上陈列着琳琅满目的珠玉珍宝，家家户户都存满了绫罗绸缎，争相比奢华。

里湖、外湖与重重叠叠的山岭非常清秀美丽。秋天桂花飘香，夏季十里荷花。晴天欢快地吹奏羌笛，夜晚划船采菱唱歌，钓鱼的老翁、采莲的姑娘都喜笑颜开。骑兵簇拥着巡察归来的长官。在微醺中听着箫鼓管弦，吟诗作词，赞赏着美丽的水色山光。他日把这美好的景致描绘出来，回京做官时向朝中的人们夸耀。

◎ 注释

三吴：即吴兴（今浙江省湖州市）、吴郡（今江苏省苏州市）、会稽（今浙江省绍兴市）三郡，此处泛指今江苏南部和浙江的部分地区。

钱塘：即今浙江杭州，古时吴国的一个郡。

烟柳：雾气笼罩着的柳树。

画桥：装饰华美的桥。

风帘：挡风用的帘子。

翠幕：青绿色的帷幕。

参差：大约。

云树：树木如云，极言其多而高大。

怒涛卷霜雪：又高又急的潮头冲过来，浪花像霜雪在滚动。

天堑：天然沟壑，人间险阻。一般指长江，这里借指钱塘江。

珠玑：珠是珍珠，玑是一种不圆的珠子。这里泛指珍贵的商品。

重湖：以白堤为界，西湖分为里湖和外湖，所以也叫重湖。

叠巘：层层叠叠的山峦。此处指西湖周围的山。巘（yǎn）：大山上之小山。

清嘉：清秀佳丽。

三秋：有两种解释。①秋季，亦指秋季第三月，即农历九月。②三季，即九月。

羌（qiāng）管：即羌笛，羌族之簧管乐器。这里泛指乐器。

弄：吹奏。

菱歌泛夜：采菱夜归的船上一片歌声。菱：菱角。泛：漂流。

高牙：高高矗立的牙旗。牙旗，将军之旌，竿上以象牙饰之，故云牙旗。

吟赏烟霞：歌咏和观赏湖光山色。烟霞：此处指山水林泉等自然景色。

异日图将好景：有朝一日把这番景致描绘出来。异日：他日，指日后。图：描绘。

凤池：全称凤凰池，原指皇宫禁苑中的池沼，此处指朝廷。

◎ 审美赏析

这首词上阕描写杭州的自然风光和都市的繁华，下阕写西湖，展现杭州人民和平宁静的生活景象。全词一反柳永惯常的风格，以大开大合、波澜起伏的笔法，浓墨重彩地铺叙展现了杭州的繁荣、壮丽景象。此词慢声长调和所抒之情起伏相应，音律协调、情致婉转，是柳永的一首传世佳作。

此词一开头即以鸟瞰式镜头摄下杭州全貌。它点出杭州位置的重要、历史的悠久，揭示出所咏主题。三吴，旧指吴兴、吴郡、会稽。钱塘，即杭州。此处称"三吴都会"，极言其为东南一带、三吴地区的重要都市，字字铿锵有力。其中"形胜""繁华"四字，为点睛之笔。自"烟柳"以下，便从各个方面描写杭州之形胜与繁华。"烟柳画桥"，写街巷河桥的美丽："风帘翠幕"，写居民住宅的雅致。"参差十万人家"一句，转弱调为强音，表现出整个都市人口的繁庶。"参差"为大约之义。

"云树"三句，由城内说到郊外，只见钱塘江堤上，行行树木，远远望去，郁郁苍苍，犹如云雾一般。一个"绕"字，写出长堤迤逦曲折的态势。"怒涛"二句，写钱塘江水的澎湃与浩荡。"天堑"，原意为天然的深沟，这里用来形容钱塘江。钱塘江八月观潮，历来被称为盛举。因而描写钱塘江潮是必不可少的一笔。

"市列"三句，只抓住"珠玑"和"罗绮"两个细节，便把市场的繁荣、市民的殷富反映出来。珠玑、罗绮，皆为妇女穿戴之物，暗示出杭城声色之盛。"竞豪奢"三个字明写肆间商品琳琅满目，暗写商人比夸争耀，反映了杭州这个繁华都市穷奢极欲的一面。

下阕重点描写西湖。西湖，蓄洁停沉，圆若宝镜，宋初时已十分秀丽。重湖，是指西湖中的白堤将湖面分割成的里湖和外湖。叠山，是指灵隐山、南屏山、慧日峰等重重叠叠的山岭。湖山之美，词人先用"清嘉"二字概括，接下去写山上的桂子、湖中的荷花。这两种花也是代表杭州的典型景物。柳永这里以工整的一联，描写了不同季节的两种花。"三秋桂子，十里荷花"这两句确实写得高度凝练，它把西湖以至整个杭州最美的特征概括出来，具有撼动人心的艺术力量。

"羌管弄晴，菱歌泛夜"，对仗也很工稳，情韵亦自悠扬。"泛夜""弄晴"，互文见义，说明不论白天或是夜晚，湖面上都荡漾着优美的笛曲和采菱的歌声。着一"泛"字，表示那是湖中的船上；"嬉嬉钓叟莲娃"，是说吹羌笛的渔翁、唱菱歌的采莲姑娘都很快乐。"嬉嬉"二字，则将他们的欢乐神态作了栩栩如生的描绘，生动地刻画出一幅国泰民安的游乐图卷。

接着词人写达官贵人在此游乐的场景。成群的马队簇拥着高高的牙旗，缓缓而来，一派煊赫声势。笔致洒落，音调雄浑，仿佛令人看到一位地方长官，饮酒赏乐，啸傲于山水之间。

"异日图将好景，归去凤池夸。"是这首词的结束语。凤池，即凤凰池，本是皇帝禁苑中的池沼。魏晋时中书省地近宫禁，因以为名。"好景"二字，将如上所写和不及写的，尽数包拢。意谓当达官贵人们召还之日，合将好景绘成图画，献与朝廷，夸示于同僚，谓世间真存如此一人间仙境。以达官贵人的不思离去，烘托出西湖之美。

《望海潮》词调始见于《乐章集》，为柳永所创的新声。这首词写的是杭州的富庶与美丽。艺术构思上匠心独运，上阕写杭州，下阕写西湖，以点带面，明暗交叉，铺叙晓畅，形容得体。其写景之壮伟、声调之激越，与东坡亦颇有相似之处。特别是由数字组成的词组，如在"三吴都会""十万人家""三秋桂子""十里荷花""千骑拥高牙"等词中的运用，或为实写，或为虚指，均带有夸张的语气，读来也朗朗上口，颇具韵味。

4. 重叠错综的《采桑子·恨君不似江楼月》

◎ **作者**

宋·吕本中

◎ **原文**

恨君不似江楼月，南北东西，南北东西，只有相随无别离。

恨君却似江楼月，暂满还亏，暂满还亏，待得团圆是几时？

◎ **译文**

可恨你不像江边楼上高悬的明月，不管人们南北东西四处漂泊，明月都与人相伴不分离。

可恨你就像江边楼上高悬的明月，短暂的圆满之后又会有缺失，等到明月再圆不知还要等到何时。

◎ 注释

采桑子：词牌名。又名丑奴儿令、丑奴儿、罗敷媚歌、罗敷媚。

江楼：靠在江边的楼阁。

暂满还亏：指月亮短暂的圆满之后又会有缺失。满，此指月圆；亏，此指月缺。

◎ 审美赏析

这是一首借喻明月来倾诉别离之情的词。全词纯用白描手法写出，颇有民歌风味，情感真挚，朴实自然。结构上采取重章复沓的形式，深得回环跌宕、一唱三叹的妙处。上下阕主体相同，只是稍加变化，便形成鲜明的对比，匠心独具。

《采桑子》这个词调，上下阕格式相同，每阕七字句与四字句交替排列，中间两个四字句重复出现，连押三个平声韵。词人选用这个词调，并在每阕的开头巧妙地安排了两个只一字之差的句子，显得重复中有变化。从全篇看，具有长短参差、重叠错综的声律美，这是一般齐言诗所难以企及的。

上阕指出"他"行踪不定，在南北东西漂泊。下阕写两人分离的时候多，难得团圆。这首词的特色，是文人词而富有民歌风味。民歌是真情的自然流露，不用典故，是白描。这首词也是真情的自然流露，也是白描，很亲切。民歌往往采取重复歌唱的形式，这首词也一样。不仅由于《采桑子》这个词调的特点，像"南北东西""暂满还亏"两句是重复的；就是上下两阕，也有重复而稍加以变化的句子，如"恨君不似江楼月"与"恨君却似江楼月"，只有一字之差，民歌中的复叠也往往是这样的。还有，民歌也往往用比喻，这首词的"江楼月"正是比喻，这个比喻亲切而贴切。

这首词用"江楼月"作比,在上阕里赞美"江楼月""南北东西,只有相随无别离",是到处漂泊、永不分离的赞词。

下阕里写"江楼月""暂满还亏,待得团圆是几时",是难得团圆的恨词。同样用"江楼月"作比,一赞一恨,是在一篇中用同一个比喻而具有二柄。还有,上阕的"江楼月",比"只有相随无别离",是永不分离;下阕的"江楼月",比"待得团圆是几时",是难得团圆。命意不同。同用一个比喻,在一首词里,所比不同,构成多边。像这样,同一个比喻,在一首词里,既有二柄,复具多边,这是不常见到的。因此,这首词里用的比喻,在修辞学上是非常突出的。这样的比喻,是感情的自然流露,不是有意造作,用得又非常贴切,这是更为难能可贵的。

此词从江楼月联想到人生的聚散离合。月的阴晴圆缺,却又不分南北东西,而与人相随。词人取喻新巧,正反成理。以"不似"与"却似"隐喻亲人的聚与散,反映出聚暂离长之恨,具有鲜明的民歌色彩。全词明白易晓,流转自如,风格和婉,含蕴无限。

5. 昂扬壮烈的《满江红·怒发冲冠》

◎ 作者

宋·岳飞

◎ 原文

怒发冲冠,凭栏处、潇潇雨歇。抬望眼、仰天长啸,壮怀激烈。三十功名尘与土,八千里路云和月。莫等闲、白了少年头,空悲切!

靖康耻,犹未雪。臣子恨,何时灭。驾长车,踏破贺兰山缺。壮志饥餐胡虏肉,笑谈渴饮匈奴血。待从头、收拾旧山河,朝天阙。

◎ 译文

我愤怒得头发竖了起来,帽子被顶起。登高凭栏远眺,风雨刚刚停歇。抬头远望天空,禁不住仰天长啸,一片报国之心充满心中。三十多年来虽已建立一些功名,但如同尘土一般微不足道,南北转战八千里,经过多少风云人生。好男儿,要抓紧时间为国建功立业,不要白白将青春消磨,等年老时徒自悲切!

"靖康之变"的耻辱,至今仍然没有被雪洗。作为国家臣子的愤恨,何时才能泯灭!我要驾着战车向贺兰山进攻,连贺兰山也要踏为平地。我满怀壮志,打仗饿了就吃敌人的肉,谈笑渴了就喝敌人的鲜血。待我重新收复旧日山河,再带着捷报向国家报告胜利的消息!

◎ 注释

怒发冲冠:气得头发竖起,以至于将帽子顶起,形容愤怒至极。冠是指帽子。

潇潇:形容雨势急骤。

长啸:感情激动时撮口发出清而长的声音,为古人的一种抒情举动。

三十功名尘与土:年已三十,建立了一些功名,不过很是微不足道。

八千里路云和月:形容南征北战,路途遥远、披星戴月。

等闲：轻易，随便。

靖康耻：宋钦宗靖康二年（公元1127年），金兵攻陷汴京，虏走徽、钦二帝。

贺兰山：贺兰山脉位于宁夏回族自治区与内蒙古自治区交界处。

胡虏（lǔ）：秦汉时称匈奴为胡虏，后世用为与中原敌对的北方部族之通称。

朝天阙：朝见皇帝。天阙：本指宫殿前的楼观，此指皇帝生活的地方。

◎ 审美赏析

岳飞这首《满江红》，是很引人注目的名篇。

为什么这首词第一句就写"怒发冲冠"，表现出如此强烈的愤怒的感情？这并不是偶然的，这是作者的理想与现实发生尖锐激烈的矛盾的结果。因此，必须对作者的写作背景有所了解，才能正确理解这首词的思想内容。在岳飞少年时代，他的家乡就被金兵占领。他很有民族气节，毅然从军。他指挥的军队，英勇善战，接连获胜，屡立战功。敌人最怕他的军队，称之为"岳家军"，并且传言说："撼山易，撼岳家军难！"岳飞乘胜追击金兵，直至朱仙镇，距离北宋的京城汴京只有四十五里了。金兵元气大伤，准备逃归，还有不少士卒纷纷来降。岳飞看到这样大好的抗战形势，非常高兴，决心乘胜猛追，收复中原。就在这关键的时刻，当时的宋高宗，为了和金人议和，一日连下十二道金字牌，令岳飞班师回朝。岳飞悲愤万分，说"十年之力，废于一旦！"秦桧把岳飞看成是他投降阴谋的主要障碍，又捏造说，岳飞受诏逗留，抵制诏令，以"莫须有"（也许有）的罪名，将他害死。岳飞被害时，才三十九岁。了解了这些情况，对这首词中充满的强烈感情，就不难理解了。

上阕写作者悲愤中原重陷敌手，痛惜前功尽弃的局面，也表达自己继续努力，争取壮年立功的心愿。

开头五句"怒发冲冠，凭栏处、潇潇雨歇。抬望眼，仰天长啸，壮怀激烈"，起势突兀，破空而来。胸中的怒火在熊熊燃烧，不可阻遏。这时，一阵急雨刚刚停止，词人站在楼台高处，正凭栏远望。他看到那已经收复却又失掉的国土，想到了重陷水火之中的百姓，不由得"怒发冲冠""仰天长啸""壮怀激烈"。"怒发冲冠"是艺术夸张，是说由于异常愤怒，以至头发竖起，把帽子也顶起来了。"怒发冲冠"，表现出如此强烈的愤怒的感情并不是偶然的，这是作者的理想与现实发生尖锐激烈的矛盾的结果。"壮怀激烈"，"壮怀"指奋发图强的志向。他面对投降派的不抵抗政策，真是气愤填膺，"怒发冲冠"。岳飞之怒，是金兵侵扰中原、烧杀掳掠的罪行所激起的雷霆之怒；岳飞之啸，是无路请缨、报国无门的忠愤之啸；岳飞之志，是杀敌为国的宏大理想和豪壮襟怀。这几句一意贯穿、一气呵成，为我们生动地描绘了一位忠臣义士和忧国忧民的英雄形象。

接着四句激励自己，不要轻易虚度这壮年光阴，争取早日完成抗金大业。"三十功名尘与土"，是对过去的反省，表现作者渴望建立功名、努力抗战的思想。三十岁左右正当壮年，古人认为这时应当有所作为，可是，岳飞悔恨自己的功名还与尘土一样，没有什么成就。"三十"是概数，当时岳飞三十二岁。"功名"，即攻克襄阳六郡以后建节晋升之事。宋朝以"三十之节"为殊荣。然而，岳飞梦寐以求的并不是建节封侯、身受殊荣，而是渡过黄河、收复国土，完成抗金救国的神圣事业。正如他自己所说"誓将直节报君仇""不问登坛万户侯"，感到功名不过像尘土一样，微不足道。"八千里路云和月"，是说不分阴晴，转战南北，在为收复中原而战斗，是对未来的瞻望。"八千"是概数，极言沙场征战行程之远。"云和月"是特意写出，是说出师北伐是十分艰苦的，任重道远，尚须披星戴月，日夜兼程，才能"北逾沙漠，喋血虏廷"（《五岳祠盟记》），赢得抗金的最后胜利。上一句写视功名为尘土，这一句写杀敌任重道远，个人为轻，国家为重，生动地表现了作者强烈的爱国热忱。"莫等闲、白了少年头，空悲切"，这与"少壮不努力，老大徒伤悲"的意思相同，反映了作者积极进取的精神。这对当时抗击金兵、收复中原的斗争，显然起到了鼓舞斗志的作用。与主张议和、偏安江南、苟延残喘的投降派，形成了鲜明的对照。"等闲"，作随便解释。"空悲切"，即白白的痛苦。"莫等闲、白了少年头，空悲切"，这既是岳飞的自勉之辞，也是对抗金将士的鼓励和鞭策。

词的下阕运转笔端，抒写词人对敌人的深仇大恨，对统一祖国的殷切希望，忠于朝廷——忠于祖国的赤诚之心。

"靖康耻，犹未雪。臣子恨，何时灭！"突出全诗中心，由于没有雪"靖康"之耻，岳飞发出了心中的恨何时才能消除的感慨。这也是他要"驾长车，踏破贺兰山缺"的原因。之后又把"驾长车，踏破贺兰山缺"具体化了。从"驾长车"到"笑谈渴饮匈奴血"都以夸张的手法表达了对凶残敌人的愤恨之情，同时表现了英勇的信心和无畏的乐观精神。

"壮志饥餐胡虏肉，笑谈渴饮匈奴血。""待从头、收拾旧山河，朝天阙。"以此收尾，把收复山河的宏愿，以及艰苦的征战，以一种乐观主义精神表现出来，既表达要胜利的信心，也说了对朝廷和皇帝的忠诚。岳飞在这里不直接说凯旋、胜利等，而用了"收拾旧山河"，显得有诗意又形象。

这首词代表了岳飞"尽忠报国"的英雄之志，表现出一种浩然正气、英雄气概，表现了报国立功的信心和乐观主义精神。词里透出雄壮之气，充分表现了作者忧国报国的壮志情怀。这首爱国将领的抒怀之作，情调激昂，慷慨壮烈，突出了不甘屈辱、奋发图强、雪耻若渴的胸怀，从而成为名篇。

6. 节奏明快的《行香子·树绕村庄》

◎ **作者**

宋·秦观

◎ **原文**

树绕村庄，水满陂塘。倚东风、豪兴徜徉。小园几许，收尽春光。有桃花红，李花白，菜花黄。

远远围墙，隐隐茅堂。飏青旗、流水桥旁。偶然乘兴，步过东冈。正莺儿啼，燕儿舞，蝶儿忙。

◎ **译文**

绿树环绕着村庄，春水溢满池塘，迎着暖暖春风，兴致颇好地来回漫步。小小的院子却收尽春光，桃花正红，李花雪白，菜花金黄。

越过围墙远望，隐约有几间茅草房。溪水的小桥旁，青色的酒幌子在风中飞扬。偶然乘着游兴，走过东面的山冈。只见莺儿鸣啼，燕儿飞舞，蝶儿匆忙，一派大好春光。

◎ **注释**

陂（bēi）塘：池塘。

徜（cháng）徉（yáng）：自由自在地来回走动。

飏（yáng）：飞扬，飘扬。

青旗：青色的酒幌。

◎ **审美赏析**

此词大约作于宋神宗熙宁年间（公元1068—1077年），是作者创作早期的作品，当时作者尚未出仕。在一个春天，作者乘兴游览了一座村庄，被淳朴自然的村野风光所感染，因此创作了此词。

词的上阕表现的是一处静态风景，主要描写小园和各种色彩缤纷的春花；下阕则描写农家乡院，以及莺歌燕舞、蝶儿翻飞的迷人春色。词的独特之处在于一反词人其他词中常有的哀怨情调，变为色彩鲜明、形象生动。全词以白描的手法、浅近的语言，勾勒出了一幅春光明媚、万物竞发的田园风光图。

上阕先从整个村庄起笔，一笔勾勒其轮廓，平凡而优美。"绕"字与"满"字显见春意之浓，是春到农村的标志景象，也为下面抒写烂漫春光做了铺垫。"倚东风"二句承上而来，"东风"言明时令，"豪兴"点明心情，"徜徉"则写其怡然自得的神态，也表现了词人对农村景色的喜爱。"小园"五句，集中笔墨特写春之一隅。色彩鲜明，暗含香气，绚烂多彩而又充满生机，达到了以点带面的艺术效果。

下阕"远远围墙"四句，作者的视野由近放远。围墙、茅堂、青旗、流水、小桥，动静相生，风光如画，而又富含诗蕴，引人遐想。这几句也颇似辛弃疾《鹧鸪天·陌上柔桑破嫩芽》词中"山远近，路横斜，青旗沽酒有人家"的意境。"偶然乘兴，步过东冈"，照应上文的"豪兴徜徉"，进一步写其怡然自得的情状。"正莺儿啼"三句，仍是特写春之一隅，地点却已经转到田野之中。与上阕对应部分描写静静绽放的开花植物不同，这里集中笔力写的是动感极强、极为活跃的虫鸟等动物，"啼""舞""忙"三字概括准确，写春的生命活力更加淋漓尽致。比起小园来，是别一种春光。

全词写景状物，围绕词人游春足迹这个线索次第展开，不慌不忙而意趣自出，结构方面上下阕完全对称，组成两幅相对独立的活动图画，相互辉映而又和谐统一。在艺术创新上，是自有其特色的。词人运用通俗、生动、朴素、清新的语言写景状物，使淳朴自然的村野春光随词人轻松的脚步得到展现。全词文笔灵动、意兴盎然，洋溢着一种由衷的快意和舒畅，如此风格情调在秦观的词中并不多见，但崭然一出便别有一番风味。

《行香子》这个词调上下阕完全对称，全用平声韵，多为三四字短句,节奏比较明快,特别是每阕结尾各有由一个字领起的三字排偶句,运用得当,能形成前后呼应的轻松格调。词人选择这个格调来表述内容,且运用轻松明快的笔调、清新活泼的语言,使词的节奏韵律和词人的情感达到和谐的统一。我们阅读这首词,不仅为它描绘的春色美所陶醉,也为它的"音乐美"所陶醉。

7. 沉郁幽咽的《声声慢·寻寻觅觅》

◎ **作者**

宋·李清照

◎ **原文**

寻寻觅觅,冷冷清清,凄凄惨惨戚戚。乍暖还寒时候,最难将息。三杯两盏淡酒,怎敌他、晚来风急?雁过也,正伤心,却是旧时相识。

满地黄花堆积,憔悴损,如今有谁堪摘?守着窗儿,独自怎生得黑!梧桐更兼细雨,到黄昏、点点滴滴。这次第,怎一个愁字了得!

◎ **译文**

整天都在寻觅,却只见冷冷清清,怎不让人凄惨悲戚。乍暖还寒的时节,最难保养休息。喝两三杯淡酒,怎么能抵得住傍晚的寒风急袭?一行大雁从眼前飞过,更让人伤心,因为都是旧日的相识。

园中菊花堆积满地,都已经憔悴不堪,如今还有谁来采摘?冷清清地守着窗子,独自一人怎么熬到天黑?梧桐叶上细雨淋漓,到黄昏时分,那雨声还是点点滴滴。此情此景,怎么能用一个"愁"字了结!

◎ **注释**

寻寻觅觅:意思是想把失去的一切都找回来,表现词人非常空虚怅惘、迷茫失落的心态。

凄凄惨惨戚戚：悲愁、哀伤的样子。

乍暖还（huán）寒：指秋天的天气，忽暖忽冷，变化无常。

将息：旧时方言，休养调理之意。

怎敌他：对付，抵挡。

损：表示程度极高。

堪：可。

怎生：怎样。生：语助词。

梧桐更兼细雨：化用白居易《长恨歌》"秋雨梧桐叶落时"诗意。

这次第：这光景、这情形。

怎一个愁字了得：一个"愁"字怎么能概括得尽呢？

◎ 审美赏析

这首词起句便不寻常，一连用七组叠词，极富音乐美。宋词是用来演唱的，因此音调和谐是一个很重要的内容。李清照对音律有极深造诣，所以这七组叠词朗读起来，便给人一种"大珠小珠落玉盘"的感觉。只觉齿舌音来回反复吟唱，徘徊低迷，婉转凄楚，有如听到一个伤心至极的人在低声倾诉，然而她还未开口就觉得已能使听众感觉到她的忧伤，而等她说完了，那种伤感的情绪还是没有散去。一种莫名的愁绪在心头和空气中弥漫开来，久久不散。

心情不好，再加上这种乍暖还寒天气，词人睡不着了。如果能沉沉睡去，那么还能在短暂的时间内逃离痛苦，可是越想入眠就越难以入眠，于是词人就很自然地想起亡夫来。披衣起床，喝一点儿酒暖暖身子再说吧。可是寒冷是由于孤独引起的，而饮酒与品茶一样，独自一人只会觉得分外凄凉。

端着一杯淡酒，而在这天暗云低、冷风正劲的时节，却突然听到孤雁的一声悲鸣，那种哀怨的声音划破天际，也再次划破了词人未愈的伤口，头白鸳鸯失伴飞。词人感叹：唉，雁儿，你叫得这样凄凉幽怨，难道你也像我一样，失去另一半了吗？难道也像我一样，余生要独自一人面对万里层山、千山暮雪吗？胡思乱想之下，泪眼迷蒙之中，蓦然觉得那只孤雁正是以前为自己传递情书的那一只。"无可奈何花落去，似曾相识燕归来。"旧日传情信使仍在，而秋娘与萧郎已死生相隔了，物是人非事事休，欲语泪先流。

这时看见那些菊花，才发觉花儿也已憔悴不堪、落红满地，再无当年那种"东篱把酒黄昏后，有暗香盈袖"的雅致了。词人想：以往丈夫在世时的日子多么美好，可如今呢？只剩下自己一个人在忍受这无边无际的孤独的煎熬了。故物依然，人面全非。"旧时天气旧时衣。只有情怀不似、旧家时。"独对着孤雁残菊，更感凄凉。手托香腮，珠泪盈眶。怕黄昏，挨白昼。对着这阴沉的天，一个人要怎样才能熬到黄昏的来临呢？漫长使孤独变得更加可怕。独自一人，连时间也觉得开始变慢起来。

好不容易等到了黄昏，却又下起雨来。点点滴滴、淅淅沥沥的，无边丝雨细如愁，下得人心里更烦了。再看到屋外那两棵梧桐，虽然在风雨中却互相扶持、互相依靠，两相对比，自己一个人要凄凉多了。

疾风骤雨，孤雁残菊梧桐，眼前的一切，使词人的哀怨重重叠叠，直至无以复加，不知怎样形容，也难以表达出来。于是词人再也不用什么对比、什么渲染、什么赋比兴了，直截了当地说："这次第，怎一个愁字了得？"简单直白，反而更觉精妙，更有韵味，更堪咀嚼。

为了表达自己在国破家亡、颠沛流离境况下的无限哀愁，作者选择了《声声慢》这个沉郁幽咽的曲调。《声声慢》"既押平声韵，又押入声韵"，她选用了入声韵，因"入声如促""逼侧而调不转"，与所抒之情更谐和。在这首词中，以八个入声字（戚、息、急、识、摘、黑、滴、得）通押全篇，运气短促、音调急切。全篇用齿声字和舌声字（齿声字有寻寻、清清、凄凄、戚戚、乍、时、最、息、三、盏、酒、怎、正伤心、是、识、积、憔悴损、如、谁、守、着、窗、自、怎生、这次、愁。"舌声字有难、淡、敌、他、地、堆、独、得、桐、到、点点滴滴、第），听起来如泣如诉、低沉凄恻。尤其是全篇运用十八个叠字（寻寻觅觅、冷冷清清、凄凄惨惨戚戚、点点滴滴），不但读来如"大珠小珠落玉盘"，而且从外表到内心，层层深化地表现了女词人空虚无聊、无以慰藉的极度愁苦之情，达到声情俱美。此外，李清照还在全词的关键处运用了四个反诘句（"怎敌它、晚来风急""如今有谁堪摘""独自怎生得黑""怎一个愁字了得"），表达词人无可奈何的哀叹、郁郁不平的悲慨，使词情富于变化。总之，这首词堪称"以文字之声律助音乐之谐美"的佳作，体现了宋词的独特美。

8. 韵律活泼的《眼儿媚·楼上黄昏杏花寒》

◎ 作者

宋·阮阅

◎ 原文

楼上黄昏杏花寒，斜月小栏干。一双燕子，两行征雁，画角声残。绮窗人在东风里，洒泪对春闲。也应似旧，盈盈秋水，淡淡春山。

◎ 译文

黄昏时登楼远望，只见杏花在微寒中开放，一钩斜月映照着小楼的栏杆。一双燕子归来，两行大雁北飞，远处传来断断续续的号角声。

华美的窗前，一位佳人立于春风中，默默无语，闲愁万种。也应像往日一样，眼如秋水般清亮，眉似春山般秀美。

◎ 注释

栏干：即栏杆。

画角：有彩绘的号角。

绮窗：雕镂花纹的窗子。

◎ 审美赏析

起首两句以形象鲜明的笔触绘出了一幅早春图：春寒料峭，杏花初绽，绣楼栏杆，夕阳斜月。这是景物描写，它暗写了人物活动的时间、地点，为人物勾勒出一个典型环境。这幽静、凄寒的典型环境，正暗暗地烘托出一个忧思难奈的人物情态。词人独上层楼，极目天涯，无边思绪油然而生。何况登楼之际，春寒料峭，暮色苍茫，一钩斜月，映照栏杆，这种环境，多么使人感到孤单凄凉啊。下面三句，写登楼所见所闻。"一双燕子，两行征雁"，含意深长。燕本双飞，雁惯合群，特写"一双""两行"，反衬词人此际的孤独。耳边还传来远处的号角声，心情之凄楚，可以想见。上阕写景，然景中有情，情中见人。

下阕由写景到抒情。此情是怀人之情，怀人又从悬想对方着笔。将绮窗与人合并一起，径称"绮窗人"，语言更加浓缩，形象更加鲜明。仿佛词人从这熟悉的华美的窗口透视进去，只见其人亭亭玉立于春风之中，悄然无语。结尾两句"盈盈秋水，淡淡春山"，谓佳人眼如秋水之清，眉似春山之秀。前面着以"也应似旧"一句，词情顿然跳出实境，转作冥想之笔。

词人在上下阕的末三句分别写燕子成双，大雁成群，皆是实写所见；以秋水喻美人明眸，以春山状美人黛眉，则是词人想象的虚景。双燕、雁阵反衬出独身一人，秋水、春山突出词人对佳人的怀思。这两处的手法前人也用，并不新奇。但所用的章法结构极有意思。徐培均指出，歇拍"前两句对起，后一句单收，似《浣溪沙》的后片，形成不稳定感，易于过渡"。而结拍首句不对称，后二句对称，正好与歇拍相反。这种结构在韵律上有所更张，增加了全词的活泼感。

9. 潇洒浪漫的《水调歌头·明月几时有》

◎ **作者**

宋·苏轼

◎ **原文**

丙辰中秋,欢饮达旦,大醉,作此篇,兼怀子由。

明月几时有?把酒问青天。不知天上宫阙,今夕是何年。我欲乘风归去,又恐琼楼玉宇,高处不胜寒。起舞弄清影,何似在人间。

转朱阁,低绮户,照无眠。不应有恨,何事长向别时圆?人有悲欢离合,月有阴晴圆缺,此事古难全。但愿人长久,千里共婵娟。

◎ **译文**

丙辰年的中秋节,高高兴兴地喝酒直到天亮,喝了个大醉,写下这首词,同时也思念弟弟苏辙。

明月从什么时候才开始出现的?我端起酒杯遥问苍天。不知道天上的宫殿,今晚是何年何月。我想要乘御清风回到天上,又恐怕在美玉砌成的楼宇中,受不住高耸九天的寒冷。翩翩起舞玩赏着月下清影,哪里比得上人世间?月儿转过朱红色的楼阁,低低地挂在雕花的窗户上,照着没有睡意的自己。明月不该对人们有什么怨恨吧,为什么偏在人们离别时才圆呢?人有悲欢离合的变迁,月有阴晴圆缺的转换,这种事自古便难以周全。只希望这世上所有人的亲人能平安健康,即便相隔千里,也能共享这美好的月光。

◎ **注释**

丙辰:指宋神宗熙宁九年(公元1076年)。这一年苏轼在密州(今山东诸城)任太守。

达旦:到天亮。

子由:苏轼的弟弟苏辙的字。

把酒：端起酒杯。

天上宫阙：指月中宫殿。阙：古代城墙后的石台。

归去：回去，这里指回到月宫里去。

琼楼玉宇：美玉砌成的楼宇，指想象中的仙宫。

不胜：经受不住。

弄清影：意思是月光下的身影也跟着做出各种舞姿。

何似：何如，哪里比得上。

朱阁：朱红的华丽楼阁。

绮户：雕饰华丽的门窗。

何事：为什么。

但：只。

婵娟：指月亮。

◎ 审美赏析

此词是中秋望月怀人之作，表达了苏轼对胞弟苏辙的无限怀念。词人运用描绘手法，勾勒出一种皓月当空、亲人千里、孤高旷远的境界，反衬自己遗世独立的意绪，并与往昔的神话传说融合在一处，在月的阴晴圆缺当中，渗进浓厚的哲学意味，可以说是一首将自然和社会高度契合的感喟作品。

词前小序说："丙辰中秋，欢饮达旦，大醉，作此篇，兼怀子由。"丙辰，是北宋神宗熙宁九年（公元1076年）。当时苏轼在密州（今山东诸城）做太守，中秋之夜他一边赏月一边饮酒，直到天亮，于是作了这首《水调歌头》。苏轼一生，以崇尚儒学、讲究实务为主。但他也"龆龀好道"，中年以后，又曾表示过"皈依佛僧"，是经常处在儒释道的纠葛当中的。每当挫折失意之际，则老庄思想上升，借以帮助自己解释穷通进退的困惑。宋神宗熙宁四年（公元1071年），他以开封府推官通判杭州，是为了权且避开汴京政争的旋涡。熙宁七年（公元

1074年）调到密州，虽说出于自愿，实质上仍处于外放冷遇的地位。尽管当时"面貌加丰"，颇有一些旷达表现，也难以遮掩深藏内心的郁愤。这首中秋词，正是此种宦途险恶体验的升华与总结。"大醉"遣怀是主，"兼怀子由"是辅。对于一贯秉持"尊主泽民"节操的作者来说，手足分离和私情，比起廷忧边患的国势来说，伦理负荷毕竟属于次要的。

在大自然的景物中，月亮是很有浪漫色彩的，它很容易启发人们的艺术联想。一钩新月，可联想到初生萌芽的事物；一轮满月，可联想到美好团圆的生活；月亮的皎洁，可联想到光明磊落的人格。在月亮这一意象上集中了人类很多美好的憧憬与理想！苏轼是一位性格豪放、气质浪漫的诗人，当他抬头遥望中秋明月时，其情感犹如长上了翅膀，天上人间自由翱翔。反映到词里，遂形成了一种豪放洒脱的风格。

上阕望月，既怀逸兴壮思，高接混茫，而又脚踏实地，自具雅量高致。一开始就提出一个问题：明月是从什么时候开始有的——"明月几时有？把酒问青天。"把酒问天这一细节与屈原的《天问》和李白的《把酒问月》有相似之处。其问之痴迷、想之逸尘，确实是有一种类似的精、气、神贯注在里面。从创作动因上来说，屈原《天问》洋洋一百七十余问的磅礴诗情，是在他被放逐后彷徨山泽、经历陵陆，在楚先王庙及公卿祠堂仰见"图画天地山川神灵"及"古贤圣怪物行事"后"呵而问之"（王逸《楚辞章句·天问序》）的，是情景触碰激荡的产物。李白的《把酒问月》诗自注是"故人贾淳令予问之。"当也是即兴遣怀之作。苏轼此词正如小序中所言是中秋望月，欢饮达旦后的狂想之曲，亦属"伫兴之作"（王国维《人间词话》）。它们都有起得突兀、问得离奇的特点。从创作心理上来说，屈原在步入先王庙堂之前就已经是"嗟号昊旻，仰天叹息"（王逸《楚辞章句·天问序》），处于情感迷狂的精神状态，故呵问青天，"似痴非痴，愤极悲极"（胡濬源《楚辞新注求确》)。李白是"唯愿当歌对酒时,月光长照金樽里"(《把酒问月》),那种因失意怅惘的郁勃意绪,也是鼻息可闻的。苏轼此词作于丙辰年,时因反对王安石新法而自请外任密州。既有对朝廷政局的强烈关注,又有期望重返汴京的复杂心情,故时逢中秋,一饮而醉,意兴在阑珊中饶有律动。三人的创作心理实是脉络暗通的。

苏轼把青天当作自己的朋友,把酒相问,显示了他豪放的性格和不凡的气魄。李白的《把酒问月》诗说:"青天有月来几时?我今停杯一问之。"不过李白这里的语气比较舒缓,苏轼因为是想飞往月宫,所以语气更关注、更迫切。"明月几时有?"这个问题问得很有意思,好像是在追溯明月的起源、宇宙的起源,又好像是在惊叹造化的巧妙。读者从中可以感到诗人对明月的赞美与向往。

接下来两句,"不知天上宫阙,今夕是何年"把对于明月的赞美与向往之情更推进了一层。从明月诞生的时候起到现在已经过去许多年了,不知道在月宫里今晚是一个什么日子。诗人想象那一定是一个好日子,所以月才这样圆、这样亮。他很想去看一看,所以接着说:"我欲乘风归去,又恐琼楼玉宇,高处不胜寒。"贺知章称李白为"谪仙人",黄庭坚则称苏轼与李白为"两谪仙",苏轼自己也设想前生是月中人,因而起"乘风归去"之想。他想乘风飞向月宫,又怕那里的琼楼玉宇太高了,受不住那儿的寒冷。"不胜寒",暗用《明皇杂录》中的典故:八月十五日夜,叶静能邀明皇游月宫。临行,叶叫他穿皮衣。到月宫,果然冷得难以支持。这几句明写月宫的高寒,暗示月光的皎洁,把那种既向往天上又留恋人间的矛盾心理十分含蓄地写了出来。这里还有两个字值得注意,就是"我欲乘风归去"中的"归去"。飞天入月,为什么说是归去呢?也许是因为苏轼对明月十分向往,早已把那里当成自己的归宿了吧。他的《前赤壁赋》描写月下泛舟时那种飘飘欲仙的感觉说:"浩浩乎如冯虚御风,而不知其所止;飘飘乎如遗世独立,羽化而登仙。"也是由望月而想到登仙，可以和这首词互相印证。苏轼之所以有这种脱离人世、超越自然的奇想，一方面来自他对宇宙奥秘的好奇，另一方面更主要的是来自对现实人间的不满。人世间有如此多的不称心、不满意之事，迫使词人幻想摆脱这烦恼人世，到琼楼玉宇中去过逍遥自在的神仙生活。苏轼后来贬官到黄州，时时有类似的奇想，所谓"小舟从此逝，江海寄余生"。然而，在词中这仅仅是一种打算，未及展开，便被另一种相反的思想打断："又恐琼楼玉宇，高处不胜寒。"这两句急转直下，天上的"琼楼玉宇"虽然富丽堂皇，美好非凡，但那里高寒难耐，不可久居。词人故意找出天上的美中不足，来坚定自己留在人间的决心。一正一反，更表露出词人对人间生活的热爱。同时，这里依然在写中秋月景，读者可以体会到月亮的美好，以及月光的寒气逼人。这一转折，写出词人既留恋人间又向往天上的矛盾心理。这种矛盾能够更深刻地说明词人留恋人世、热爱生活的思想感情，显示了词人开阔的心胸与超远的志向，因此为这首词带来一种旷达的意境。

　　但苏轼毕竟更热爱人间的生活，"起舞弄清影，何似在人间！"与其飞往高寒的月宫，还不如留在人间趁着月光起舞呢！"清影"，是指月光之下自己清朗的身影。"起舞弄清影"，是与自己的清影为伴，一起舞蹈嬉戏的意思。李白《月下独酌》说："我歌月徘徊，我舞影零乱。"苏轼的"起舞弄清影"就是从这里脱胎的。"高处不胜寒"并非作者不愿归去的根本原因，"起舞弄清影，何似在人间"才是根本所在。与其飞往高寒的月宫，还不如留在人间，在月光下起舞，最起码还可以与自己的清影为伴。这首词从幻想上天写起，写到这里又回到热爱人间的感情上来。从"我欲"到"又恐"至"何似"的心理转折开合中，展示了苏轼情感的波澜起伏。他终于从幻想回到现实，在出世与入世的矛盾中，入世思想最终占了上风。"何似在人间"是毫无疑问的肯定，雄健的笔力显示了情感的强烈。

"明月几时有？"这在九百年前苏轼的时代，是一个无法回答的问题，而在今天科学家已经可以推算出来了。乘风入月，这在苏轼不过是一种幻想，而在今天也已成为现实。可是，今天读苏轼的词，读者仍然不能不赞叹他那丰富的想象力。

下阕怀人，即兼怀子由，由中秋的圆月联想到人间的离别，同时感念人生的离合无常。"转朱阁，低绮户，照无眠。"转和低都是指月亮的移动，暗示夜已深沉。月光转过朱红的楼阁，低低地穿过雕花的门窗，照到了房中迟迟未能入睡之人。这里既指自己怀念弟弟的深情，又可以泛指那些中秋佳节因不能与亲人团圆以致难以入眠的一切离人。月圆而人不能团圆，这是多么遗憾的事啊！于是诗人便无理地埋怨明月说："不应有恨，何事长向别时圆？"明月您总不该有什么怨恨吧，为什么总是在人们离别的时候才圆呢？相形之下，更加重了离人的愁苦。这是埋怨明月故意与人为难，给人增添忧愁，无理的语气进一步衬托出词人思念胞弟的手足深情，却又含蓄地表示了对于离人们的同情。

接着，苏轼把笔锋一转，说出了一番宽慰的话来为明月开脱："人有悲欢离合，月有阴晴圆缺，此事古难全。"人固然有悲欢离合，月也有阴晴圆缺。它有被乌云遮住的时候，有亏损残缺的时候，它也有它的遗憾，自古以来世上就难有十全十美的事。词人毕竟是旷达的，他随即想到月亮也是无辜的。既然如此，又何必为暂时的离别而忧伤呢？这三句从人到月、从古到今做了高度的概括。从语气上，好像是代明月回答前面的提问；从结构上，又是推开一层，从人、月对立过渡到人、月融合。为月亮开脱，实质上还是为了强调对人事的豁达乐观，同时寄托对未来的希望。因为，月有圆时，人也有相聚之时。很有哲理意味。

词的最后说："但愿人长久，千里共婵娟。""婵娟"是美好的样子，这里指嫦娥，也就是代指明月。"共婵娟"就是共明月的意思，典故出自南朝谢庄的《月赋》："隔千里兮共明月。"既然人间的离别是难免的，那么只要亲人长久健在，即使远隔千里也还可以通过普照世界的明月把两地联系起来，把彼此的心沟通在一起。"但愿人长久"，是要突破时间的局限；"千里共婵娟"，是要打通空间的阻隔。让对于明月的共同的爱把彼此分离的人结合在一起。古人有"神交"的说法，要好的朋友天各一方，不能见面，却能以精神相通。"千里共婵娟"也可以说是一种神交了！这两句并非一般的自慰和共勉，而是表现了作者处理时间、空间以及人生这样一些重大问题时所持的态度，充分显示出苏轼精神境界的丰富博大。王勃有两句诗："海内存知己，天涯若比邻。"意味深长，传为佳句，与"千里共婵娟"有异曲同工之妙。另外，张九龄的《望月怀远》说："海上生明月，天涯共此时。"许浑的《秋霁寄远》说："唯应待明月，千里与君同。"都可以互相参看。但愿人人年年平安，相隔千里也能共享美好的月光，表达了作者的祝福和对亲人的思念，表现出作者旷达的态度和乐观的精神。苏轼就是把前人的诗意化解到自己的作品中，熔铸成一种普遍性的情感。正如词前小序所说，这首词表达了对弟弟苏辙（字子由）的怀念之情，但并不限于此。可以说这首词是苏轼在中秋之夜，对一切经受着离别之苦的人表示的美好祝愿。

从艺术成就上看，此篇属于苏词代表作之一。它构思奇拔，蹊径独辟，极富浪漫主义色彩。在格调上则是"一洗绮罗香泽之态，摆脱绸缪宛转之度；使人登高望远，举首高歌"（胡寅《酒边词序》），是历来公认的中秋词中的绝唱。从表现手法来说，词的前半纵写，后半横叙。上阕高屋建瓴，下阕峰回路转。从布局方面来说，上阕凌空而起，入处似虚；下阕波澜层叠，返虚转实。最后虚实交错，纡徐作结。全词设景清丽雄阔，以咏月为中心表达了游仙"归去"与直舞"人间"、离欲与入世的矛盾和困惑，以及旷达自适、人生长久的乐观气度和美好愿望，极富哲理与人情。立意高远，构思新颖，意境清新如画。最后以旷达情怀收束，是词人情怀的自然流露。情韵兼胜，境界壮美，具有很高的审美价值。此词全篇皆是佳句，典型地体现出苏词清雄旷达的风格。

历代文人对于这首《水调歌头》都推崇备至。胡仔《苕溪渔隐丛话》说："中秋词，自东坡《水调歌头》一出，余词尽废。"认为它是写中秋的词里最好的一首，这是一点也不过分的。这首词仿佛是与明月的对话，在对话中探讨着人生的意义。既有理趣，又有情趣，很耐人寻味。吴潜《霜天晓角》："且唱东坡《水调》，清露下、满襟雪。"《水浒传》第三十回写八月十五"你可唱个中秋对月时景的曲儿"，唱的就是这一支东坡学士中秋《水调歌头》。可见宋元时传唱之盛。

全词意境豪放而阔大，情怀乐观而旷达，对明月的向往之情、对人间的眷恋之意，以及那浪漫的色彩、潇洒的风格和行云流水般的语言，至今仍能给人们以极高的美学享受。

第二章 读宋词，学无尽的意境美

意境是诗词的灵魂。宋词往往语轻意重，词浅情深，词家们旨在营造朦胧、含蓄而深远的意境美。宋词简练的词句中塑造出的或婉约空灵，或豪放苍凉的意境之美，能让人读完之余有深远的品味和无尽的遐思。

1. 托物寓怀的《卜算子·黄州定慧院寓居作》

◎ 作者

宋·苏轼

◎ 原文

缺月挂疏桐,漏断人初静。谁见幽人独往来,缥缈孤鸿影。

惊起却回头,有恨无人省。拣尽寒枝不肯栖,寂寞沙洲冷。

◎ 译文

残月高挂在稀疏的梧桐树上,滴漏声断人群开始安静了。谁能见幽居人独自往来,仿佛那缥缈的孤雁身影。

它突然惊起又回首匆匆,心里有恨却无人能懂。它拣遍了寒冷的树枝不肯栖息,却甘愿躲到寂寞的沙洲受苦。

◎ 注释

漏断:即指深夜。漏,指古人计时用的漏壶。

幽人:幽居的人。

省:理解。"无人省",犹言"无人识"。

◎ 审美赏析

这是苏轼的一首名词。现在通行的各个版本的词选中都有一个小序:"黄州定慧院寓居作。"据史料记载,此词为宋神宗元丰六年(公元1083年)初作于黄州,定慧院在今天的湖北黄冈市东南,苏轼另有《记游定惠院》一文。由上可知这首词是苏轼初贬黄州寓居定慧院时所作。被贬黄州后,虽然自己的生活都有问题,但苏轼是乐观旷达的,能率领全家通过自身的努力渡过难关。但他内心深处的孤独与寂寞是他人无法理解的。在这首词中,苏轼借月夜孤鸿这一形象托物寓怀,表达了孤高自许、蔑视流俗的心境。

上阕写的正是深夜院中所见的景色。"缺月挂疏桐，漏断人初静"，营造了一个夜深人静、月挂疏桐的孤寂氛围，为幽人、孤鸿的出场做铺垫。在漏壶水尽、更深人静的时候，苏轼步出庭院，抬头望月，又是一个多么孤寂的夜晚呀！月儿似乎也知趣，从稀疏的梧桐树间透出清辉，像是挂在枝丫间。这两句出笔不凡，渲染出一种孤高的境界。接下来的两句，"谁见幽人独往来，缥缈孤鸿影。"周围是那么宁静幽寂，在万物入梦的此刻，又有谁像自己这样在月光下孤寂地徘徊，就像是一只孤单飞过天穹的凄清的大雁呢？先是刻画出一位独来独往、心事浩茫的"幽人"形象，随即轻灵飞动地由"幽人"而孤鸿，使这两个意象产生对应和契合，让人联想到"幽人"那孤高的心境，不正像缥缈若仙的孤鸿之影吗？这两句，既是实写，又通过人、鸟形象的对应、嫁接，极富象征意味和诗意之美地强化了"幽人"的超凡脱俗。物我同一，互为补充，使孤独的形象更具体感人。

下阕，更是把孤鸿与人同写，"惊起却回头，有恨无人省"。这是直写自己孤寂的心境。人孤独的时候，总会四顾，回头的寻觅，找到的是更多的孤独，"有恨无人省"，有谁能理解自己孤独的心呢？世无知音，孤苦难耐，情何以堪？"拣尽寒枝不肯栖，寂寞沙洲冷。"写孤鸿遭遇不幸，心怀幽恨，惊恐不已，在寒枝间飞来飞去，拣尽寒枝不肯栖息，只好落宿于寂寞荒冷的沙洲，度过这样寒冷的夜晚。这里，词人以象征手法，匠心独运地通过孤鸿的孤独缥缈、惊起回头、怀抱幽恨和选求宿处，表达了苏轼贬谪黄州时期的孤寂处境和高洁自许、不愿随波逐流的心境。苏轼与孤鸿惺惺相惜，以拟人化的手法表现孤鸿的心理活动，把自己的主观感情加以对象化，显示了高超的艺术技巧。

这首词的境界，确如黄庭坚所说："语意高妙，似非吃烟火食人语，非胸中有万卷书，笔下无一点尘俗气，孰能至此！"这种高旷洒脱、绝去尘俗的境界，得益于高妙的艺术技巧。苏轼"以性灵咏物语"，取神题外，意中设境，托物寓人；对孤鸿和月夜环境背景的描写中，选景叙事均简约凝练，空灵飞动，含蓄蕴藉，生动传神，具有高度的典型性。

冷寒的，也不止是沙洲和桐枝。有恨的，究竟是孤鸿还是幽人？静夜如此寂寞，又何须漏壶提醒辰次？月儿依然残缺。不见有清满的佳期！疏淡的笑墨，似写凄淡的夜色；清美的词境，难歇哀愤的心。作为刚到黄州时的词作，可以看出苏轼心内的紊乱。可正是在黄州，苏轼形成了自己的处世哲学。《赤壁怀古》《赤壁赋》等篇章，才是苏轼对人生乐观冷静的态度。而写作此词时，应该还没有达到这种成熟。所以，从词中，读者看到的是一种冷清与寂寞的情怀。即便如此，此词还是很受后人推崇。但是，正因为此词的仙骨气质，历来对这首词的主旨说法不一，有人认为是为王姓女子而作，有人认为是为温都监女作，即这是一首爱情词；但也有人认为是作者对现实不满，抒发愤懑之情的，也就是说这是一首影射、讽刺时事之作；还有人认为这首词是写作者的寂寞之情的。

现今一般以唐圭璋先生的注释为准，他认为此词上阕写鸿见人，下阕写人见鸿。此词借物比兴。人似飞鸿，飞鸿似人，非鸿非人，亦鸿亦人，人不掩鸿，鸿不掩人，人与鸿凝为一体，托鸿以见人。自标清高，寄意深远，风格清奇冷隽，似非吃烟火食人间语，全词抒情委婉，含蓄蕴藉，韵致孤绝。

2. 辞淡情浓的《眼儿媚·迟迟春日弄轻柔》

◎ 作者

宋·朱淑真

◎ 原文

迟迟春日弄轻柔，花径暗香流。清明过了，不堪回首，云锁朱楼。午窗睡起莺声巧，何处唤春愁？绿杨影里，海棠亭畔，红杏梢头。

◎ 译文

春日暖暖的阳光，像在抚弄着杨柳轻柔的枝条，在花园的小径上，涌动着浓浓的香气。可过了清明节天却阴了起来，云雾笼罩着红楼，好似是把它锁住，那往事，真是不堪回首！

午睡醒来，听到莺儿美妙的鸣叫声，却又唤起了我的春愁。这莺儿却在哪里呢？是在绿杨影里，是在海棠亭畔，还是在红杏梢头？

◎ 注释

眼儿媚：词牌名，又名秋波媚。双调四十八字，前阕三平韵，后阕两平韵。

迟迟：阳光温暖、光线充足的样子。

轻柔：形容风和日暖。

花径：花间的小路。

暗香：指幽香。

朱楼：指富丽华美的楼阁。

梢头：树枝的顶端。

◎ 审美赏析

朱淑真是一位多愁善感的女词人，这首词写一位闺中女子（实际上是作者自己）在明媚的春光中，回首往事而愁绪万端。

上阕"迟迟春日弄轻柔，花径暗香流"两句，描绘出一幅风和日丽、花香怡人的春日美景。"迟迟春日"语出《诗经·七月》"春日迟迟"，"迟迟"指日长而暖。"弄轻柔"三字，是说和煦的阳光在抚弄着杨柳的柔枝嫩条。秦观《江城子》词："西城杨柳弄春柔。""弄"字用得很妙，形象生动鲜明。对此良辰美景，主人公信步走在花间小径上，一股暗香扑鼻而来，令人心醉，春天多么美好啊！但是好景不长，清明过后，却遇上阴霾的天气，云雾笼罩着朱阁绣户，犹如给女主人公的内心罩上了一层愁雾，使她想起了一段不堪回首的伤心往事。看来开头所写的春光明媚，并不是眼前之景，而是已经逝去的美好时光。不然和煦的阳光与云雾是很难统一在一个画面上，也很难发生在同一时间内的。"云锁朱楼"的"锁"字，是一句之眼，它除了给读者云雾压楼的阴霾感觉以外，还具有锁在深闺的女子不得自由的象征。"锁"字蕴意丰富，将阴云密布的天气、深闺女子的被禁锢和心头的郁闷，尽括其中。

　　下阕着重表现的是女主人公的春愁。这种春愁是由黄莺的啼叫唤起的。大凡心绪不佳的女子，最易闻鸟啼而惊心，故唐诗有"打起黄莺儿，莫教枝上啼"之句。试想一个愁绪万端的女子，在百无聊赖之时，只好在午睡中消磨时光。午睡醒来，听到窗外莺声巧啭，不禁唤起了她的春愁。黄莺在何处啼叫呢？是在绿杨影里，还是在海棠亭畔，抑或是在红杏梢头呢？自问自答，颇耐人玩味。

　　这首词笔触轻柔细腻，语言婉丽自然。作者用鸟语花香来反衬自己的惆怅，这是以乐景写哀的手法。作者在写景上不断变换画面，从明媚的春日，到阴霾的天气；时间上从清明之前，写到清明之后；有眼前的感受，也有往事的回忆。既有感到的暖意，嗅到的馨香，也有听到的莺啼，看到的色彩。通过它们表现女主人公细腻的感情波澜。下阕词的自问自答，更是妙趣横生。词人将静态的"绿杨影里，海棠亭畔，红杏梢头"，引入黄莺的巧啭，静中有动、寂中有声，化静态美为动态美，使读者仿佛听到莺啼之声不断地从一个地方流播到另一个地方，使鸟啼之声富于立体感和流动感。这是非常美的意境创造。以听觉写鸟声的流动，使人辨别不出鸟鸣何处，词人的春愁也像飞鸣的流莺，忽儿在东，忽儿在西，说不清准确的位置。这不可名状的愁怨，作者并不说破，留给读者去想象，去补充。

3. 生动传神的《蝶恋花·春景》

◎ **作者**

宋·苏轼

◎ **原文**

花褪残红青杏小。燕子飞时，绿水人家绕。枝上柳绵吹又少，天涯何处无芳草！

墙里秋千墙外道。墙外行人，墙里佳人笑。笑渐不闻声渐悄，多情却被无情恼。

◎ **译文**

花儿残红褪尽，树梢上长出了小小的青杏。燕子在天空飞舞，清澈的河流围绕着村落人家。柳枝上的柳絮已被风吹得越来越少，天涯路远，哪里没有芳草呢！

围墙里有位少女正荡着秋千，围墙外行人经过，听到了墙里佳人的笑声。笑声渐渐就听不到了，行人怅然，仿佛自己的多情被少女的无情所伤。

◎ **注释**

蝶恋花：词牌名，本名人，又名凤栖梧、卷珠帘、鹊踏枝等。双调，六十字，上下阕各四仄韵。

花褪残红青杏小：指杏花刚刚凋谢，青色的小杏正在成形。褪（tuì），脱去。

飞：一作"来"。

绕：一作"晓"。

柳绵：即柳絮。

渐悄：渐渐没有声音。

多情：指路过的行人过分多情。

却被：反被。

无情：指墙内荡秋千的佳人毫无觉察。

◎ 审美赏析

这首词是伤春之作。苏轼长于豪放，亦擅婉约，这首词写春景清新秀丽。同时，景中又有情理。苏轼的"多情却被无情恼"，也不仅仅局限于对"佳人"的相思。这首词下阕所写的是一个爱情故事的片段，未必有什么寄托。它只是一首很好的婉约词。王士禛《花草蒙拾》中说："枝上柳绵，恐屯田缘情绮靡，未必能过。"同时指出这首词与风格婉约的柳永词不相上下。

"花褪残红青杏小"，描写的是暮春景象，这是说，暮春时节，杏花凋零枯萎，枝头只挂着又小又青的杏子。作者的视线是从一棵杏树开始的：花儿已经凋谢，所余不多的红色也正在一点一点褪去，树枝上开始结出了幼小的青杏。他特别注意到初生的"青杏"，语气中透出怜惜和喜爱，有意识地冲淡了先前浓郁的伤感之情。"燕子飞时，绿水人家绕。"燕子在空中飞来飞去，绿水环绕着一户人家。这两句又描绘了一幅美丽而生动的春天画面，但缺少了花树的点缀，仍显美中不足。"绕"字，曾有人以为应是"晓"。通读全词，并没有突出的景物表明这是清晨的景色，因而显得没有着落。而燕子绕舍而飞，绿水绕舍而流，行人绕舍而走，着一"绕"字，则非常真切。"枝上柳绵吹又少,天涯何处无芳草?"树上的柳絮在风的吹拂下越来越少,春天行将结束,难道天下之大,竟找不到一处怡人的景色吗?柳絮纷飞,春色将尽,固然让人伤感;而芳草青绿,又自是一番境界。苏轼的旷达于此可见。"天涯"一句,语自屈原《离骚》"何所独无芳草兮,尔何怀乎故宇",是卜者灵氛劝屈原的话,其思想与苏轼在《定风波》中所说的"此心安处是吾乡"一致。最后,苏轼竟被远谪到万里之遥的岭南。此时,他已人到晚年,遥望故乡,几近天涯。这境遇和随风飘飞的柳絮何其相似。

上阕描写了一组暮春景色,虽也有些许亮色,但由于缺少了花草,使人感到更多的是衰败和萧索,这正如作者此时的心境。苏轼被贬谪在外,仕途失意又远离家人,所以他感到孤独惆怅,想寻找一些美好的景物来排解心中的郁闷,谁知佳景难觅,心情更糟。上阕表达了苏轼的惜春之情及对美好事物的追求。

"墙里秋千墙外道。墙外行人,墙里佳人笑。"墙外是一条道路,行人从此经过,只听见墙里有荡秋千的声音,一阵阵悦耳的笑声不时从里面传出,原来是名女子在荡秋千。这一场景顿扫上阕之萧索,充满了青春的欢快旋律,使行人禁不住止步,用心地欣赏和聆听这欢声笑语。作者在艺术处理上十分讲究藏与露的关系。这里,他只写露出墙头的荡秋千的声音和佳人的笑声,其他则全部隐藏起来,让"行人"去想象,在想象中产生无穷意味。小词最忌词语重复,但这三句总共十六字,"墙里""墙外"分别重复,竟占去一半。读来错落有致,耐人寻味。墙内是家,墙外是路;墙内有欢快的生活,年轻而富有朝气的生命,墙外是赶路的行人。行人的心情和神态如何,苏轼留下了空白。不过,在这无语之中,有一种冷落寂寞之感。"笑渐不闻声渐悄,多情却被无情恼。"也许是行人伫立良久,墙内佳人已经回到房间;也许是佳人玩乐依旧,而行人已渐渐走远。总之,佳人的笑声渐渐听不到了,四周显得静悄悄的。但是行人的心却怎么也平静不下来。他听到女子甜美的笑声，却一直无法看到女子的模样，心情起伏跌宕不已，而女子也并不知道墙外有个男子正为她苦恼。男子多情，女子无情。这里的"多情"与"无情"常被当作爱情来解释，有感怀身世之情，有思乡之情，有对年轻生命的向往之情，有报国之情，等等，的确可谓是"有情"之人；而佳人年轻单纯、无忧无虑，既没有伤春感时，也没有为人生际遇而烦恼，真可以说是"无情"。作者发出如此深长的感慨，那"无情"之人究竟会撩拨起他什么样的思绪，对此，他并没回答。也许是勾起他对美好年华的向往，也许是对君臣关系的类比和联想，也许是增年华不再的感慨，也许是对人生哲理的一种思索和领悟，苏轼并未言明，却留下了丰富的回味、想象的空间。

下阕写人，描述了墙外行人对墙内佳人的眷顾及佳人的淡漠，让行人更加惆怅。在这里，"佳人"即代表上阕作者所追求的"芳草"，"行人"则是词人的化身。苏轼通过对这样一组意象的刻画，表现了其抑郁终不得排解的心绪。

综观全词，苏轼写了春天的景、春天的人，而后者也可以算是一种特殊的景观。苏轼意欲奋发有为，但终究未能如愿。全词真实地反映了苏轼的一段心理历程，于清新中蕴含哀怨，于婉丽中透出伤情，意境朦胧，韵味无穷。

4. 苍凉豪放的《秋波媚·七月十六日晚登高兴亭望长安南山》

◎ 作者

宋·陆游

◎ 原文

秋到边城角声哀,烽火照高台。悲歌击筑,凭高酹酒,此兴悠哉。

多情谁似南山月,特地暮云开。灞桥烟柳,曲江池馆,应待人来。

◎ 译文

秋意来到边城,声声号角哀鸣,代表平安的烽火映照着高兴亭。击筑高歌,站在高处把酒洒向国土,引起了无限兴致。

谁能像多情的南山明月,把层层的暮云都推开?灞桥边的如烟翠柳,曲江池畔的美丽楼台,应该在月下伫立,等待着我军收复失地,胜利归来。

◎ 注释

秋波媚:词牌名。双调四十八字,前阕三平韵,后阕两平韵。

高兴亭:亭名,在南郑(今属陕西)内城西北,正对当时被金占领区的长安南山。南郑地处南宋抗金前线,当时陆游在南郑任上。

角声:行军打仗用的鼓角之声。

烽火:古代边防措施,于高峰处建台,镇守士卒白昼举烟,夜间置火,警示军民做好防御和迎敌准备。后又有每日初夜放烟一炬,谓之平安火。此指报前线无事的平安烽火。

高台:本处指高兴亭。

筑:古代的一种弦乐器。

酹(lèi)酒:把酒洒在地上的祭祀仪式。

灞桥:在今陕西西安城东。唐人送客至此桥,折柳赠别。为唐代长安名胜之地。

曲江：池名，在今陕西西安东南。为唐代以来的游览胜地。

应：应该。

人：指宋军，也包括作者。

◎ 审美赏析

一个"望"字把诗人的爱国情怀和等待胜利在望的心情表达无遗。七月十六日夜晚，长安南山头，诗人登高远望，皎洁的月轮正在升起光华。

词的上阕写秋天来到边城，鼓角声充满悲哀，首句一个"哀"字充分表达了作者对国土沦丧的惋惜和悲哀。下阕从上阕的"凭高"和"此兴悠哉"过渡，全面表达了"高兴"的"兴"。整首词由"哀"到"兴"，反映了作者的乐观主义精神和爱国壮志。

从角声烽火写起，烽火指平安火，高台指高兴亭。陆游《辛丑正月三日雪》诗自注："予从戎日，尝大雪中登兴元城上高兴亭，待平安火至。"又《感旧》自注："平安火并南山来，至山南城下。"又《频夜梦至南郑小益之间慨然感怀》："客枕梦游何处所，梁州西北上危台。雪云不隔平安火，一点遥从骆谷来。"都可以和这首词句互证。高歌击筑，凭高洒酒，引起收复关中成功在望的无限喜悦，从而让读者体会到上面所写的角声之哀、歌声之悲，不是什么忧郁哀愁的低调，而是慷慨悲壮的旋律。"此兴"的"兴"，兼切亭名。

下阕从上阕的"凭高"和"此兴悠哉"过渡，全面表达了"高兴"的"兴"。作者将无情的自然物南山之月赋予人的感情，并加倍地描写成谁也不及它的多情。多情就在于它和作者热爱祖国河山之情一脉相通，它为了让作者清楚地看到长安南山的面目，把层层云幕都推开了。这里，也点明了七月十六日夜晚，在南郑以东的长安南山头，皎洁的月轮正在升起光华。然后进一步联想到灞桥烟柳、曲江池台那些美丽的长安风景区，肯定会多情地等待收复关中的宋朝军队的到来。这里用"应"字，特别强调肯定语气。

词中没有直接说到收复失地的战争，而是以大胆的想象，拟人化的手法，描绘上自"明月""暮云"，下至"烟柳""池馆"，都在期待宋军收复失地、胜利归来的情景，来暗示作者所期望的前景。这种想象是在上阕豪情壮志抒发的基础上自然引发而出的，具有明显的浪漫主义情调。

5. 形神兼备的《念奴娇·赤壁怀古》

◎ 作者

宋·苏轼

◎ 原文

大江东去，浪淘尽，千古风流人物。

故垒西边，人道是，三国周郎赤壁。

乱石穿空，惊涛拍岸，卷起千堆雪。

江山如画，一时多少豪杰。

遥想公瑾当年，小乔初嫁了，雄姿英发。

羽扇纶巾，谈笑间，樯橹灰飞烟灭。

故国神游，多情应笑我，早生华发。

人生如梦，一尊还酹江月。

◎ 译文

大江之水滚滚不断向东流去，滔滔巨浪淘尽千古英雄人物。

那旧营垒的西边，人们说，就是三国时周郎大破曹兵的赤壁。

岸边乱石林立，像要刺破天空，惊人的巨浪拍击着江岸，激起的浪花好似千万堆白雪。

雄壮的江山奇丽如图画，一时间涌现出多少英雄豪杰。

遥想当年的周瑜春风得意，小乔刚刚嫁给他做妻子，英姿雄健、风度翩翩。

手摇羽扇头戴纶巾，谈笑之间，就把强敌的战船烧得灰飞烟灭。

如今我身临古战场神游往昔，可笑我有如此多的怀古柔情，竟如同未老先衰般鬓发斑白。

人生犹如一场梦，且洒一杯酒祭奠江上的明月。

◎ 注释

念奴娇：词牌名。又名百字令、酹江月等。赤壁：此指黄州赤壁，一名"赤鼻矶"，在今湖北黄冈西。而三国古战场的赤壁，普遍认为在今湖北赤壁市蒲圻县西北。

大江：指长江。

淘：冲洗，冲刷。

风流人物：指杰出的历史名人。

故垒：过去遗留下来的营垒。

周郎：指三国时吴国名将周瑜，字公瑾，少年得志，二十四岁为中郎将，掌管东吴重兵，吴中皆呼为"周郎"。下文中的"公瑾"，即指周瑜。

雪：比喻浪花。

遥想：形容想得很远；回忆。

小乔初嫁了（liǎo）：《三国志·吴志·周瑜传》载，周瑜从孙策攻皖，"得桥公两女，皆国色也。策自纳大桥，瑜纳小桥"。乔，本作"桥"。其时距赤壁之战已经十年，此处言"初嫁"，是言其少年得志，倜傥风流。

雄姿英发（fā）：谓周瑜体貌不凡，言谈卓绝。英发，谈吐不凡，见识卓越。

羽扇纶（guān）巾：古代儒将的便装打扮。羽扇，羽毛制成的扇子。纶巾：青丝制成的头巾。

樯橹（qiáng lǔ）：这里代指曹操的水军战船。樯，挂帆的桅杆。橹，一种摇船的桨。"樯橹"一作"强虏"，又作"樯虏"，又作"狂虏"。

故国神游："神游故国"的倒文。故国：这里指旧地，当年的赤壁战场。神游：于想象、梦境中游历。

"多情"二句："应笑我多情，早生华发"的倒文。华发（fà）：花白的头发。

一尊还（huán）酹（lèi）江月：古人祭奠时以酒浇在地上。这里指洒酒酬月，寄托自己的感情。尊：通"樽"，酒杯。

◎ 审美赏析

此词怀古抒情，写自己消磨壮心殆尽，转而以旷达之心关注历史和人生。上阕以描写赤壁矶风起浪涌的自然风景为主，意境开阔博大，感慨隐约深沉。起笔凌云健举，包举有力，将浩荡江流与千古人事并收笔下。

千古风流人物既被大浪淘尽，则一己之微岂不可悲？然而苏轼却另有心得：既然千古风流人物也难免如此，那么一己之荣辱、穷达又何足悲叹！人类既如此殊途而同归，则汲汲于一时功名，不免过于迂腐了。接下来三句切入怀古主题，专说三国赤壁之事。"人道是"三字写得极有分寸。赤壁之战的故地在哪儿争议很大。一说在今湖北蒲圻县境内，已改为赤壁市。但今湖北省内有四处地名同称赤壁者，另三处在黄冈、武昌、汉阳附近。苏轼所游是黄冈赤壁，他似乎也不敢肯定，所以用"人道是"三字引出以下议论。

"乱石"以下五句写江水腾涌的壮观景象。其中"穿""拍""卷"

等动词用得生动形象。"江山如画"是写景的总括之句,"一时多少豪杰"则又由景物过渡到人事。

苏轼重点要写的是"三国周郎",故下阕便全从周郎引发、替换头五句写赤壁战争。与周瑜的谈笑论战相似,作者描写这么一场轰轰烈烈的战争也是举重若轻,闲笔纷出。从起句的"千古风流人物"到"一时多少豪杰"再到"遥想公瑾当年",视线不断收束,最后聚焦定格在周瑜身上。然而写周瑜却不写其大智大勇,只写其儒雅风流的气度。

不留意的人容易把"羽扇纶巾"看作是诸葛亮的代称,因为诸葛亮的装束素以羽扇纶巾著名。但在三国之时,这是儒将通常的装束。宋人也多以"羽扇"代指周瑜,如戴复古《赤壁》诗云:"千载周公瑾,如其在目前。英风挥羽扇,烈火破楼船。"

苏轼在这里极言周瑜之儒雅淡定,但感情是复杂的。"故国"两句便由周郎转到自己。周瑜破曹之时年方三十四岁,而苏轼写作此词时年已四十七岁。孔子曾说:"四十五十而无闻焉,斯亦不足畏也已。"苏轼从周瑜的年轻有为,联想到自己的坎坷不遇,故有"多情应笑我"之句,语似轻淡,意却沉郁。但苏轼毕竟是苏轼,他不是一介悲悲戚戚的寒儒,而是参破世间宠辱的智者。所以他在察觉到自己的悲哀后,不是像南唐李煜那样沉溺苦海、自伤心志,而是把周瑜和自己都放在整个江山历史之中进行参照。在苏轼看来,当年潇洒从容、声名盖世的周瑜现今又如何呢?不是也被大浪淘尽了吗?这样一比,苏轼便从悲哀中超脱了。"人生到处知何似,应似飞鸿踏雪泥。泥上偶然留指爪,鸿飞哪复计东西"(苏轼《和子由渑池怀旧》)。所以苏轼在与周瑜做了一番比较后,虽然也看到了自己的政治功业无法与周瑜媲美,但上升到整个人类的发展规律和普遍命运,双方其实也没有什么大的差别。有了这样深沉的思索,遂引出结句"人生如梦,一尊还酹江月"的感慨。正如他在《西江月》词中所说的那样:"世事一场大梦,人生几度秋凉。"消极悲观不是人生的真谛，超脱飞扬才是生命的壮歌。既然人间世事恍如一梦，何妨将樽酒洒在江心明月的倒影之中，脱却苦闷，从有限中玩味无限，让精神获得自由。其同期所作的《赤壁赋》于此说得更为清晰明断："惟江上之清风，与山间之明月，耳得之而为声，目遇之而成色。取之无禁，用之不竭，是造物者之无尽藏也，而吾与子之所共适。"这种超然远想的文字，宛然是《庄子·齐物论》思想的翻版。但庄子以此回避现实，苏轼则以此超越现实。

黄州数年是苏轼思想发生转折的时期，也是他不断走向成熟和睿智的时期，他以此保全自己的岸然人格，也以此养护自己淳至的精神。这首《念奴娇》词及其作于同一时期的数篇诗文，都为我们透示了其中的端倪。

《念奴娇》是苏轼贬官黄州后的作品。苏轼二十一岁中进士，三十岁以前绝大部分时间过着书房生活，仕途坎坷，随着北宋政治风浪，几上几下。宋神宗元丰二年（公元1079年）四十三岁时因作诗讽刺新法被捕下狱，出狱后贬官为黄州团练副使。这是个闲职，他在旧城营地辟畦耕种，游历访古，政治上失意，滋长了他逃避现实和怀才不遇的情绪，但由于他豁达的胸怀，在祖国雄伟的江山和历史风云人物的激发下，借景抒情，写下了一系列脍炙人口的名篇，此词为其代表。

《念奴娇》词分上下两阕。上阕咏赤壁，下阕怀周瑜，并怀古伤己，以自身感慨作结。苏轼吊古伤怀，想古代豪杰，借古传颂之英雄业绩，思自己历遭之挫折。不能建功立业，壮志难酬，词作抒发了他内心忧愤的情怀。

上阕咏赤壁，着重写景，为描写人物做烘托。前三句不仅写出了大江的气势，而且把千古英雄人物都概括进来，表达了对英雄的向往之情。假借"人道是"引出所咏的人物。

"乱""穿""惊""拍""卷"等词语的运用，精妙独到地勾画了古战场的险要形势，写出了它的雄奇壮丽景象，从而为下阕所追怀的赤壁大战中的英雄人物渲染了环境气氛。

下阕着重写人，借对周瑜的仰慕，抒发自己功业无成的感慨。写小乔在于烘托周瑜才华横溢、意气风发，突出人物的风姿，中间描写周瑜的战功意在反衬自己的年老无为。"多情"后几句虽表达了伤感之情，但这种感情其实正是词人不甘沉沦、积极进取、奋发向上的表现，仍不失英雄豪迈本色。

诗人是个旷达之人，尽管政治上失意，却从未对生活失去信心。这首词就是他这种复杂心情的集中反映，词中虽然书写失意，然而格调是豪壮的，跟失意文人的同主题作品显然意境不同。

6. 意境高远的《南乡子·登京口北固亭有怀》

◎ 作者

宋·辛弃疾

◎ 原文

何处望神州？满眼风光北固楼。千古兴亡多少事？悠悠。不尽长江滚滚流。

年少万兜鍪，坐断东南战未休。天下英雄谁敌手？曹刘。生子当如孙仲谋。

◎ 译文

从哪里可以眺望故土中原？眼前却只见北固楼一带的壮丽江山，千百年的盛衰兴亡，不知经历了多少变换？说不清呀。往事连绵不断，如同没有尽头的长江水滚滚地奔流不息。

想当年孙权在青年时代，已统领了千军万马。占据东南，连年征战，没有向敌人低过头。天下英雄谁是孙权的敌手呢？只有曹操和刘备可以和他鼎足成三。难怪曹操说："生下的儿子就应当如孙权一般！"

◎ 注释

南乡子：词牌名。

京口：今江苏省镇江市。

北固亭：在今镇江市北固山上，下临长江，三面环水。

望：眺望。

神州：这里指中原地区。

北固楼：即北固亭。

兴亡：指国家兴衰，朝代更替。

悠悠：形容漫长、久远。

年少：年轻。指孙权十九岁继父兄之业统治江东。

兜鍪（dōu móu）：指千军万马。原指古代作战时兵士所戴的头盔，这里代指士兵。

坐断：坐镇，占据，割据。

东南：指吴国在三国时地处东南方。

休：停止。

敌手：能力相当的对手。

曹刘：指曹操与刘备。

仲谋：孙权的字。

◎ 审美赏析

该词以一个问句开始，作者写道："何处望神州？"这里的"神州"是词人心中不能忘的中原地区，是他一生都想收复的地方。接着写道："满眼风光北固楼。""北固楼"在今镇江市北固山上，下临长江。作者登上北固亭以望神州，看到的却是附近的优美风光。然而，那时候却是山河破碎,国家处于风雨飘摇之中,这对于爱国的作者来说,触景生情,心念家国,哪里有兴致去欣赏美景。

作者接着说:"千古兴亡多少事?"这是一句问话。作者禁不住发问,从古到今,到底有多少国家兴亡大事呢?往事悠悠,是非成败已成陈迹,只有这无尽的江水依旧滚滚东流。"悠悠"形容漫长、久远。这里,叠词的运用,不但暗示了时间之漫长,而且也表现了作者心中无尽的愁思和感慨。接着的"不尽长江滚滚流"句,作者借用杜甫的"无边落木萧萧下,不尽长江滚滚来"意境,不但写出了江水奔腾而去的雄壮气势,还把由此而产生的空间感、历史感都形象地表达出来。

接下来,作者为了把这层意思进一步发挥,不惜以夸张之笔极力渲染孙权不可一世的英姿。他异乎寻常地第三次发问,以提醒人们注意:"天下英雄谁敌手?"作者自问又自答:"曹刘",唯曹操与刘备耳!据《三国志·蜀书·先主传》记载:曹操曾对刘备说:"今天下英雄,惟使君(刘备)与操耳。"作者便借用这段故事,把曹操和刘备请来给孙权当配角,说天下英雄只有曹操、刘备才堪与孙权争胜。曹、刘、孙三人,论智勇才略,孙权未必在曹刘之上。作者在《美芹十论》中对孙权的评价也并非称赞有加,然而,在这首词里,作者却把孙权作为三国时代第一流叱咤风云的英雄来颂扬,其所以如此用笔,实借凭吊千古英雄之名,慨叹当今南宋无大智大勇之人执掌乾坤。这种用心,更于篇末见意。作者在这里极力赞颂孙权的年少有为,突出他的盖世武功,其原因是孙权"坐断东南",形势与南宋极似,作者这样热情赞颂孙权的不畏强敌,其实是对苟且偷安、毫无作为的南宋朝廷的鞭挞。

于是,作者在末句写道:"生子当如孙仲谋。"据有关资料记载,曹操有一次与孙权对垒,见孙权仪表堂堂,气度不凡,于是感叹说:"生子当如孙仲谋,刘景升儿子若豚犬耳。"意思是说,生儿子应该像孙权一样,而刘景升的儿子就像猪狗一样。作者用这一典故,是表明希望南宋有如孙权那样的有志之士。其实，这也暗示了作者自己就如孙权一样，有奋发图强、收复失地的伟大理想。当然，也暗示了词人对南宋朝廷主和派的愤恨。

这首词通篇三问三答，互相呼应，感怆雄壮，意境高远。它与作者同时期所作另一首登北固亭词《永遇乐·京口北固亭怀古》相比，一风格明快，一沉郁顿挫，同是怀古伤今，写法大异其趣，而都不失为千古绝唱。

7. 即景生情的《定风波·莫听穿林打叶声》

◎ **作者**

宋·苏轼

◎ **原文**

三月七日，沙湖道中遇雨。雨具先去，同行皆狼狈，余独不觉，已而遂晴，故作此词。

莫听穿林打叶声，何妨吟啸且徐行。竹杖芒鞋轻胜马，谁怕？一蓑烟雨任平生。

料峭春风吹酒醒，微冷，山头斜照却相迎。回首向来萧瑟处，归去，也无风雨也无晴。

◎ **译文**

三月七日，在沙湖道上赶上了下雨，拿着雨具的仆人先前离开了，同行的人都觉得很狼狈，只有我不这么觉得。过了一会儿天晴了，就作了这首词。

不用注意那穿林打叶的雨声，何妨放开喉咙吟唱从容而行。竹杖和草鞋轻便得胜过骑马，这都是小事情有什么可怕的？一身蓑衣任凭风吹雨打，照样过我的一生。

春风微凉吹醒我的酒意，微微有些冷，山头初晴的斜阳迎面而来。回头望一眼走过来的风雨萧瑟的地方，我信步归去，不管它是风雨还是放晴。

◎ 注释

定风波：词牌名。

沙湖：在今湖北黄冈东南三十里。

狼狈：进退皆难的困顿窘迫之状。

已而：过了一会儿。

穿林打叶声：指大雨点透过树林打在树叶上的声音。

吟啸：放声吟咏。

芒鞋：草鞋。

一蓑烟雨任平生：披着蓑衣在风雨里过一辈子也处之泰然。蓑（suō）：蓑衣，用棕制成的雨披。

料峭：微寒的样子。

斜照：偏西的阳光。

向来：方才。

萧瑟：风雨吹打树叶声。

也无风雨也无晴：意谓既不怕雨，也不喜晴。

◎ 审美赏析

此词为醉归遇雨抒怀之作。作者借雨中潇洒徐行之举动，表现了虽处逆境屡遭挫折而不畏惧、不颓丧的倔强性格和旷达胸怀。全词即景生情，语言诙谐。

首句"莫听穿林打叶声"，一方面渲染出雨骤风狂，另一方面又以"莫听"二字点明外物不足萦怀之意。"何妨吟啸且徐行"，是前一句的延伸。在雨中照常徐徐行步，呼应小序"同行皆狼狈，余独不觉"，又引出下文"谁怕"即不怕雨。徐行而又吟啸，是加倍写；"何妨"二字透出一点儿俏皮，更增加挑战色彩。首两句是全篇枢纽，以下词情都是由此生发。

在雨中行走，按照生活常态，当然是骑马胜过竹杖芒鞋，但是苏轼却说："竹杖芒鞋轻胜马，谁怕？"这里当然不是写实，而是继续写自己当时的心态。当自己拥有平静悠闲的心态时，即使是竹杖芒鞋行走在泥泞之中，也胜过骑马扬鞭疾驰而去。这里还隐含了两种生活的对比，一种是竹杖芒鞋的平民生活，一种是肥马轻裘的贵族生活。在历经了政治上的风风雨雨后，苏轼越来越认同这种真真切切、平平淡淡的平民生活。"竹杖""芒鞋"是苏轼用来表达平民生活的重要意象，在其诗词中经常使用，如《初入庐山》："芒鞋青竹杖，自挂百钱游。"《东坡》："莫嫌荦确坡头路，自爱铿然曳杖声。"《寓居定惠院之东杂花满山有海棠一株土人不知贵也》："不问人家与僧舍，拄杖敲门看修竹。"苏轼是一位士人和官员，也是一个平民艺术家，常常深入民间，并过着平民般的生活。"竹杖""芒鞋"就是苏轼典型的平民形象，也是其平民人格的真实写照。

竹杖芒鞋行走在风雨中，本是一种艰辛的生活，而苏轼却走得那么潇洒、悠闲。对于这种生活，他进一步激励自己："谁怕？"意思是说，我不怕这种艰辛和磨难。这是一个反问句，意在强调这种生活态度。为什么要强调这种生活态度呢？因为这就是他一生的生活态度，所以他说："一蓑烟雨任平生。""一蓑烟雨"，是说整个蓑衣都在烟雨中，实际上是说他的全身都在风吹雨打之中。这"一蓑烟雨"也象征人生的风雨、政治的风雨。而"任平生"，是说一生任凭风吹雨打，而始终那样的从容、镇定、达观。这一句简直就是苏轼一生生活的写照。他在政治上不断地受到打击，一贬再贬，晚年被流放到了蛮荒之地海南岛。但是在精神上，他始终没有被打败，始终保持一颗鲜活灵动的心。当他被贬到海南岛，仍能够写出"云散月明谁点缀，天容海色本澄清"这样心灵纯净的句子。对于"一蓑烟雨"这样的意象，苏轼是非常喜爱的。他对唐代词人张志和的词《渔父》中"青箬笠，绿蓑衣，斜风细雨不须归"这样的句子极为赞赏，恨其曲调不传，并将其改为《浣溪沙》中"自庇一身青箬笠，相随到处绿蓑衣"入歌。

我们再看词的下阕，下阕转到写雨后的情景和感受。"料峭春风吹酒醒，微冷，山头斜照却相迎。"这里描绘了一个有趣而又充满哲理的画面：一边是料峭春风，苏轼感到丝丝的冷意；一边是山头斜照，苏轼感到些许的暖意。这既是写景，也是表达人生的哲理。人生不就是这样充满辩证法吗？在寒冷中有温暖，在逆境中有希望，在忧患中有喜悦。当你对人生的这种辩证法有了了悟之后，就不会永远沉陷在悲苦和挫折之中，就会在微冷的醒觉中升起一股暖意、一线希望。"山头斜照却相迎"，是苏轼历经磨难和打击之后，在灵魂上的升华。苏轼在《六月二十日夜渡海》诗中，也表达过这种思想："参横斗转欲三更，苦雨终风也解晴。"意谓凄风苦雨之后也终会放晴的。

其实以上三句表达的还只是一种儒家的境界，这是一种人生态度。在此基础上，苏轼进一步彻悟人生："回首向来萧瑟处，归去，也无风雨也无晴。"归去之后，看刚才刮风下雨的地方，哪里有什么雨，哪里有什么晴。所谓风雨，所谓晴，不过是人心中的幻象而已。

8. 美感无限的《天仙子·水调数声持酒听》

◎ 作者

宋·张先

◎ 原文

水调数声持酒听,午醉醒来愁未醒。送春春去几时回?临晚镜,伤流景,往事后期空记省。

沙上并禽池上暝,云破月来花弄影。重重帘幕密遮灯,风不定,人初静,明日落红应满径。

◎ 译文

手执酒杯细听那《水调歌》声声,一觉醒来午间醉意虽消,愁却未曾消减。送走了春天,春天何时回来?临近傍晚照镜,感伤逝去的年景,如烟往事在日后空自让人沉吟。

天黑后,鸳鸯在池边并眠,花枝在月光下舞弄自己的倩影。一重重帘幕密密地遮住灯光,风还没有停止,人声已安静,明天落花应该会铺满园中小径。

◎ 注释

天仙子:唐教坊舞曲,后用为词牌。

水调:曲调名。

流景:像水一样的年华,逝去的光阴。景,日光。

后期:以后的约会。

记省:记志省识。记,思念。省(xǐng),省悟。

并禽:成对的鸟儿。这里指鸳鸯。

暝:天黑,暮色笼罩。

弄影:谓物动使影子也随着摇晃或移动。弄,摆弄。

落红:落花。

◎ 审美赏析

这是北宋词中的名篇之一，也是作者享誉之作。其所以得名，则由于词中有"云破月来花弄影"之句。据陈师道《后山诗话》及胡仔《苕溪渔隐丛话》所引各家评论，都说到作者所创作的词中以三句带有"影"字的佳句为世所称，人们喻之为"张三影"。

这首词调有注云："时为嘉禾小倅，以病免，不赴府会。"说明词人感到疲怠，百无聊赖，对酣歌妙舞的府会不感兴趣，这首词写的正是这种心情。

"水调数声持酒听，午醉醒来愁未醒。送春春去几时回？"这首词开头三句是说，手执酒杯细听那《水调歌》声声，午间醉酒虽醒愁还没有醒。送走了春天，春天何时再回来？

其实作者未尝不想借听歌饮酒来解愁。但在这首词里，作者却写他在家里品着酒听了几句曲子以后，不仅没有遣愁，心里反而更烦了。于是在吃了几杯闷酒以后便昏昏睡去。一觉醒来，日已过午，醉意虽消，愁却未曾减少。张先一想到笙歌散尽之后可能愁绪更多，所以根本连宴会也不去参加了。这就逼出下一句"送春春去几时回？"的慨叹来。这里上下两个"春"字，也就有了不尽相同的含义。上一个"春"指季节，指大好春光；而下面的"春去"，不仅指年华的易逝，还蕴含着对青春时期风流韵事的追忆和惋惜。

"临晚镜，伤流景，往事后期空记省。"上阕后三句是说，临近傍晚照镜，感伤逝去的年景，如烟往事在日后空自让人沉吟。

此时已近黄昏，总躺在那儿仍不能消愁解忧，便起来"临晚镜"了。这个"晚"既是天晚之晚，当然也隐指晚年之晚，这同上面两个"春"字各具不同的含义是一样的，只是此处只用了一个"晚"字，而把"晚年"的一层意思通过"伤流景"三字给补充出来罢了。这件"往事"，明明是可以成为好事的，但由于自己错过机缘，把一个预先定妥的期约给耽误了（即所谓后期），这就使自己追悔莫及。随着时光的流逝，往事的印象并未淡忘，只能向自己的"记省"中去寻求，但寻求到了，也并不能得到安慰，反而更增添了烦恼。这就是自己为什么连把酒听歌也不能消愁，从而嗟老伤春，即使府中有盛大的宴会也不想去参加的原因了。

上阕写作者的思想活动，是静态；下阕写作者即景生情，是动态。静态得平淡之趣，而动态有空灵之美。

"沙上并禽池上暝，云破月来花弄影。"下阕前两句是说，鸳鸯于黄昏后在池边并眠，花枝在月光下舞弄自己的倩影。

作者未去参加府会便在暮色将临时到小园中闲步，借以排遣从午前一直滞留在心头的愁闷。天很快就暗下来了，水禽已并眠在池边的沙岸上，夜幕逐渐笼罩着大地。这个晚上原应有月的，作者的初衷未尝不想趁月色以赏夜景。不料云满晴空，并无月色，既然天已昏黑那就回去吧。恰在这时，意外的景色变化在眼前出现了。风起了，刹那间吹开了云层，月光露出来了，而花被风吹动，也竟自在月光照耀下婆娑弄影。这就给作者孤寂的情怀注入了暂时的欣慰。此句之所以传诵千古，不仅在于修辞炼句的功夫，更在于作者把经过整天的忧伤苦闷之后，居然在一天将尽时欣赏到即将流逝的盎然春意这一曲折复杂的心情，通过生动妩媚的形象传绘出来，让读者从而也分享到一点儿喜悦和无限的美感。这才是在作者的许多名句中唯独这一句始终为读者所爱好、欣赏的主要原因。

"重重帘幕密遮灯，风不定，人初静，明日落红应满径。"末四句是说，一重重帘幕密密地遮住灯光，风儿还没有停，人声已经安静，明日落花定然铺满园中小径。

结尾写作者进入室中，外面的风也更加紧了、大了。作者先写"重重帘幕密遮灯"而后写"风不定"，说明作者体验事物十分细致，因为外面有风，如果帘幕不遮，灯自然会被吹灭，所以作者进了屋，就赶快拉上帘幕。但下文紧接着说"风不定"，是表示风更大了，纵使帘幕密遮灯焰仍在摇晃，这个"不定"包括灯焰"不定"的情景在内。"人初静"一句，也有三层意思：一是说夜深人静，二是指府中的歌舞场面这时也该散了，三是结合末句见出作者惜花的一片深情。好景无常，刚才还在月下弄影的姹紫嫣红，经过这场无情的春风，恐怕要片片飞落在园中的小路上了。作者在末一句所蕴含的心情是复杂的，春天毕竟过去了，自嗟迟暮的愁绪更强烈了，然而幸好今天没有去赴会，居然在园中欣赏了片刻春光，否则错过时机，再想见到"云破月来花弄影"的动人景象就不可能了。

王国维《人间词话》就遣词造句评论说："'红杏枝头春意闹'，着一'闹'字而境界全出；'云破月来花弄影'着一'弄'字而境界全出矣。"这已是权威性的评语。沈祖棻说："其好处在于'破''弄'二字，下得极其生动细致。天上，云在流，地下，花影在动，都暗示有风，为以下'遮灯''满径'埋下伏线。"拈出"破""弄"两字而不只谈一"弄"字，确有过人之处，然还要注意到一句诗或词中的某一个字与整个意境的联系。即如王国维所举宋祁的"红杏枝头春意闹"，如果没有"红""春"二词限定了当时当地情景，单凭一个"闹"字是不足以见其"境界全出"的。作者的这句词，没有上面的"云破月来"（特别是"破"与"来"这两个动词），这个"弄"字就肯定不这么突出了。"弄"之主语为"花"，宾语为"影"，特别是那个"影"字，也是不容任意更改的。其关键所在，除沈祖棻谈到的起了风这一层意思外，还有好几方面需要补充说明的。第一，当时所以无月，乃云层厚暗所致。而风之初起，自不可能顿扫阴霾而骤然出现晴空万里，只能把厚暗的云层吹破了一部分，在这罅隙处露出了碧天。但云破出未必正巧是月光所在，而是在过了一会儿之后月光才移到了云开之处。这样，

"破"与"来"这两个字就不宜用别的字来代替了。在有月而多云到暮春之夜的特定情境下,由于白天作者并未出来赏花,后来虽到园中,又由于阴云笼罩、暮色迷茫,花的风姿神采也未必能尽情地表现出来。及至天色已暝,群动渐息,作者也意兴阑珊,准备回到室内去了,忽然出人意表,云开天际,大地上顿时呈现皎洁的月光,再加上风的助力,花在月下一扫不久前的暗淡而使其娇艳丽质一下子摇曳生姿,这自然给作者带来了意外的欣慰。

第三章 读宋词，学浓厚的感伤美

在宋词中反复出现的词语，是带有浓厚感伤色彩的「悲、哀、愁、怨、恨、叹、泪」之类，还有「酒」「醉」和「梦」。从整个宋词高频率地出现感伤词语的现象，我们可以清楚地看到：宋词是感伤的，感伤是宋代词人普遍的心态。

1. 相思离别的《清平乐·红笺小字》

◎ 作者

宋·晏殊

◎ 原文

红笺小字，说尽平生意。鸿雁在云鱼在水，惆怅此情难寄。

斜阳独倚西楼，遥山恰对帘钩。人面不知何处，绿波依旧东流。

◎ 译文

红线格的绢纸上写满密密小字，道尽我平生相慕相爱之意。鸿雁高飞在云端，鱼儿在水中游来游去，让我这满腹惆怅的情意难以传寄。

斜阳里我独自一人倚着西楼，眺望远方。远方的群山恰好正对窗上帘钩。从前的那个人不知道如今在哪里？唯有碧波绿水依旧向东方流去。

◎ 注释

清平乐：宋词常用词牌。此调正体双调八句四十六字，前阕四仄韵，后阕三平韵。

红笺（jiān）：印有红线格的绢纸。多指情书。

平生意：平生相慕相爱之意。

鸿雁在云鱼在水：在古代传说中，鸿雁和鲤鱼都能传递书信。

惆怅：失意，伤感。

人面不知何处：化用唐崔护《题都城南庄》诗"人面不知何处去，桃花依旧笑春风。"

◎ 审美赏析

此为怀人之作。词中寓情于景，以淡景写浓愁，言青山常在，绿水长流，而自己爱恋的人却不知去向；虽有天上的鸿雁和水中的游鱼，它们却不能为自己传递书信，因而惆怅万端。

词的上阕写主人公以书信细诉衷肠，而无处可寄；下阕叙倚楼远望，只见青山绿波，不见所思之人。此词用语雅致，语意恳挚，抒情婉曲细腻。词中运用了一些传统文化意象和相关典故，深情含蓄，音韵悠长。

词的上阕抒情。起句"红笺小字，说尽平生意"语似平淡，实蕴无数情事，无限情思。红笺是一种精美的小幅纸，可用来题诗、写信。词里的主人公便用这种纸，写上密密麻麻的小字，说尽了平生相慕相爱之意。显然，对方不是普通的友人，而是倾心相爱的知音。

三、四两句抒发信写成后无从传递的苦闷。古人有"雁足传书"和"鱼传尺素"的说法，前者见于《汉书·苏武传》，后者见于古诗《饮马长城窟行》（客从远方来），是诗文中常用的典故。作者以"鸿雁在云鱼在水"的语句，表明无法驱遣它们去传书递简，因此"惆怅此情难寄"。运典出新，比起"断鸿难倩"等语又增加了许多风致。

下阕前两句由抒情过渡到写景。"斜阳"句点明时间、地点和人物活动，红日偏西，斜晖照着正在楼头眺望的孤独人影，景象已十分凄清，而远处的山峰又遮蔽着愁人的视线，隔断了离人的音信，更加令人惆怅难遣。"遥山恰对帘钩"句，从象征意义上看，又有两情相对而遥相阻隔的意味。倚楼远眺本是为了抒忧，如今反倒平添一段愁思，从抒情手法来看，又多了一层转折。

结尾两句化用崔护《题都城南庄》诗句"人面不知何处去，桃花依旧笑东风"之意，略加变化，给人以有余不尽之感。绿水，或曾映照过如花的人面，如今，流水依然在前，而人面不知何处，唯有相思之情，跟随流水，悠悠东去而已。

此词以斜阳、遥山、人面、绿水、红笺、帘钩等物象，营造出一个充满离愁别恨的意境，将词人心中蕴藏的情感波澜表现得婉曲细腻，感人肺腑。全词语淡情深，闲雅从容，充分体现了词人独特的艺术风格。

2. 思乡怀人的《踏莎行·候馆梅残》

◎ 作者

宋·欧阳修

◎ 原文

候馆梅残，溪桥柳细。草薰风暖摇征辔。离愁渐远渐无穷，迢迢不断如春水。

寸寸柔肠，盈盈粉泪。楼高莫近危阑倚。平芜尽处是春山，行人更在春山外。

◎ 译文

馆舍前的梅花已经凋残，溪桥旁新生细柳轻垂，暖风吹送着春草的芳香，远行人摇动马缰，赶马行路。走得越远离愁越没有穷尽，就像那春江之水连绵不断。

寸寸柔肠痛断，行行泪水滴落面庞，登上高楼凭栏远望也难解难心中愁情。平坦的草地尽头就是重重春山，行人还在那重重春山之外。

◎ 注释

候馆：迎宾候客之馆舍。

草薰：小草散发的清香。薰，香气侵袭。

征辔（pèi）：行人坐骑的缰绳。辔，缰绳。

迢迢：形容遥远的样子。

寸寸柔肠：柔肠寸断，形容愁苦到极点。

盈盈：泪水充溢眼眶之状。

粉泪：泪水流到脸上，与粉妆和在一起。

危阑：也作"危栏"，高楼上的栏杆。

平芜：平坦地向前延伸的草地。芜，草地。

◎ 审美赏析

这首词是欧阳修词的代表作之一。在婉约派词人抒写离情的小令中,这是一首情深意远、柔婉优美的代表性作品。

上阕写离家远行的人在旅途中的所见所感。

融怡明媚的仲春风光,既令征人欣赏流连,却又很容易触动离愁。因为面对芳春丽景,不免会想到闺中人的青春芳华,想到自己孤身跋涉,不能与对方共赏春光。而梅残、柳细、草薰、风暖等物象又或隐或显地联系着别离,因此三、四两句便由丽景转入对离情的描写:"离愁渐远渐无穷,迢迢不断如春水。"因为所别者是自己深爱的人,所以这离愁便随着分别时间之久、相隔路程之长越积越多,就像眼前这伴着自己的一溪春水一样,来路无穷,去程不尽。上文写到"溪桥",可见路旁就有清流。这"迢迢不断如春水"的比喻,妙在即景设喻,触物生情,亦赋亦比亦兴,是眼中所见与心中所感的悠然神会。从这一点说,它比李煜的"问君能有几多愁,恰似一江春水向东流"显得更加自然。

下阕写闺中少妇对陌上游子的深切思念。

"寸寸柔肠,盈盈粉泪。"过片两对句,由陌上行人转笔写楼头思妇。"柔肠"而说"寸寸","粉泪"而说"盈盈",显示出女子思绪的缠绵深切。从"迢迢春水"到"寸寸肠""盈盈泪",其间又有一种自然的联系。

接下来一句"楼高莫近危阑倚",是行人在心里对泪眼盈盈的闺中人深情的体贴和嘱咐。你那样凭高倚栏远望,又能望得见什么呢?这就很自然地引出了结拍两句。

"平芜尽处是春山,行人更在春山外"补足"莫近危阑倚"之故,也是行人想象闺中人凭高望远而不见所思之人的情景:展现在楼前的,是一片杂草繁茂的原野,原野的尽头是隐隐春山,所思念的行人,更远在春山之外,渺不可寻。这两句不但写出了楼头思妇凝目远望、神驰天外的情景，而且透出了她的一往情深，正越过春山的阻隔，一直伴随着渐行渐远的征人飞向天涯。行者不仅想象到居者登高怀远，而且深入到对方的心灵。这正是一个深刻理解所爱女子心灵美的男子，用体贴入微的关切怀想描绘出来的心画。

此词由陌上游子而及楼头思妇，由实景而及想象，上下阕层层递进，以发散式结构将离愁别恨表达得荡气回肠、意味深长。这种透过一层从对面写来的手法，带来了强烈的美感效果。

3. 伤春惜时的《浣溪沙·一曲新词酒一杯》

◎ 作者

宋·晏殊

◎ 原文

一曲新词酒一杯，去年天气旧亭台。夕阳西下几时回？

无可奈何花落去，似曾相识燕归来。小园香径独徘徊。

◎ 译文

听一支新曲喝一杯美酒，还是去年的天气旧日的亭台，西落的夕阳何时才能回来？

花儿总要凋落让人无可奈何，似曾相识的春燕又归来，独自在花香小径里徘徊。

◎ 注释

浣溪沙：唐玄宗时教坊曲名，后用为词调。沙，一作"纱"。

一曲：一首。因为词是配合音乐唱的，故称"曲"。

新词：刚填好的词，意指新歌。

酒一杯：一杯酒。

去年天气旧亭台：是说天气、亭台都和去年一样。去年天气，跟去年此日相同的天气。旧亭台，曾经到过的或熟悉的亭台楼阁。旧，旧时。

夕阳：落日。

西下：向西方地平线落下。

几时回：什么时候回来。

无可奈何：不得已，没有办法。

似曾相识：好像曾经认识。形容见过的事物再度出现。后用作成语，即出自晏殊此句。

燕归来：燕子从南方飞回来。

小园香径：花草芳香的小径，或指落花散香的小径。因落花满径，幽香四溢，故云香径。香径，带着幽香的园中小径。

独：副词，用于谓语前，表示"独自"的意思。

徘徊：来回走。

◎ 审美赏析

这是晏殊词中最为脍炙人口的篇章。此词虽含伤春惜时之意，却实为感慨抒怀之情。词之上阕缉合今昔，叠印时空，重在思昔；下阕则巧借眼前景物，重在伤今。

上阕中"一曲新词酒一杯，去年天气旧亭台"写对酒听歌的现境。从复叠错综的句式、轻快流利的语调中可以体味出作者面对现境时，开始是怀着轻松喜悦的感情，带着潇洒安闲的意态的，似乎主人公十分醉心于宴饮涵咏之乐。作者边听边饮，这现境触发了对"去年"所经历类似境界的追忆：也是和"今年"一样的暮春天气，面对的也是和眼前一样的楼台亭阁，一样的清歌美酒。然而，似乎一切依旧的表象下又分明感觉到有的东西已经起了难以逆转的变化，这便是悠悠流逝的岁月和与此相关的一系列人事。此句中正包蕴着一种景物依旧而人事全非的怀旧之感。在这种怀旧之感中又糅合着深婉的伤今之情。这样，作者纵然襟怀冲澹，又怎能没有些微的伤感呢？

"夕阳西下几时回？"夕阳西下，是眼前景。但词人由此触发的，却是对美好景物情事的流连，对时光流逝的怅惘，以及对美好事物重现的微茫的希望。这是即景兴感，但所感者实际上已不限于眼前的情事，而是扩展到整个人生，其中不但有感性活动，而且包含着某种哲理性的沉思。夕阳西下，是无法阻止的，只能寄希望于它的东升再现，而时光的流逝、人事的变更，却再也无法重复。细细品味"几时回"三字，所折射出的似乎是一种企盼其返，却又情知难返的迂曲心态。

下阕仍以融情于景的笔法申发前意。"无可奈何花落去，似曾相识燕归来"，为天然奇偶句，此句工巧而浑成、流利而含蓄，声韵和谐，寓意深婉，缠绵哀感，用虚字构成工整的对仗；唱叹传神方面表现出词人的巧思深情，宛如天成，也是这首词出名的原因。但更值得玩味的倒是这一联所含的意蕴。花的凋落，春的消逝，时光的流逝，都是不可抗拒的自然规律，虽然惋惜流连也无济于事，所以说"无可奈何"，这一句承上"夕阳西下"。然而这暮春天气中，所感受到的并不只是无可奈何的凋衰消逝，还有令人欣慰的重现，那翩翩归来的燕子不就像是去年曾在此处安巢的旧时相识吗？这一句应上"几时回"。花落、燕归虽也是眼前景，但一经与"无可奈何""似曾相识"相联系，它们的内涵便变得非常广泛，意境非常深刻，带有美好事物的象征意味。惋惜与欣慰的交织中，蕴含着某种生活哲理：一切必然要消逝的美好事物都无法阻止其消逝，但消逝的同时仍然有美好事物的再现，生活不会因消逝而变得一片虚无。只不过这种重现毕竟不等于美好事物原封不动地重现，它只是"似曾相识"罢了。渗透在句中的是一种混杂着眷恋和惆怅，既似冲澹又似深婉的人生怅触。唯其如此，此联作者既用于此词，又用于《示张寺丞王校勘》一诗。"小园香径独徘徊"，即说他独自一人在花间踱来踱去，心情无法平静。这里伤春的感情胜于惜春的感情，含着淡淡的哀愁，情调是低沉的。

全词语言圆转流利，通俗晓畅，清丽自然，意蕴深沉，耐人寻味。词中对人生的深思，给人以哲理性的启迪和美的艺术享受。词中无意间描写的现象，往往含有哲理的意味，启迪人们从更高层次思索。词中涉及时间永恒而人生有限这样深广的意念，却表现得十分含蓄。

4. 慷慨悲壮的《采桑子·十年前是尊前客》

◎ 作者

宋·欧阳修

◎ 原文

十年前是尊前客，月白风清，忧患凋零。老去光阴速可惊。
鬓华虽改心无改，试把金觥。旧曲重听。犹似当年醉里声。

◎ 译文

十年前，酒席宴上我是客人。春风得意前途亮。如今好友相继离去，忧愁疾患催人朽。想起了往事，倍觉光阴流转如此迅速。

鬓发虽已经变成了白色，但是我的心没改变，如今在酒席前仍把酒杯端起。旧曲重听觉着耳熟，就好似当年醉里听过。

◎ 注释

凋零：本意为花草树木凋落。此处比喻为人事衰败。

鬓华：两鬓斑白。

试把金觥：把，手持。觥（gōng），古代酒器，腹椭圆，上有提梁，底有圆足，兽头形盖，亦有整个酒器作兽形的，并附有小勺。

◎ 审美赏析

这首词是作者在宋神宗熙宁四年（公元1071年）退居颍州后所作，

词中以慷慨悲壮的感情发身世之慨，读来沉郁顿挫，荡气回肠，极一唱三叹之致，在《六一词》中属豪放一路。全词以情语胜，写情疏隽深婉，自然真切。

此词开头是回忆。十年以前，是一个概数，泛指他五十三岁以前的一段生活。那一时期，他曾出守滁州，徜徉山水之间，写过著名的《醉翁亭记》。后来移守扬州，又常常到竹西、昆冈、大明寺、无双亭等处嘲风咏月、品泉赏花；特别是宋仁宗嘉祐年间，很顺利地由礼部侍郎拜枢密副使，迁参知政事，最后又加了上柱国的荣誉称号。这期间，多少人生况味，他只以"月白风清"四字概括。"月白风清"四字，色调明朗，既象征处境的顺利，也反映心情的愉悦，给人的想象是美好、广阔的。至"忧患凋零"四字，猛一跌宕，展现十年以后的生活。这一时期，他的好友梅尧臣、苏舜钦相继辞世。朋友凋零，引起他的哀痛。宋英宗治平二年（公元1065年），他又患了消渴疾。老病赢弱，更增添他的悲慨。后来英宗去世，神宗即位，他被蒋之奇诬陷为"帷薄不修""私从子妇"；又因对新法持有异议，受到王安石的弹劾。这对他个人来说，可谓种种不幸接踵而来。种种不幸，他仅以"忧患凋零"四字概之，以虚代实，更有千钧之力。接着以"老去光阴速可惊"，作上阕之结，语言朴实无华，斩截有力。"速可惊"三字，直似从肺腑中发出。

此词下阕承前阕意脉，有如藕断丝连；但感情上骤然转折，又似异军突起。时光的流逝，不幸的降临，使得作者容颜渐老，但他那颗充满活力的心，却还似从前一样，于是他豪迈地唱"鬓华虽改心无改"！他是把一腔忧愤深深地埋藏在心底，语言虽豪迈而感情却很沉郁。在这里，作者久经人世沧桑、历尽宦海浮沉的性格，似乎隐然可见。以纵酒寻欢来慰藉余年，其中渗透着人生无常、及时行乐的思想感情。词中接下去就说"试把金觥"。《诗·周南·卷耳》："我姑酌彼兕觥，维以不永伤",本来就有销愁的意思在;但此词着一"把"字,便显出豪迈的气概。

结尾二句紧承前句。作者手把酒杯,耳听旧曲,似乎自己仍陶醉在往日的豪情盛慨里。这个结尾正与起首相互呼应,相互补充。在这里,作者说"旧曲重听,犹似当年醉里声",便补足了前面的意思,首尾相应,运转自如,于是便构成了统一的艺术整体。曲既旧矣,又复重听,一个"旧"字,一个"重"字,便把作者的感情和读者的想象带到十年前的环境里。

这首词以情语取胜,即使谈到十年前后的景况,也是在抒发感情时自然而然地带出来的,因而情感充沛,有一气呵成之势,又沉郁顿挫,极一唱三叹之致,已颇具豪放派之词风。

5. 牢骚感慨的《鹤冲天·黄金榜上》

◎ 作者

宋·柳永

◎ 原文

黄金榜上,偶失龙头望。明代暂遗贤,如何向。未遂风云便,争不恣狂荡。何须论得丧?才子词人,自是白衣卿相。

烟花巷陌,依约丹青屏障。幸有意中人,堪寻访。且恁偎红倚翠,风流事,平生畅。青春都一饷。忍把浮名,换了浅斟低唱!

◎ 译文

在金字题名的榜上,我只不过是偶然失去取得状元的机会。即使在政治清明的时代,君王也会一时错失贤能之才,我今后该怎么办呢?既然没有得到好的机遇,为什么不随心所欲地游乐呢!何必为功名患得患失？做一个风流才子为歌伎谱写辞章，即使身着白衣，也不亚于公卿将相。

在歌伎居住的街巷里，有摆放着丹青画屏的绣房。幸运的是那里住着我的意中人，值得我细细地追求寻访。与她们依偎，享受这风流的生活，才是我平生最大的欢乐。青春不过是片刻时间，我宁愿把功名换成手中浅浅的一杯酒和耳畔低回婉转的歌唱。

◎ 注释

鹤冲天：词牌名。始见于柳永词，调见柳永《乐章集》。双调八十四字，仄韵格。另有词牌喜迁莺、风光好的别名也叫鹤冲天，"黄金榜上"词注"正宫"。

黄金榜：指录取进士的金字题名榜。

龙头：旧时称状元为龙头。

明代：圣明的时代。一作"千古"。

遗贤：抛弃了贤能之士，指自己为仕途所弃。

如何向：向何处。

风云：风云际会，指得到好的机会。

争不：怎不。

恣：放纵，随心所欲。

得丧：得失。

白衣卿相：指自己才华出众，虽不入仕途，也如卿相一般尊贵。白衣，古代未仕之士着白衣。

烟花：指妓女。

巷陌：指街巷。

丹青屏障：彩绘的屏风。丹青，绘画的颜料，这里借指画。

堪：能，可以。

恁：如此。

偎红倚翠：指狎妓。宋陶谷《清异录·释族门》载，南唐后主李煜微行娼家，自题为"浅斟低唱，偎红倚翠，大师鸳鸯寺主，传持风流教法"。

平生：一生。

饷：片刻，极言青年时期的短暂。

忍：忍心，狠心。

浮名：指功名。

◎ 审美赏析

这首词反映了柳永的反叛性格，也带来了他人生路上一大波折。据说，柳永善作俗词，而宋仁宗颇好雅词。有一次，宋仁宗临轩放榜时想起柳永这首词中那句"忍把浮名，换了浅斟低唱"，就说"且去浅斟低唱，何要浮名"，就这样黜落了他。从此，柳永便自称"奉旨填词柳三变"而长期流连于坊曲之间、花柳丛中寻找生活的方向、精神的寄托。

"黄金榜上，偶失龙头望"，考科举求功名，他并不满足于登进士第，而是把夺取殿试头名状元作为目标。落榜只认为"偶然"，"见遗"只说是"暂"，由此可见柳永狂傲自负的性格。他自称"明代遗贤"是讽刺仁宗朝号称清明盛世，却不能做到"野无遗贤"。但既然已落第，下一步该怎么办呢？"风云际会"，施展抱负是封建时代学子的奋斗目标，既然"未遂风云便"，理想落空了，于是他就转向了另一个极端，"争不恣狂荡"，表示要无拘无束地过那种为一般封建士人所不齿的流连坊曲的狂荡生活。"偎红倚翠""浅斟低唱"，是对"狂荡"的具体说明。柳永这样写，是恃才负气的表现，也是表示抗争的一种方式。科举落第，使他产生了一种逆反心理，只有以极端对极端才能求得平衡。所以，他故意要造成惊世骇俗的效果以保持自己心理上的优势。柳永的"狂荡"之中仍然有着严肃的一面，狂荡以傲世，严肃以自律，这才是"才子词人""白衣卿相"的真面目。柳永把内心深处的矛盾想法抒写出来，说明落第这件事情给他带来了多么深重的苦恼和繁杂的困扰，也说明他为了摆脱这种苦恼和困扰曾经进行了多么痛苦的挣扎。写到最后，柳永得出结论："青春都一饷。忍把浮名，换了浅斟低唱！"谓青春短暂，怎忍虚掷，为"浮名"而牺牲赏心乐事。所以，只要快乐就行，"浮名"算不了什么。

这首词是柳永早期的作品，是他初次参与进士科考落第之后，抒发牢骚感慨之作，它表现了作者的思想性格，也关系到作者的生活道路，是一篇重要的作品。在宋元时代有着重大的意义和反响。

6. 凄苦哀怨的《踏莎行·郴州旅舍》

◎ **作者**

宋·秦观

◎ **原文**

雾失楼台，月迷津渡。桃源望断无寻处。可堪孤馆闭春寒，杜鹃声里斜阳暮。

驿寄梅花，鱼传尺素。砌成此恨无重数。郴江幸自绕郴山，为谁流下潇湘去。

◎ **译文**

暮霭沉沉，楼台消失在浓雾中；月色朦胧，渡口也隐匿不见。望断天涯，理想中的桃花源也无处可寻。怎能忍受得了在这春寒料峭时节，独居在孤寂的客馆？斜阳西下，杜鹃声声哀鸣！

远方的友人的音信，寄来了温暖的关心和嘱咐，却平添了我深深的别恨离愁。郴江啊，你本来是环绕着郴山奔流，为什么偏偏要流到潇湘去呢？

◎ 注释

踏莎行：词牌名。

郴（chēn）州：今属湖南。

雾失楼台：暮霭沉沉，楼台消失在浓雾中。

月迷津渡：月色朦胧，渡口迷失不见。

桃源望断无寻处：拼命寻找也看不见理想的桃花源。桃源，语出晋·陶渊明《桃花源记》，指生活安乐、合乎理想的地方。无寻处，找不到。

可堪：怎堪，哪堪，受不住。

杜鹃：鸟名，相传其鸣叫声像人言"不如归去"，容易勾起人的思乡之情。

驿寄梅花：陆凯《赠范晔》诗中有"折花逢驿使，寄与陇头人。江南无所有，聊赠一枝春"。这里作者是将自己比作范晔，表示收到了来自远方的问候。

鱼传尺素：《饮马长城窟行》中有"客从远方来，遗我双鲤鱼。呼儿烹鲤鱼，中有尺素书"。另外，古时舟车劳顿，信件很容易损坏，古人便将信件放入匣子中，再将信匣刻成鱼形，美观而又方便携带。"鱼传尺素"成了传递书信的又一个代名词。这里也表示接到朋友问候的意思。

砌：堆积。

无重数：数不尽。

郴江：清顾祖禹《读史方舆纪要·湖广》载，"郴水州东一里，一名郴江，源发黄岑山，北流经此……下流会来水及白豹水、入湘江"。

幸自：本自，本来是。

为谁流下潇湘去：为什么要流到潇湘去呢？意思是连郴江都耐不住寂寞，何况人呢？为谁，为什么。潇湘，潇水和湘水，是湖南境内的两条河流，合流后称湘江，又称潇湘。

◎ 审美赏析

词的上阕在写景物，"雾失楼台，月迷津渡"语一出便已入哀景之中，从后句"桃源望断无寻处"可以想到，楼台、津渡都是因情所设之景，可能现实中并不存在。是由作者内心的不被人理解的情怀，无处宣泄所生出无人问津之感。桃花一语又让人联想到了《桃花源记》一文，作者也正是想表达出一种离世厌俗的情感。一般来说，文人在政治上不得志后的第一反应大多数也是出世、出离。

"可堪孤馆闭春寒，杜鹃声里斜阳暮"则又将情景拉入到了悲凉之谷底。"可堪孤馆"和一个"寒"字，写尽了作者心中的孤苦凄凉；杜鹃啼血，本就凄凉又怎堪残阳日暮。自古日暮是归途，作者或许是在感叹自己生命将暮，或许在感叹仕途将暮。独在异乡，偏听子规，子规子规，何时子归。诗人或许又在感叹自己离别亲人、远离家乡的哀愁吧。在《题郴阳道中一古寺壁二绝》中，作者哀叹"行人到此无肠断，问尔黄花知不知""北客念家浑不睡，荒山一夜雨吹风"，从景物之凄凉，过渡到了内心之凄凉。在《宁浦书事六首》"骨肉未知消息，人生到此何堪"一语中，他更加直白地流露出了对远方亲人的思念。有理由相信，作者此时听到子规啼夜的心情是无比惆怅的，再加上孤身一人，念及家乡也在情理之中。

下阕由叙实开始，写远方友人殷勤致意、安慰。"驿寄梅花，鱼传尺素"，连用两则有关友人投寄书信的典故，分见于《荆州记》和古诗《饮马长城窟行》。寄梅传素，远方的亲友送来安慰的信息，按理应该欣喜为是，但身处贬谪之词人，北归无望，却"别是一般滋味在心头"，每一封裹寄着亲友慰安的书信，触动的总是词人那根敏感的心弦，奏响的是对往昔生活的追忆和痛省今时困苦处境的一曲曲凄伤哀婉的歌。每一封信来，作者就历经一次这种心灵挣扎，添其此恨绵绵。

故于第三句急转,"砌成此恨无重数",一切安慰均无济于事。离恨犹如"恨"墙高砌,使人不胜负担。一个"砌"字,将那无形的伤感形象化,好像还可以重重累积,终如砖石垒墙般筑起一道高无重数、沉重坚实的"恨"墙。恨谁?恨什么?身处逆境的词人没有明说。联系他在《自作挽词》中所说"奇祸一朝作,飘零至于斯",可知他的恨与飘零有关,他的飘零与党祸相联。在词史上,作为婉约派代表词人,秦观正是以这堵心中的"恨"墙表明他对现实的抗争。他何尝不欲将心中的悲愤一吐为快?但他忧谗畏讥,不能说透。于是化实为虚,作宕开之笔,借眼前山水作痴痴一问"郴江幸自绕郴山,为谁流下潇湘去",无理有情,无理而妙。好像词人在对郴江说:郴江啊,你本来是围绕着郴山而流的,为什么却要老远地北流向潇湘呢?

作者在幻想、希望与失望、展望的感情挣扎中,面对眼前无言而各得其所的山水,也许他悄然地获得了一种人生感悟:生活本身充满了各种解释,有不同的发展趋势;生活并不是从一开始便固定了的故事,就像这绕着郴山的郴江,它自己也是不由自主地向北奔流向潇湘而去;生活的洪流,依着惯性,滚滚向前,它总是把人带到深不可测的远方,还将把自己带到怎样苦涩、荒凉的远方啊!与秦观悲剧性一生"同升而并黜"的苏轼,同病相怜更具一份知己的灵感犀心,亦绝爱其尾两句,及闻其死,叹曰:"少游已矣,虽万人何赎!"自书于扇面以志不忘。是以王士禛云:"高山流水之悲,千古而下,令人腹痛!"(《花草蒙拾》)

综上所述,这首词最佳处在于虚实相间,互为生发。上阕以虚带实,下阕化实为虚,以上下两结饮誉词坛。激赏"可堪孤馆闭春寒,杜鹃声里斜阳暮"的王国维(静安),以东坡赏其后二语讥为"皮相"。持论未免偏颇。深味末二句"郴江"之问,其气格、意蕴,毫不愧色于"可堪"二句。所谓东坡"皮相"之赏,亦可谓"解人正不易得"。全词以委婉曲折的笔法，抒写了失意人的凄苦和哀怨的心情，流露了对现实政治的不满。

7. 催人泪下的《临江仙·直自凤凰城破后》

◎ 作者

宋·朱敦儒

◎ 原文

直自凤凰城破后，擘钗破镜分飞。天涯海角信音稀。梦回辽海北，魂断玉关西。

月解重圆星解聚，如何不见人归？今春还听杜鹃啼。年年看塞雁，一十四番回。

◎ 译文

自从汴京城被攻破后，妻离子散劳燕分飞。逃到天涯海角的亲人没有音信。常常梦回辽海北，夜夜魂断玉门关。

残月知道团圆，牛郎织女星知道团聚，为何不见亲人归来？今年春天还在听杜鹃悲啼。年年看鸿雁从边塞飞来，至今已有十四年了。

◎ 注释

临江仙：原唐教坊曲名，后用为词牌。原曲多用于咏水仙，故名。

直自：自从。

凤凰城：指汴京。这句写北宋钦宗靖康二年（公元1127年）汴京陷落。

擘钗（bò chāi）：钗为古代妇女头饰，常充当定情信物，又或在分离时各执一半，以为将来复合之凭证，谓之擘钗。白居易《长恨歌》："钗留一股合一扇，钗擘黄金合分钿。"

破镜：据孟棨《本事诗》载，南朝陈将亡时，驸马徐德言与乐昌公主破一铜镜各执一半，为重聚之凭，后果据此团圆。擘钗、破镜后常代指夫妻在战乱中分离。

辽海北：泛指东北海边。

玉关：玉门关，泛指西北地区。

解（jiě）：知道。

杜鹃：据《成都志》载，蜀中有望帝，名杜宇，身死之后魂化为鸟，是为杜鹃。

塞雁：秋天雁从塞上飞回，故称塞雁。

一十四番（fān）**回**：指看见雁南归已经十四次了，即作者南来已有十四个年头。

◎ 审美赏析

靖康之变后十四年（公元1141年），词人翘首北望，想到故国山河已丢失多年，收复失地又渺渺无期，国仇家恨一起涌上心头，于是写下了这首词。

上阕写主人公自京城汴梁被金人所破后对离散了的亲人的思念。"直自凤凰城破后"中的一个"直"字点明了自城破至今思念一直不断，而这种思念又不同于一般的离别，还包含城破后"擘钗破镜分飞"的惊恐与担忧。"擘钗"与"破镜"是离乱的象征，标志着一个家庭在战乱中的毁灭，意味着恩爱夫妻被生生拆散，而"分飞"则进一步点明在仓皇中各奔东西彼此离散。"天涯海角信音稀"承"分飞"而来，进一步描写了亲人的分离。"梦回辽海北，魂断玉关西"，写出主人公怀念亲人的思绪的纷乱，"辽海"与"玉关"本相距万里，一在东北，一在西北，这里是泛指，表明主人公不知亲人流落何方，因而梦魂也无定向。

下阕写主人公翘盼亲人归来而始终未归，这仍然是朝暮思念的继续，而盼归不归则更增加了主人公内心的焦虑不安和痛苦失望。"月解重圆星解聚"对下句"如何不见人归"是一个反衬,"解"字用得十分妥帖,"月"与"星"本是自在之物,无所谓知道与否,但作者把月缺月圆、星散星聚的规律看作它们知道再圆再聚,这既有客观的依据和现实的合理性,又寄托了作者的主观意识,使之更好地对下句进行衬托。"今春还听杜鹃啼"中的"还"字饶有意味,它暗示往年此时正合家团聚,而今只有自己一人独听子规啼血,哀不待言。"年年看塞雁,一十四番回",这两句结尾尤耐人寻味,在内容上反衬出作者的失望乃至绝望的哀痛心境,在艺术上则呼应上阕的"天涯海角"和"辽海北""玉关西"。上下贯通一气,结构显得圆润统一。

全词笔调婉转,格调哀伤,词情凄苦,在动乱社会所造成的离乱之苦中,重点描绘了一个家庭的悲剧,从一个侧面反映了人民的深重苦难,它无异于一曲乱世悲歌,感人至深,催人泪下。

8. 壮志难酬的《六州歌头·长淮望断》

◎ 作者

宋·张孝祥

◎ 原文

长淮望断,关塞莽然平。征尘暗,霜风劲,悄边声。黯销凝。追想当年事,殆天数,非人力,洙泗上,弦歌地,亦膻腥。隔水毡乡,落日牛羊下,区脱纵横。看名王宵猎,骑火一川明。笳鼓悲鸣。遣人惊。

念腰间箭,匣中剑,空埃蠹,竟何成。时易失,心徒壮,岁将零。渺神京。干羽方怀远,静烽燧,且休兵。冠盖使,纷驰骛,若为情。闻道中原遗老,常南望、翠葆霓旌。使行人到此,忠愤气填膺。有泪如倾。

◎ 译文

伫立漫长的淮河岸边极目远望,关塞上的野草茂盛是平阔的荒原。北伐的征尘已暗淡,寒冷的秋风在劲吹,边塞上静寂悄然。我凝神伫望,心情黯淡。追想当年的中原沦陷,恐怕是天意运数,并非人力可扭转;在孔门弟子求学的洙水和泗水边,在弦歌交奏的礼乐之邦,也已变成膻腥一片。隔河相望是敌军的毡帐,黄昏落日时牛羊返回圈栏,纵横布置了敌军的前哨据点。看金兵将领夜间出猎,骑兵手持火把照亮整片平川,胡笳鼓角发出悲壮的声音,令人胆战心寒。

想我腰间弓箭,匣中宝剑,空自遭了虫和尘埃的侵蚀和污染,满怀壮志竟不得施展。时机轻易流失,壮心徒自雄健,刚暮将残。光复汴京的希望更加渺茫。朝廷正推行礼乐以怀柔靖远,边境烽烟宁静,敌我暂且休兵。冠服乘车的使者,纷纷地奔驰匆匆,实在让人羞愧,难以为情。传说留下中原的父老,常常盼望朝廷,盼望皇帝仪仗,翠盖车队彩旗蔽空,使得行人来到此地,一腔忠愤,怒气填膺,热泪倾洒前胸。

◎ 注释

六州歌头:词牌名。

长淮:指淮河。宋高宗绍兴十一年(公元1141年)与金和议,以淮河为宋金的分界线。此句即远望边界之意。

关塞莽然平:草木茂盛,齐及关塞。谓边备松弛。莽然,草木茂盛貌。

征尘暗,霜风劲,悄边声:意谓飞尘阴暗,寒风猛烈,边声悄然。此处暗示对敌人放弃抵抗。

黯销凝:感伤出神之状。黯,精神颓丧貌。

当年事:指靖康二年(公元1127年)中原沦陷的靖康之变。

殆:大概,可能。

洙泗上,弦歌地,亦膻腥:意谓连孔子故乡的礼乐之邦亦陷于敌手。洙、泗，鲁国二水名，流经曲阜（春秋时鲁国国都），孔子曾在此讲学。弦歌地，指礼乐文化之邦。《论语·阳货》："子之武城，闻弦歌之声。"邢昺疏："时子游为武城宰，意欲以礼乐化导于民，故弦歌。"膻（shān），腥臊气。

毡乡：指金国。

落日牛羊下：定望中所见金人生活区的晚景。《诗经·王风·君子于役》："日之夕矣，羊牛下来。"

区（ōu）脱纵横：土堡很多。

看名王宵猎，骑火一川明：写敌军威势。名王，此指敌方将帅。宵猎：夜间打猎。骑火：举者火把的马队。

埃蠹（dù）：尘掩虫蛀。

零：尽。

渺神京：收复京都更为渺茫。神京，指北宋都城汴京。

干羽方怀远：用文德以怀柔远人，谓朝廷正在求和。干羽，干盾和翟羽，都是舞蹈乐具。

静烽燧（suì）：边境上平静无战争。烽燧，即烽烟。

冠盖使，纷驰骛，若为情：冠盖，冠服求和的使者。驰骛（wù），奔走忙碌，往来不绝。若为情，何以为情，犹如今之"怎么好意思"。

翠葆霓旌：指皇帝的仪仗。翠葆，以翠鸟羽毛为饰的车盖。霓旌，像虹霓似的彩色旌旗。

填膺：塞满胸怀。

◎ 审美赏析

这首词作于宋孝宗隆兴二年（公元1164年）。隆兴元年（公元1163年），张浚领导的南宋北伐军在符离（今安徽宿州市北）溃败，主和派得势，将淮河前线边防尽撤，向金国遣使乞和。当时张孝祥任建康（今南京）留守，既痛边备空虚，尤恨南宋王朝投降媚敌求和的可耻，在一次宴会上，写下了这首著名的词作。

此词描写了沦陷区的荒凉景象和敌人的骄横残暴，抒发了反对和议的激昂情绪。

上阕，描写江淮区域宋金对峙的态势。"长淮"二字，指出当时的对峙区域，含有感慨之意。自宋高宗绍兴十一年十一月，宋"与金国和议成，立盟书，约以淮水中流画疆"（《宋史·高宗本纪》）。昔日曾是动脉的淮河，如今变成边境。这正如后来杨万里《初入淮河》诗所感叹的"人到淮河意不佳""中流以北即天涯！"国境已收缩至此，只剩下半壁江山。极目千里淮河，南岸一线的防御无屏障可守，只是莽莽平野而已。江淮之间，征尘暗淡，霜风凄紧，更增战后的荒凉景象。

"黯销凝"一语，揭示出作者的壮怀，黯然神伤。追想当年靖康之变，二帝被掳，宋室南渡。谁实为之？天耶？人耶？语意分明而着以"殆""非"两字，便觉摇曳生姿。洙、泗二水经流的山东，是孔子当年讲学的地方，如今也为金人所占，这对于作者来说，不禁从内心深处激起震撼、痛苦和愤慨。自"隔水毡乡"直贯到歇拍，写隔岸金兵的活动。一水之隔，昔日耕稼之地，此时已变为游牧之乡。帐幕遍野，日夕吆喝着成群的牛羊回栏。"落日"句，语本于《诗经·王风·君子于役》"日之夕矣"，更应警觉的是，金兵的哨所纵横，防备严密。尤以猎火照野，凄厉的笳鼓可闻，令人惊心动魄。金人南下之心未死，国势仍是可危。

下阕，抒写复国的壮志难酬，朝廷当政者苟安于和议现状，中原人民空盼光复，词情更加悲壮。换头一段，作者倾诉自己空有杀敌的武器，只落得尘封虫蛀而无用武之地。时机不再，徒具雄心，却等闲虚度。宋高宗绍兴三十一年（公元1161年）的秋冬，张孝祥闲居往来于宣城、芜湖间，闻采石大捷，曾在《水调歌头·和庞佑父》一首词里写道："我欲乘风去，击楫誓中流。"但到建康观察形势，仍感报国无门。所以"渺神京"以下一段，悲愤的作者把词笔犀利锋芒直指偏安的小朝廷。汴京渺远，何时光复！所谓渺远，不仅指空间距离之遥远，更是指光复时间之渺茫。这不能不归罪于一味偷安的朝廷。"干羽方怀远"活用《尚书·虞书·大禹谟》"舞干羽于两阶"故事。据说舜大修礼乐，曾使远方的有苗族来归顺。作者借以辛辣地讽刺朝廷放弃失地，安于现状。所以下面一针见血指出，自绍兴和议成后，每年派遣的贺正旦、贺金主生辰的使者、交割岁币银绢的交币使以及有事交涉的国信使、祈请使等，充满道路，在金受尽屈辱，忠直之士，更有被扣留或被杀害的危险。即如使者至金，在礼节方面仍须居于下风。岳珂《桯史》记载："……礼文之际，多可议者，而受书之仪特甚。逆亮（金主完颜亮）渝平，孝皇（宋孝宗）以奉亲之故，与雍（金世宗完颜雍）继定和好，虽易称叔侄为与国，而此仪尚因循未改，上（孝宗）常悔之。"这就是"若为情"——何以为情一句的事实背景，作者所以叹息痛恨者。"闻道"两句写金人统治下的父老同胞，年年盼望王师早日北伐收复失地。"翠葆霓旌"，即饰以鸟羽的车盖和彩旗，是皇帝的仪仗，这里借指宋帝车驾。作者的朋友范成大八年后使金，过故都汴京，有《州桥》一诗："州桥南北是天街，父老年年等驾回。忍泪失声询使者，几时真有六军来！"曾在陕西前线战斗过的陆游，其《秋夜将晓出篱门迎凉有感》一诗中也写道："遗民泪尽胡尘里，南望王师又一年！"皆可印证。这些爱国诗人、词人说到中原父老，真是感慨同深。作者举出中原人民向往故国，殷切盼望复国的事实，就更深刻地揭露出偏安之朝廷是多么违反人民意愿，更使人感到无比气愤的事实。结尾三句顺势所至，更把出使者的心情写出来。张孝祥的伯父张邵于宋高宗建炎三年（公元1129年）使金，以不屈被拘留幽燕十五年。任何一位爱国者出使渡淮北去，都要为中原大地的长期不能收复而激起满腔忠愤，为中原人民的年年伤心失望而倾泻出热泪。"使行人到此"一句，"行人"或解作路过之人，亦可通。北宋刘潜、李冠两首《六州歌头》，一咏项羽事，一咏唐玄宗、杨贵妃事，末皆用此句格。刘作曰"遣行人到此，追念益伤情，胜负难凭"；李作曰"使行人到此，千古只伤歌，事往愁多"。孝祥此语大概亦袭自前人。

  纵观全词，上下阕又可各分为三小段，作者在章法上也颇费心思。宴会的地点在建康，词人唱出"长淮望断"，他不让听者停留在淮河为界的苦痛眼前现实，而且紧接着以"追想当年事"一语把大家的心绪推向北方更广大的被占区，加重其山河破碎之感。这时又突然以"隔水毡乡"提出警告，把众宾的注意力再引回到"胡儿打围涂塘北，烟火穹庐一江隔"（张孝祥《和沈教授子寿赋雪》诗句）的现实中来。一阕之内，波澜迭起。换头以后的写法又有变化。承上阕指明的危急形势，首述恢复无期、报国无门的失望；继斥朝廷的忍辱求和；最后指出连过往的人（包括赴金使者）见到中原遗老也同样悲愤。这样高歌慷慨，愈转愈深，不仅充分表达了词人的无限悲愤之情，更有力地激发起人们的爱国热情。

  这首词的强大生命力就在于作者"扫开河洛之氛祲，荡洙泗之膻腥者，未尝一日而忘胸中"的爱国精神。所以一旦倾吐为词，发抒忠义就有"如惊涛出壑"的气魄（南宋滕仲因跋郭应祥《笑笑词》语，据称于湖一传而得吴镒，再传而得郭）。同时，《六州歌头》篇幅长，格局阔大。多用三言、四言的短句，构成激越紧张的促节，声情激壮，正是作者抒发满腔爱国激情的极佳艺术形式。词中，把宋金双方的对峙局面，朝廷与人民之间的尖锐矛盾，加以鲜明对比，多层次、多角度地展示了那个时代的宏观历史画卷，强有力地表达出人民的心声。

第四章 读宋词，学深挚的恋情美

在宋词的园地上，从宋初到宋末，无论是小令还是长调，无论是代言体还是自叙体，无论是婉约词还是豪放词，都不曾有过恋情词的空白。真挚、纯洁的男女恋情是一种"美"，它能引起人们强烈的美感，这就是恋情美。

1. 欢乐相会的《诉衷情·青梅煮酒斗时新》

◎ *作者*

宋·晏殊

◎ *原文*

青梅煮酒斗时新。天气欲残春。东城南陌花下，逢著意中人。回绣袂，展香茵。叙情亲。此情拚作，千尺游丝，惹住朝云。

◎ *译文*

又是残春天气，青梅煮酒，好趁时新。春游时，与意中人不期而遇，欣喜之情，溢于言表。

他招呼她转过身来，铺开了芳美的茵席，一起坐下畅叙情怀。游丝悠扬不定，若有还无，仿佛自己心中缥缈的春思，欲来还去。

◎ *注释*

青梅煮酒：古人于春末夏初，以青梅或青杏煮酒饮之。

斗：趁。

时新：时令酒食。

茵：垫子。泛指铺垫的东西。

朝云：相恋的女子。

◎ *审美赏析*

此词创作于宋真宗天禧二年（公元1018年），时晏殊二十八岁。在春末夏初之时，作者在东城南陌上喜遇意中人，情人相聚，分外欢欣。但好景不长，女子即如朝云一般飘去，纵使化作游丝也牵系不住，一人如何不失意，因此写下此词。

"青梅"二句写又是残春天气，青梅煮酒，好趁时新，以闲笔入题。古人春末夏初时，好用青梅、青杏煮酒，取其新酸醒胃。"斗时新"，犹言"趁时新"。接下来，"东城"二句写作者春游时，与意中人不期而遇，欣喜之情，溢于言表。耿湋《寄司空曙李端联句》："南陌东城路，春来几度过。"其后陆游亦有"看花南陌复东迁"之句（《花时遍游诸家园》）。

过片三句，描述两人相遇后的情景。"展香茵，叙情亲"写作者铺开了芳美的茵席，一起坐下畅叙情怀。其亲密无间，殷勤款洽，说明作者跟他的意中人缠绵深长的情爱。正由于作者能够跟这位意中人"叙情亲"，所以才动了他的非分之想："此情拚作，千尺游丝，惹住朝云。""游丝"悠扬不定，若有还无，仿佛自己心中缥缈的春思，欲来还去。

"朝云"，喻意中人，亦用典暗示她那"旦为朝云，暮为行雨"的"巫山神女"的身份。这三句是说作者这时甘愿化身为千尺游丝，好把那朝云牵住。可是，这柔弱袅娜的游丝，未必真能把那易散的朝云留住，这十二字中，有着"象外之象"，蕴含了丰富的潜信息：偶然的相会，短暂的欢娱，最终还是不可避免的离散；多少怅惘，多少怀思，尽在不言之中了。

这首词感情深挚，虽写丽情，但不纤佻，而文笔纯净，有一种幽细、含蓄之美，是一首颇有品格的小令。

2. 新婚甜蜜的《南歌子·凤髻金泥带》

◎ 作者

宋·欧阳修

◎ 原文

凤髻金泥带，龙纹玉掌梳。走来窗下笑相扶，爱道画眉深浅入时无？弄笔偎人久，描花试手初。等闲妨了绣功夫，笑问鸳鸯两字怎生书？

◎ 译文

手持巴掌大小的龙形玉梳，用凤钗及金丝带把头发梳饰成髻。妻子走到窗下依偎在丈夫的怀里，问道："眉色深浅合不合适？"

她的纤手摆弄着笔管，长时间依偎在丈夫身边，试着描画刺绣的花样，却不知不觉耽搁了刺绣，笑着问丈夫："鸳鸯二字怎么写？"

◎ 注释

南歌子：唐教坊曲名，后用为词牌名。又名南柯子、风蝶令。《金奁集》入"仙吕宫"，廿六字，三平韵。例用对句起。宋人多用同一格式重填一片，谓之"双调"。

凤髻：状如凤凰的发型。

金泥带：金色的彩带。

龙纹玉掌梳：图案作龙形如掌大小的玉梳。

入时无：赶得上时兴式样吗？时髦吗？

怎生：怎样。

◎ 审美赏析

近代陈廷焯《词坛丛话》云："欧阳公词，飞卿之流亚也。其香艳之作，大率皆年少时笔墨，亦非尽后人伪作也。但家数近小，未尽脱五代风味。"与宋代曾慥《乐府雅词》和陈振孙《直斋书录解题》把欧阳修的一些香艳之词和鄙亵之语，想当然地归为"仇人无名子所为"不同，陈廷焯对欧公这一类词的评价要显得中肯和客观得多。而云欧词风格近五代风味，这首《南歌子》便是最贴切的证明。

这首词以雅俗相间的语言、富有动态性和形象性的描写，凸现出一个温柔华俏、娇憨活泼、纯洁可爱的新婚少妇形象，表现了她的音容笑貌、心理活动，以及她与伴侣之间的一往情深。上阕写新娘子精心梳妆的情形。起首二句，作者写其发饰之美，妙用名词，对仗精巧。次三句通过对女子连续性动作、神态和语言的简洁描述，表现新娘子娇羞、爱美的情态、心理以及她与郎君的两情依依、亲密无间。下阕写这位新嫁娘在写字绣花，虽系写实，然却富于情味。过片首句中的"久"字用得极工，非常准确地表现了她与丈夫形影不离的亲密关系。接下来一句中的"初"字与前句中的"久"字相对，表新娘在郎君怀里撒娇时间之长。结尾三句，写新娘耽于闺房之戏，与夫君亲热笑闹、相互依偎太久，以至于耽误了针线活，只好停下绣针，拿起彩笔，问丈夫"鸳鸯"二字怎样写。此三句活灵活现地表现出新娘子的娇憨及夫妻情笃的情景。笑问"鸳鸯"两字，流露出新娘与郎君永远相爱、情同鸳鸯的美好愿望。

　　这首词在内容上重点描写新娘子在新郎面前的娇憨状态，在表现技巧上采用民间小词习见的白描和口语，活泼轻灵地塑造人物形象，读来令人耳目一新。

　　上阕以描写女子的装束和体态为主，下阕则叙写夫妇亲密的生活情趣。起句写少妇头饰，十字中涵盖凤髻、金泥带、龙纹、玉掌梳四种意象，彼此互相衬托，层层加码，雍容华贵之态即由头饰一端尽显无疑。这与温庭筠《菩萨蛮》词如"小山重叠金明灭，鬓云欲度香腮雪"，常常通过头饰或头饰的变化暗喻人物心境，实是同出一辙，且绮丽有过。陈廷焯许之为"飞卿之流亚也"，或正当从此处细加体会。但欧公手笔当然不啻模仿而已。温庭筠虽然也多写绮丽女子，但情感基调一般是凄苦伤痛的，所以表现的也是一种美丽的忧伤。说白了，温词中的女子多少有些因哀而"酷"的意味，它带给读者的感觉，也多少有些沉重。欧公借鉴了温词笔法，而情感基调则转而上扬。华贵女子的表情不再黯然，而是笑意盈盈。此观上阕之"笑相扶"和下阕之"笑问"可知。女子之温情可爱遂与其华丽头饰相得益彰，这是欧词明显区别于温词之处。欧、温之不同还可以从另一方面看出。温词中的女子表现更多的是凄婉的眼神与懒缓机械的动作，她的所思所想，只是露出一点端倪，让你费尽思量,却未必能洞察心底;而欧词则多写轻柔之动作和活泼之话语,其亮丽之心情,昭昭可感。如"走来窗下笑相扶""弄笔偎人久"之"相扶""偎人"的动作,都描写得极有神韵。而"爱道画眉深浅入时无"和"笑问鸳鸯两字怎生书"两句,不仅问的内容充满柔情机趣,而且直把快乐心情从口中传出。这种轻灵直率都是温词所不具备的,由此可见欧词的独特风味。

3. 情人相思的《卜算子·我住长江头》

◎ *作者*

宋·李之仪

◎ *原文*

我住长江头,君住长江尾。日日思君不见君,共饮长江水。

此水几时休,此恨何时已。只愿君心似我心,定不负相思意。

◎ *译文*

我住在长江源头,君住在长江之尾。天天想念你总是见不到你,却共同饮着长江之水。

悠悠不尽的江水什么时候枯竭,别离的苦恨什么时候消止。只愿你的心,如我的心相守不移,就不会辜负了我一番痴恋情意。

◎ *注释*

休:停止。

已:完结,停止。

定:此处为衬字。

思:想念,思念。

◎ 审美赏析

宋徽宗崇宁二年（公元1103年），仕途不顺的李之仪被贬到太平州。祸不单行，先是女儿及儿子相继去世，接着，与他相濡以沫四十年的夫人胡淑修也撒手人寰。这年秋天，李之仪携杨姝来到长江边，面对知冷知热的红颜知己，面对滚滚东逝奔流不息的江水，写下了这首千古流传的爱情词。

李之仪这首《卜算子》深得民歌的神情风味，明白如话、复叠回环，同时又具有文人词构思新巧、深婉含蓄的特点，可以说是一种提高和净化了的通俗词。

"我住长江头，君住长江尾。"开头两句，"我""君"对起，而一住江头，一住江尾，见双方空间距离之悬隔，也暗寓相思之情的悠长。重叠复沓的句式，加强了咏叹的意味，仿佛可以感触到主人公深情的思念与叹息，使在阁中翘首思念的女子形象于此江山万里的悠广背景下凸现出来。

"日日思君不见君，共饮长江水"两句，从前两句直接引出。江头江尾的万里遥隔，引出了"日日思君不见君"这一全词的主干；而同住长江之滨，则引出了"共饮长江水"。如果各自孤立起来看，每一句都不见出色，但联起来吟诵，便觉笔墨之外别具一段深情妙理。这就是两句之间含而未宣、任人体味的那层转折。字面意思浅直：日日思君而不得见，却又共饮一江之水。深味之下，似可知尽管思而不见，毕竟还能共饮长江之水。这"共饮"又似乎多少能稍慰相思离隔之恨。作者只淡淡道出"不见"与"共饮"的事实，隐去它们之间的转折关系的内涵，任人揣度，反使词情分外深婉含蕴。

"此水几时休，此恨何时已。"换头仍紧扣长江水，承上"思君不见君"进一步抒写别恨。长江之水，悠悠东流，不知道什么时候才能休止，自己的相思离别之恨也不知道什么时候才能停歇。用"几时休""何时已"这样的口吻，一方面表明主观上祈望恨之能已，另一方面又暗透客观上恨之无已。江水永无不流之日，自己的相思隔离之恨也永无消歇之时。此词以祈望恨之能已反透恨之不能已，变民歌、民间词之直率热烈为深挚婉曲，变重言错举为简约含蓄。

"只愿君心似我心，定不负相思意。"恨之无已，正缘爱之深挚。"我心"既是江水不竭、相思无已，自然也就希望"君心似我心"，定不负我相思之意。江头江尾的阻隔纵然不能飞越，而两相挚爱的心灵却相通。这样一来，单方面的相思便变为双方的期许，无已的别恨便化为永恒的相爱与期待。这样，阻隔的双方心灵上便得到了永久的滋润与慰藉。从"此恨何时已"到"定不负相思意"，江头江尾的遥隔在这里反而成为感情升华的条件了。这首词的结拍写出了隔绝中的永恒之爱，给人以江水长流情长的感受。

作者用江水之悠悠不断，喻相思之绵绵不已，最后以己之钟情期望对方，真挚恋情，倾口而出。全词以长江水为抒情线索，语言明白如话，句式复叠回环，感情深沉真挚，深得民歌的神情风味，又具有文人词的构思新巧，体现出灵秀隽永、玲珑晶莹的风韵。

4. 别离之苦的《一剪梅·红藕香残玉簟秋》

◎ **作者**

宋·李清照

◎ **原文**

红藕香残玉簟秋。轻解罗裳，独上兰舟。云中谁寄锦书来，雁字回时，月满西楼。

花自飘零水自流。一种相思，两处闲愁。此情无计可消除，才下眉头，却上心头。

◎ 译文

粉红色的荷花已经凋谢，幽香也已消散，光滑如玉的竹席带着秋的凉意。解开绫罗裙，换着便装，独自登上小船。仰头凝望远天，那白云舒卷处，谁会将锦书寄来？雁群飞回来时，月光已经洒满了西楼。

落花独自地飘零着，水独自地流淌着。彼此都在思念对方，可又不能互相倾诉，只好各在一方独自愁闷着。这相思的愁苦实在无法排遣，刚从微蹙的眉间消失，又隐隐缠绕上了心头。

◎ 注释

红藕：红色的荷花。

玉簟（diàn）：光滑似玉的精美竹席。

裳（cháng）：古人穿的下衣，也泛指衣服。

兰舟：这里指小船。

锦书：前秦苏惠曾织锦作《璇玑图诗》，寄其夫窦滔，计八百四十字，纵横反复，皆可诵读，文辞凄婉。后人因称妻寄夫为锦字，或称锦书；亦泛为书信的美称。

雁字：群雁飞时常排成"一"字或"人"字，诗文中因以雁字称群飞的大雁。

月满西楼：意思是鸿雁飞回之时，西楼洒满了月光。

一种相思，两处闲愁：意思是彼此都在思念对方，可又不能互相倾诉，只好各在一方独自愁闷着。

才下眉头，却上心头：意思是，眉上愁云刚消，心里又愁了起来。

◎ 审美赏析

这是一首倾诉相思、别愁之苦的词。作者在词中以女性特有的敏感捕捉稍纵即逝的真切感受，将抽象而不易捉摸的思想感情，以素淡的语言表现出具体可感、为人理解、耐人寻味的东西。

"红藕香残玉簟秋"写荷花凋谢、竹席浸凉的秋天，空灵蕴藉。这一句含义极其丰富，它不仅点明了萧疏秋意的时节，而且渲染了环境气氛，对作者的孤独闲愁起了衬托作用。表面上写出荷花残、竹席凉这些寻常事情，实质上暗含青春易逝、红颜易老、人去席冷之意境。

　　"轻解罗裳，独上兰舟"写其白天泛舟水上之事：词人解开绫罗裙，换着便装，独自划着小船去游玩。"轻解"与"独上"，栩栩如生地表现出她的神态、举动。"轻"，写手脚动作的轻捷灵敏，表现出生怕惊动别人，小心而又有几分害羞的少妇心情。正因为是"轻"，所以谁也不知道，连侍女也没让跟着。"独"字就是回应上句的"轻"字，点明了下阕"愁"字的症结。"独上兰舟"，正是她想借泛舟以消愁，并非闲情逸致的游玩。昔日也许双双泛舟，而今独自击楫，恩爱情深、朝夕相伴的丈夫久盼不归，怎不教她愁情满怀。

　　下面"云中谁寄锦书来"一句，则明写别后的思念。作者独上兰舟，本想排遣离愁；而怅望云天，偏起怀远之思。这一句，联结上下。它既与上句紧相衔接，写的是舟中所望、所思；而下两句"雁字回时，月满西楼"，则又由此生发。可以想见，作者因惦念丈夫行踪，盼望锦书到达，遂从遥望云空引出雁足传书的遐想。而这一望断天涯、神驰象外的情思和遐想，不分白日或月夜，也无论在舟上或楼中，都是萦绕于作者心头的。

　　作者借助于鸿雁传书的传说，画面清晰，形象鲜明，它渲染了一个月光照满楼头的美好夜景，然而在喜悦的背后，却蕴藏着相思的泪水。"月满西楼"写月夜思妇凭栏望眺。月已西斜，足见她站立楼头已久，这就表明了她思夫之情更深，愁更极。盼望音讯的她仰头叹望，竟产生了雁足回书的遐想。难怪她不顾夜露浸凉，呆呆伫立凝视，直到月满西楼而不知觉。

　　词的过片"花自飘零水自流"一句，承上启下，词意不断。它既

第四章　读宋词，学深挚的恋情美

是即景，又兼比兴。其所展示的花落水流之景，是遥遥与上阕"红藕香残""独上兰舟"两句相拍合的；而其所象喻的人生、年华、爱情、离别，则给人以"无可奈何花落去"（晏殊《浣溪沙》）之感，以及"水流无限似侬愁"（刘禹锡《竹枝词》）之恨。词的下阕就从这一句自然过渡到后面的五句，转为纯抒情怀、直吐胸臆的独白。

"一种相思，两处闲愁"，由己及人，互相思念，这是有情人的心灵感应，她想到丈夫一定也同样因离别而苦恼着。这种独特的构思体现了李清照与赵明诚夫妇二人心心相印、情笃爱深，相思却又不能相见的无奈。

这首诗的结拍三句，是历来为人所称道的名句。王士禛在《花草蒙拾》中指出，这三句从范仲淹《御街行·秋日怀旧》"都来此事，眉间心上，无计相回避"脱胎而来。这说明，诗词创作虽忌模拟，但可以点化前人语句，使之呈现新貌，融入自己的作品之中。成功的点化总是青出于蓝而胜于蓝，不仅变化原句，而且高过原句。李清照的这一点化，就是一个成功的例子。李句别出巧思，以"才下眉头，却上心头"这样两句来代替"眉间心上，无计相回避"的平铺直叙，给人以耳目一新之感。这里，"眉头"与"心头"相对应，"才下"与"却上"成起伏，语句结构既十分工整，表现手法也十分巧妙，因而在艺术上有更大的吸引力。当然，句离不开篇，这两个四字句只是整首词的一个有机组成部分，并非一枝独秀。它有赖于全篇的烘托，特别因与前面另两个同样工巧的四字句"一种相思，两处闲愁"前后衬映，而相得益彰。同时，篇也离不开句，全篇正因这些醒人眼目的句子而振起。

5. 叙事言情的《清平乐·夏日游湖》

◎ **作者**

宋·朱淑真

◎ **原文**

恼烟撩露,留我须臾住。携手藕花湖上路,一霎黄梅细雨。

娇痴不怕人猜,和衣睡倒人怀。最是分携时候,归来懒傍妆台。

◎ **译文**

夏日的西湖,苍青翠绿的湖光山色,烟萦雾绕撩露惹人驻足。与恋人携手漫步在荷花盛开的湖畔小路,一瞬间洒下一阵黄梅细雨。

娇痴的情怀不怕人度猜,我和衣睡倒在他的胸怀。最难过是分手的时候,依依不舍流连徘徊,归来陷入愁苦的深渊,懒懒地走近那梳妆台。

◎ **注释**

清平乐:词牌名,又名清平乐令、醉东风、忆萝月,双调四十六字,八句,前阕四仄韵,后阕三平韵。

恼烟撩露:恼人的烟雾,撩拨人的水露。欧阳修《少年游》:"恼烟撩雾,拚醉倚西风。"

须臾:片刻。

藕花:荷花。

一霎:一会儿。

猜:指责、议论。

和衣睡倒人怀:一作"随群暂遣愁怀"。睡倒人怀,即拥抱伏枕于恋人肩上。

分携:分手。

妆台:梳妆台。

◎ 审美赏析

朱淑真生活在南宋程朱理学开始流行的社会，作者主动"休夫"，休夫后回到娘家，在娘家住了一段时间后，朱淑真再一次邂逅少女时代的情人，并勇敢地与他重续前缘。她瞒着父母与情人有过几次来往，每一次都有诗词记载他们相处的过程，《清平乐·夏日游湖》就是其中一首。

这首词是一篇叙事言情之作。它记叙一次与恋人携手游湖的真实经历，同时刻画了一个感情生活异常愉快的少女形象。

词的一开头道出了游湖的时间，是夏日的清晨，如烟一般朦胧的雾气和晶莹剔透的露珠将消未消之时，作者用了一个"恼"字，一个"撩"字，便为"留我须臾住"找到了理由，待了一会儿，才携手走上满开荷花的湖堤。霎时黄梅细雨下起来了。这是在江南的五六月间黄梅成熟季节常见的景象，这时游湖，烟雨茫茫，格外增添一份朦胧的情趣。

词的下阕是写躲避细雨和作者当时的心态。"娇痴不怕人猜"转得好，朱淑真自是朱淑真。这里需要说明的是"和衣睡倒人怀"六字，原作"随群暂遣愁怀"，是根据四印斋本校改的，因为上阕有"留我须臾住，携手藕花湖上路"，上句又有"娇痴不怕人猜"故改作"和衣睡倒人怀"才相应，如果是"随群暂遣愁怀"便不好解释了。在黄梅雨降下之时，他们或许是躲避在树荫下，她的娇憨之态不怕别人猜度，干脆不解衣服睡倒在他的怀抱里。最令人难忘的是分手时的情景，待她回到自己家里之后，不想急忙去靠近梳妆台看自己的模样。真是千情百态，描绘尽致，沈际飞批点《草堂诗余四集》续集卷上选收此词时，将其与《地驱歌乐辞》相比较，那是一首刻画人物形象栩栩如生的民歌："枕郎左臂，随郎转侧。""摩抄郎须，看郎颜色。"这是一位较为成熟的女性形象，不比此词所写两小无猜更有趣味。

通过对此词的欣赏，似乎更加理解作者婚后之孤独生活带给她的苦闷，对她来说是怎样的一种折磨，难怪她"独对孤灯恨气高"（《闷怀》）。

6. 离愁别恨的《御街行·秋日怀旧》

◎ 作者

宋·范仲淹

◎ 原文

纷纷坠叶飘香砌，夜寂静，寒声碎。真珠帘卷玉楼空，天淡银河垂地。年年今夜，月华如练，长是人千里。

愁肠已断无由醉，酒未到，先成泪。残灯明灭枕头欹，谙尽孤眠滋味。都来此事，眉间心上，无计相回避。

◎ 译文

纷纷杂杂的树叶飘落在铺满残花的石阶上，寒夜一片寂静，只听见那寒风吹动落叶发出的轻微细碎的声音。珍珠的帘幕高高卷起，玉楼空空无人迹。夜色清淡，烁烁闪光的银河直垂大地。每年今天的夜里，都能见到那如绸缎般的皎月；而年年今天的夜里，心上人都远在千里之外。

愁肠已经寸断，想要借酒浇愁，也难以使自己沉醉。酒还未喝，却先化作了辛酸的眼泪。残灯闪烁，枕头歪斜，尝尽了孤眠滋味。算来这相思之苦，积聚在眉头，凝结在心间，实在没有办法回避。

◎ 注释

香砌：有落花的台阶。

寒声碎：寒风吹动落叶发出的轻微细碎的声音。

真珠：珍珠。

天淡：天空清澈无云。

月华：月光。

练：白色的丝绸。

无由：无法。

明灭：忽明忽暗。

欹（qī）：倾斜，斜靠。

谙（ān）尽：尝尽。

都来：算来。

◎ 审美赏析

此词是一首怀人之作，其间洋溢着一片柔情。上阕描绘秋夜寒寂的景象，下阕抒写孤眠愁思的情怀，由景入情，情景交融。

写秋夜景象，作者只抓住秋声和秋色，便很自然地引出秋思。一叶落知天下秋，到了秋天，树叶大都变黄飘落。树叶纷纷飘坠香砌之上，不言秋而知秋。夜，是秋夜。夜寂静，并非说一片阒寂，声还是有的，但是寒声，即秋声。这声音不树间，却来自树间，原来是树上飘来的黄叶坠阶上，沙沙作响。

这里写"纷纷坠叶"，主要是诉诸听觉，借耳朵所听到的沙沙声响，感知到叶坠香阶的。"寒声碎"这三个字，不仅明说这细碎的声响就是坠叶的声音，而且点出这声响是带着寒意的秋声。由沙沙响而感知落叶声，由落叶而感知秋时之声，由秋声而感知寒意。这个"寒"字下得极妙，既是秋寒节候的感受，又是孤寒处境的感受，兼写物境与心境。

"真珠帘卷玉楼空"，空寂的高楼之上，卷起珠帘，观看夜色。这段玉楼观月的描写，感情细腻，色泽绮丽，有花间词人的遗风，更有一股清刚之气。

这里写玉楼之上，将珠帘高高卷起，环视天宇，显得奔放。"天淡银河垂地"，评点家视为佳句，皆因这六个字勾画出秋夜空旷的天宇，实不减杜甫"星垂平野阔"之气势。因为千里共月，最易引起相思之情，以月写相思便成为古诗词常用之意境。"年年今夜，月华如练，长是人千里"，写的也是这种意境，其声情顿挫，骨力遒劲。珠帘、银河、月色都写得奔放雄壮，深沉激越。

　　下阕以一个"愁"字写酌酒垂泪的愁意，挑灯倚枕的愁态，攒眉揪心的愁容，形态毕肖。古来借酒解忧解愁成了诗词中常咏的题材。范仲淹写酒化为泪，不仅反用其意，而且翻进一层，别出心裁，自出新意。他在《苏幕遮·怀旧》中就说："酒入愁肠，化作相思泪。"这首词里说："愁肠已断无由醉，酒未到，先成泪。"肠已愁断，酒无由入，虽未到愁肠，已先化泪。比起入肠化泪，又添一折，又进一层，愁更难堪，情更凄切。

　　自《诗经·关雎》"悠哉悠哉，辗转反侧"出，古诗词便多以卧不安席来表现愁态。范仲淹这里说"残灯明灭枕头欹"，室外月明如昼，室内昏灯如灭，两相映照，自有一种凄然的气氛。枕头斜倚，写出了愁人倚枕对灯寂然凝思的神态，这神态比起辗转反侧更加形象、更加生动。"谙尽孤眠滋味"，由于有前句铺垫，这句独白也十分入情，很富感人的力量。"都来此事"，算来这怀旧之事，是无法回避的，不是心头萦绕，就是眉头攒聚。愁，内为愁肠愁心，外为愁眉愁脸。古人写愁情，设想愁像人体中的"气"，气能行于体内体外，故或写愁由心间转移到眉上，或写由眉间转移到心上。范仲淹这首词则说"眉间心上，无计相回避"。两者兼而有之，比较全面，不失为入情入理的佳句。

7. 惊艳钟情的《西江月·宝髻松松挽就》

◎ **作者**

宋·司马光

◎ **原文**

宝髻松松挽就,铅华淡淡妆成。青烟翠雾罩轻盈,飞絮游丝无定。

相见争如不见,多情何似无情。笙歌散后酒初醒,深院月斜人静。

◎ **译文**

绾了一个松松的云髻,敷上了淡淡的脂粉。青烟翠雾般的罗衣,笼罩着她轻盈的身体。她的舞姿就像那飞絮、游丝,飘忽不定。

此番相见后相思更甚,不如不见,多情不如无情。笙歌散后,醉酒初醒,只见深深庭院中斜月高挂,寂静无声。

◎ **注释**

西江月:词牌名。

宝髻:妇女头上带有珍贵饰品的发髻。

铅华:铅粉、脂粉。

轻盈:形容女子的仪态美。

争如:怎如、倒不如。

◎ **审美赏析**

此词是一首艳情词,写抒情主人公对在宴会上所遇舞女的爱情。上阕写其人其境,营造出惝恍飘忽、扑朔迷离的意境;下阕写自己的感受,性灵流露,雅而不俗,余味深长。全词造句自然,意不晦涩,语不雕琢,随手写来,妥帖停匀,足见作者的学识之厚与感情之丰富。

司马光不以词作著名。然而,北宋词风甚盛之时,一些名臣如韩缜、韩琦、范仲淹都能在事业之余写出很好的词,司马光也不例外。他的词作不多,遗留下来的只有三首,多系风情之作。其词不加虚饰,直抒胸臆，继承了"《国风》好色""《小雅》怨悱"的优良传统。此词中的"相见争如不见，多情何似无情"，即是写情的佳句。这说明，司马光并非假道学，而能表达直率的感情。

上阕写宴会所遇舞伎的美姿，下阕写对她的恋情，开头两句，写出这个姑娘不同寻常：她并不浓妆艳抹，刻意修饰，只是松松地绾了一个云髻，薄薄地搽了点铅粉。次两句写出她的舞姿：青烟翠雾般的罗衣，笼罩着她轻盈的体态，像柳絮游丝那样和柔纤丽而飘忽不定。

下阕的头两句陡然转到对这个姑娘的情上来："相见争如不见，有情何似无情"，上句谓见后反惹相思，不如当时不见；下句谓人还是无情的好，无情即不会为情而痛苦。以理语反衬出这位姑娘色艺之可爱，惹人情思。最后两句写席散酒醒之后的追思与怅惘。

这首小令把惊艳、钟情到追念的全过程都反映出来，而又能含蓄不尽，给人们留下想象的余地，写法别致。它不从正面描写那个姑娘长得多么美，只是从发髻上、脸粉上，略加点染就勾勒出一个淡雅绝俗的美人形象；然后又从体态上、舞姿上加以渲染："飞絮游丝无定"，连用两个比喻把她的轻歌曼舞的神态表现出来。而这首词写得最精彩的还是歇拍两句。当他即席动情之后，从醉中醒了过来，又月斜人静的时候，种种复杂的感受都尽括"深院月斜人静"这一景语中，达到了"不着一字，尽得风流"的境界。

8. 情怀幽怨的《千秋岁·数声鶗鴂》

◎ 作者

宋·张先

◎ 原文

数声鶗鴂,又报芳菲歇。惜春更把残红折。雨轻风色暴,梅子青时节。永丰柳,无人尽日花飞雪。

莫把幺弦拨,怨极弦能说。天不老,情难绝。心似双丝网,中有千千结。夜过也,东窗未白凝残月。

◎ 译文

杜鹃声声,又来向人们报告春时光景即将逝去。惜春人更是想将那残花折下,挽留点点春意。不料梅子青时,便被无情的风暴突袭。看那庭中的柳树,在无人的园中整日随风飞絮如飘雪。

切莫把琵琶的细弦拨动,心中极致的哀怨细弦也难倾泻。天不会老去,爱情也永远不会断绝。多情的心就像那双丝网,中间有千千万万个结。中夜已经过去了,东方未白,尚留一弯残月。

◎ 注释

千秋岁:词牌名。

鶗鴂(tí jué):即子规、杜鹃。《离骚》:"恐鶗鴂之未先鸣兮,使夫百草为之不芳。"

芳菲:花草,亦指春时光景。

永丰柳:唐时洛阳永丰坊西南角荒园中有垂柳一株被冷落,白居易赋《杨柳枝词》"永丰西角荒园里,尽日无人属阿谁",以喻家妓小蛮。后传入乐府,因以"永丰柳"泛指园柳,喻孤寂无靠的女子。

花飞雪:指柳絮,作"飞花雪"。

把:持,握。

幺弦：琵琶的第四弦，各弦中最细，故称。亦泛指短弦、小弦。

凝残月：一作"孤灯灭"。

◎ 审美赏析

这首词是写爱情横遭阻抑的幽怨情怀和坚决不移的信念。

上阕沉痛地回顾爱情遭到破坏，但无一语明说。完全运用描写景物来烘托、暗示，让读者自己去寻绎、领会。

"数声鶗鴂，又报芳菲歇。惜春更把残红折。"这首词开头三句是说，数声杜鹃的鸣啼，又报告烂漫春光将要凋谢。惜春人更想将那残花折。

起首就把鸣声悲切的鶗鴂提出来，说它向人们报告美好的春光又过去了。从"又"字看，他们间融融泄泄的爱情已经不止一年了。可是由于遭到阻力，正和春天一样，来也匆匆，去也匆匆。春去，谁不惋惜呢？作者笔下的这位多情者则是"惜春更把残红折"。所谓"残红"，可以说象征着被破坏而犹坚持的爱情。一个"折"字更能表达出对于经过风雨摧残的爱情多么珍惜。

"雨轻风色暴，梅子青时节"两句是说，怎奈何雨虽轻柔风却很猛烈，正赶上这梅子发青的暮春时节。这是上阕最为重要而又精彩的两句。表面上是写时令、写景物，但细心的读者会理解语义双关，说的是爱情遭到破坏。"梅子黄时雨"（贺铸《青玉案·凌波不过横塘路》），这是正常的。谁料梅子青时，便被无情的风暴突袭。青春初恋遭此打击，其何以堪！

"永丰柳，无人尽日花飞雪。"上阕后两句是说，看那永丰坊的柳树，在无人的园中整日撒飞絮如飘雪。白居易有咏杨柳句说："永丰西角荒园里，尽日无人属阿谁？"被冷落的受害者这时也就和永丰坊的柳树一样；爱情却如柳絮像飞雪似的飘落。

"莫把幺弦拨，怨极弦能说。"下阕前两句是说，切莫把琵琶的细弦拨动,我深深的哀怨细弦也难倾泻。这两句来得很突然,在换头处发起新意,向来只有高手才能这样写。幺弦,琵琶第四弦。弦幺怨极,就必然发出倾诉不平的最强音。

"天不老,情难绝。心似双丝网,中有千千结。"这是说,天如有情不会老,真情永远不会灭绝。多情的心就像双丝网,中间有千千万万个结。受害者在这里表示其反抗的决心:天是不会老的,那么爱情也就永无断绝的时候。这爱情是怎样把双方紧紧联系在一起的呢?"心似双丝网,中有千千结。""丝"谐"思"。在这个情网里,他们是通过千万个结,把彼此牢牢地系住,谁想破坏它都是徒然的。这是全词表达思想感情的高峰,也是一篇之警策。

"夜过也,东窗未白凝残月。"末两句是说,中夜已经过去了,东方未白,尚留一弯残月。情思未了,不觉春晓已经过去,这时东窗未白,残月犹明。如此作结,可谓恰到好处。词调《千秋岁》声情激越,宜于抒发抑郁的情怀,这首伤春怀人之作就很富抒情效果。

9. 刻骨铭心的《鹧鸪天·元夕有所梦》

◎ 作者

宋·姜夔

◎ 原文

肥水东流无尽期。当初不合种相思。梦中未比丹青见,暗里忽惊山鸟啼。

春未绿,鬓先丝。人间别久不成悲。谁教岁岁红莲夜,两处沉吟各自知。

◎ 译文

肥水汪洋向东流，永远没有停止的时候。早知今日凄凉，当初真不该动情。梦里的相见总是看不清楚，赶不上看画像更加清晰，而这种春梦也常常会被山鸟的叫声惊起。

春草还没有长绿，我的两鬓已成银丝，苍老得太快。我们离别得太久，慢慢一切伤痛都会被时光抹去。可不知是谁，让我朝思暮想，年年岁岁的团圆夜，这种感受，只有你和我心中明白。

◎ 注释

元夕：旧历正月十五元宵节。

肥水：源出安徽合肥紫蓬山，东南流经将军岭，至施口入巢湖。

种相思：留下相思之情，谓当初不应该动情，动情后尤不该分别。

丹青：泛指图画，此处指画像。

红莲夜：指元夕。红莲，指花灯。

◎ 审美赏析

这是一首情词，与姜夔青年时代的"合肥情事"有关，词中怀念和思恋的是合肥的旧日情侣。可以看出，词人是一个至情至性的人，虽往事已矣，但时间的流逝和空间的转换，加上人事变幻的沧桑，并没有改变词人对合肥情侣的深深眷恋。所以在长期浪迹江湖中，他写了一系列深切怀念对方的词篇。宋宁宗庆元三年（公元1197年）元夕之夜，他因思成梦，梦中又见到了旧日的情人，梦醒后写了这首缠绵悱恻的情词。这一年，距初遇情人时已经二十多年了。

头两句揭示梦的原因，首句以想象中的肥水起兴，兴中含比。肥水分东、西两支，这里指东流经合肥入巢湖的一支。明点"肥水"，不但交代了这段情缘的发生地，而且将作者拉入到遥远的沉思。映在作者脑海中的，不仅有肥水悠悠向东流的形象，还有与合肥情事有关的一系列或温馨或痛苦的回忆。东流无尽期的肥水，在这里既像是悠悠流逝的岁月的象征，又像是在漫长岁月中无穷无尽的相思和眷恋的象征，起兴自然而意蕴丰富。正因为这段情缘带来的是无穷无尽的痛苦思念，所以次句笔调一转埋怨当初不该种下这段相思情缘。"种相思"的"种"字用得精妙无比。

相思子是相思树的果实，故由相思而联想到相思树，又由树引出"种"字。它不但赋予抽象的相思以形象感，而且暗示出它的与时俱增、无法消除、在心中种下刻骨铭心的长恨。正是"此情无计可消除，才下心头，又上眉头"（李清照）。"不合"二字，出语峭劲拗折，貌似悔种前缘，实为更有力地表现这种相思的真挚深沉和它对心灵的长期痛苦折磨。

"梦中未比丹青见，暗里忽惊山鸟啼。"三四两句切题内"有所梦"，分写梦中与梦醒。刻骨相思，遂致入梦，但由于长期暌隔，梦中所见伊人的形象也恍惚迷离，觉得还不如丹青图画所显现得真切。细味此句，似是作者藏有旧日情人的画像，平日相思时每常展玩，但总嫌不如面对伊人之真切，及至梦见伊人，却又觉得梦中形象不如丹青的鲜明。意思翻进一层形成更深的朦胧意蕴。下句在语言上与上句对仗，意思则又翻进一层，说梦境迷蒙中，忽然听到山鸟的啼鸣声，惊醒幻梦，遂使这"未比丹青见"的形象也消失无踪无处寻觅了。如果说，上句是梦中的遗憾，下句便是梦醒后的惆怅。与所思者暌隔时间之长、空间之远，相见只期于梦中，但连这样不甚真切的梦也做不长，其情何堪？上阕至此煞住，而"相思""梦见"，意脉不断；下阕从另一角度再深入来写，抒发梦醒后的感受。

换头"春未绿"关合元夕，开春换岁，又过一年，而春郊尚未绿遍，仍是春寒料峭；"鬓先丝"说自己辗转江湖，蹉跎岁月双鬓已斑斑如霜，纵有芳春可赏，其奈老何！两句为流水对，语取对照，情抱奇悲，造意奇绝。

接下来"人间别久不成悲"一句，是全词感情的凝聚点，饱含着深刻的人生体验和深沉的悲慨。真正深挚的爱情，总是随着岁月的积累而将记忆的年轮刻得更多更深，但在表面上，这种深入骨髓的相思却并不常表现为热烈的爆发和强烈的外在悲痛，而是像在地底运行的岩浆，在平静甚至是冷漠的外表下潜行着炽热的激流。又像是地表之下的河流，深处奔涌激荡，外表却不易觉察。特别是由于年深岁久，年年重复的相思和伤痛已经逐渐使感觉的神经末梢变得有些迟钝和麻木，心中的悲哀也积累沉淀得太多太重，裹上了一层不易触动的外膜，在这种情况下，就连自己也仿佛意识不到内心深处潜藏的悲哀了。"多情却似总无情"（杜牧《赠别二首·其二》），这"不成悲"的表象更深刻地反映了内心的深切悲痛。而当作者清楚地意识到这一点时，悲痛的感情不免更进一层。作者在几天前写过的一首同调作品中有"少年情事老来悲"，正与此同。这是久经感情磨难的中年人更加深沉内含，也更富于悲剧色彩的感情状态。在这种以近乎麻木的形式表现出来的刻骨铭心的伤痛面前，青年男女的卿卿我我、缠绵悱恻便不免显得浮浅了。

"谁教岁岁红莲夜，两处沉吟各自知。"红莲夜，指元宵灯节，红莲指灯节的花灯。欧阳修《蓦山溪·新正初破》"剪红莲、满城开遍"，周邦彦《解语花·元宵》"露浥红莲，灯市光相射"，均可证。歇拍以两地相思、心心相知作结。与李清照"一种相思，两处闲愁"相同。"岁岁"照应首句"无尽"。这里特提"红莲夜"，似不仅为切题，也不仅由于元宵佳节容易触动团圆的联想，恐怕和往日的情缘有关。古代元宵灯节，正是青年男女结交定情的良宵，欧阳修的《生查子·元夕》（去年元夜时）、辛弃疾的《青玉案·元夕》、柳永的《迎新春》可以帮助理解这一点。

因此年年此夜，遂倍加思念，以至"有所梦"了。说"沉吟"而不说"相思"，不仅为避免重复，更因"沉吟"一词带有低头沉思默想的感性形象，颇有李商隐"夜吟应觉月光寒"的意境。"各自知"，既是说彼此都知道双方在互相怀念，又是说这种两地相思的况味（无论是温馨甜美的回忆，还是长期别离的痛苦）只有彼此心知。两句用"谁教"提起，似问似慨，如泣如诉，像是怨恨某种不可知的力量使双方永远睽隔，又像是自怨情痴不能泯灭相思。正是"人生自是有情痴，此恨不关风与月"（欧阳修《玉楼春·尊前拟把归期说》）。在深沉刻至的"人间别久不成悲"句之后，用"谁教"二句作结，这是一句提空描写，变实为虚、化人为物，词的韵味显得悠长深厚、含蕴空灵。

情词的传统风格偏于柔婉软媚，这首词却以清健之笔来写刻骨铭心的深情，别具一种峭拔隽永的情韵。全篇除"红莲"一词由于关合爱情而较艳丽外，都是用经过锤炼而自然清劲的语言，可谓洗净铅华。词的内容意境也特别空灵蕴藉，纯粹抒情，丝毫不提这段情缘的具体情事。所谓"意愈切而词愈微""感慨全在虚处"，正是此词的特点。

10. 感人肺腑的《鹊桥仙·纤云弄巧》

◎ **作者**

宋·秦观

◎ **原文**

纤云弄巧，飞星传恨，银汉迢迢暗度。金风玉露一相逢，便胜却人间无数。

柔情似水，佳期如梦，忍顾鹊桥归路。两情若是久长时，又岂在朝朝暮暮。

◎ **译文**

纤薄的云彩在天空中变化多端，天上的流星传递着相思的愁怨，遥远无垠的银河今夜悄悄渡过。在秋风白露的七夕相会，就胜过尘世间那些长相厮守却貌合神离的夫妻。

缠绵的柔情像流水般绵绵不断，重逢的约会如梦影般缥缈虚幻，分别之时不忍去看那鹊桥路。只要两情至死不渝，又何必贪求卿卿我我的朝欢暮乐呢。

◎ 注释

纤云：轻盈的云彩。

弄巧：指云彩在空中幻化成各种巧妙的花样。

飞星：流星。一说指牵牛、织女二星。

银汉：银河。

迢迢：遥远的样子。

暗度：悄悄渡过。

金风玉露：指秋风白露。

忍顾：怎忍回视。

朝朝暮暮：指朝夕相聚。语出宋玉《高唐赋》。

◎ 审美赏析

借牛郎、织女的故事，以超人间的方式表现人间的悲欢离合，古已有之，如《古诗十九首·迢迢牵牛星》、曹丕的《燕歌行》、李商隐的《辛未七夕》等。宋代的欧阳修、张先、柳永、苏轼等人也曾吟咏这一题材，虽然遣词造句各异，却都因袭了"欢娱苦短"的传统主题，格调哀婉、凄楚。相形之下，秦观此词堪称独出机杼，立意高远。

这是一首咏七夕的节序词，起句展示七夕独有的抒情氛围，"巧"与"恨"，则将七夕人间"乞巧"的主题及"牛郎、织女"故事的悲剧性特征点明，练达而凄美。借牛郎织女悲欢离合的故事，歌颂坚贞诚挚的爱情。结句"两情若是久长时，又岂在朝朝暮暮"最有境界，这两句既指牛郎、织女的爱情模式的特点，又表述了作者的爱情观，是高度凝练的名言佳句。这首词因而也就具有了跨时代的审美价值和艺术品位。此词熔写景、抒情与议论于一炉，叙写牛郎、织女相爱的神话故事，赋予这对仙侣浓郁的人情味，讴歌了真挚、细腻、纯洁、坚贞的爱情。词中明写天上双星，暗写人间情侣；其抒情，以乐景写哀，以哀景写乐，倍增其哀乐，读来荡气回肠、感人肺腑。

词一开始即写"纤云弄巧"，轻柔多姿的云彩，变化出许多优美巧妙的图案，显示出织女的手艺何其精巧绝伦。可是，这样美好的人儿，却不能与自己心爱的人共同过美好的生活。"飞星传恨"，那些闪亮的星星仿佛都传递着它们的离愁别恨，正飞驰长空。

关于银河，《古诗十九首·迢迢牵牛星》云："河汉清且浅，相去复几许？""盈盈一水间，脉脉不得语。""盈盈一水间"，近在咫尺，似乎连对方的神情语态都宛然在目。这里，秦观却写道"银汉迢迢暗度"，以"迢迢"二字形容银河的辽阔，牛郎、织女相距之遥远。这样一改，感情深沉了，突出了相思之苦。迢迢银河水，把两个相爱的人隔开，相见多么不容易！"暗度"二字既点"七夕"题意，又紧扣一个"恨"字，他们踽踽宵行，千里迢迢来相会。

接下来作者宕开笔墨，以富有感情色彩的议论赞叹道："金风玉露一相逢，便胜却人间无数。"一对久别的情侣在金风玉露之夜、碧落银河之畔相会了，这美好的一刻，就抵得上人间千遍万遍的相会。作者热情歌颂了一种理想的圣洁而永恒的爱情。"金风玉露"用李商隐《辛未七夕》诗："恐是仙家好别离，故教迢递作佳期。由来碧落银河畔，可要金风玉露时。"用以描写七夕相会的时节风光，同时还另有深意，作者把这次珍贵的相会，映衬于金风玉露、冰清玉洁的背景之下，显示出这种爱情的高尚纯洁和超凡脱俗。

"柔情似水"，那两情相会的情意啊，就像悠悠无声的流水，是那样的温柔缠绵。"柔情似水"，"似水"照应"银汉迢迢"，即景设喻，十分自然。一夕佳期竟然像梦幻一般倏然而逝，才相见又分离，怎不令人心碎！"佳期如梦"，除言相会时间之短，还写出爱侣相会时的复杂心情。"忍顾鹊桥归路"，转写分离，刚刚借以相会的鹊桥，转瞬间又成了和爱人分别的归路。不说不忍离去，却说怎忍看鹊桥归路，婉转语意中，含有无限惜别之情及辛酸眼泪。回顾佳期幽会，疑真疑假，似梦似幻，及至鹊桥言别，恋恋之情，已至于极。词笔至此忽又空际转身，爆发出高亢的音响："两情若是久长时，又岂在朝朝暮暮！"这两句词揭示了爱情的真谛：爱情要经得起长久分离的考验，只要能彼此真诚相爱，即使终年天各一方，也比朝夕相伴的庸俗情趣可贵得多。这两句感情色彩很浓的议论，成为爱情颂歌当中的千古绝唱。它们与上阕的议论遥相呼应，这样上、下阕同样结构，叙事和议论相间，从而形成全篇连绵起伏的情致。这种正确的恋爱观，这种高尚的精神境界，远远超过了古代同类作品，是十分难能可贵的。

这首词的议论自由流畅、通俗易懂，却又显得婉约蕴藉、余味无穷。作者将画龙点睛的议论与散文句法及优美的形象、深沉的情感结合起来，起伏跌宕地讴歌了人间美好的爱情，取得了极好的艺术效果。

第五章 读宋词，学轻快的柔婉美

宋词从品性上属于「南方文学」大系统，南国的晓风残月、千里烟波、斜风细雨、平湖曲岸，「柔化」着词人的创作心境。从形式上说，柔婉美就是一种表现为柔和、婉转、软媚、纤巧的美，它给人们以轻松愉悦、心旷神怡的审美感受。

1. 风雨凄迷的《渔家傲·小雨纤纤风细细》

◎ *作者*

宋·朱服

◎ *原文*

小雨纤纤风细细，万家杨柳青烟里。恋树湿花飞不起，愁无比，和春付与东流水。

九十光阴能有几？金龟解尽留无计。寄语东阳沽酒市，拚一醉，而今乐事他年泪。

◎ *译文*

绵绵的细雨微微的风，千家万户掩映在杨柳密荫青烟绿雾中。淋湿的花瓣贴在树枝上不再飞。心中愁无穷，连同春色都付与江水流向东。

九十天的光阴能够留多久？解尽金龟换酒也无法将春光挽留。告诉那东阳城里卖酒人，而今只求拚个一醉方休，不管今日乐事成为他年热泪流。

◎ *注释*

渔家傲：词牌名。

纤纤：细小，细微，多用以形容微雨。

和春：连带着春天。

九十：指春光三个月共九十天。

金龟：唐三品以上官员佩金龟袋。此处"金龟解尽"意即彻底解职。

东阳：今浙江省金华市，宋属婺（wù）州东阳郡。

沽酒：卖酒。

拚（pīn）：豁出去，甘冒。

◎ *审美赏析*

此词是作者早年出知婺州期间的作品。《乌程旧志》云："朱行中坐与苏轼游,贬海州,至东郡,作《渔家傲》词。"

这首词风格俊丽,是作者的得意之作。原题为"春词"。

开头两句"小雨纤纤风细细,万家杨柳青烟里",写暮春时节,好风吹,细雨润,满城杨柳郁郁葱葱,万家屋舍掩映在杨柳的青烟绿雾之中。正是"绿暗红稀",春天快要悄然归去了。次三句"恋树湿花飞不起,愁无比,和春付与东流水",借湿花恋树寄寓人的恋春之情。"恋树湿花飞不起"显示出俊美,堪称佳句。"湿花"应上"小雨",启下"飞不起"。"恋"字用拟人手法,赋落花以深情。花尚不忍辞树而留恋芳香时,人的心情更可想而知了。春天将去的时候,落花有离树之愁,人也有惜春之愁,这"愁无比"三字,尽言二愁。如此深愁,既难排遣,故而词人将它连同春天一道付与了东流的逝水。

"九十光阴能有几?金龟解尽留无计。"感叹春来春去,虽然是自然界的常态,然而美人有迟暮之思,志士有未遇之感,这九十日的春光,也极短暂,说去也就要去的,即使解尽金龟换酒相留,也是留它不住的。词句中的金龟指所佩的玩饰,唐代诗人贺知章,曾经解过金龟换酒以酬李白,成为往昔文坛上的佳话。作者借用这个典故,表明极意把酒留春。"寄语东阳沽酒市,拚一醉,而今乐事他年泪。"虽然留它不住,也要借酒浇愁,拼上一醉,以换取暂时的欢乐。"寄语"一句,谓向酒肆索酒。结句"而今乐事他年泪",一语两意,乐中兴感。

这首词袭用传统作词法:上阕写景,下阕写情。结句"而今乐事他年泪",一意化两,示遣愁不尽,无限感伤。作者亦自以"而今"句为得意之笔。

2. 微风细雨的《望江南·超然台作》

◎ **作者**

宋·苏轼

◎ **原文**

春未老,风细柳斜斜。试上超然台上看,半壕春水一城花。烟雨暗千家。

寒食后,酒醒却咨嗟。休对故人思故国,且将新火试新茶。诗酒趁年华。

◎ **译文**

春天还没有过去,杨柳在和煦的春风中飘荡。登上超然台眺望,只见半沟护城河的春水,满城的春花,烟雨笼罩着千家万户。

寒食节过后,酒醒反而因思乡而叹息,只得自我安慰:不要在老朋友面前思念故乡了,姑且用新火来烹煮新茶,趁着时光未老,借吟诗饮酒来自得其乐吧。

◎ **注释**

望江南:原唐教坊曲名,后用为词牌名。又名忆江南。

超然台:筑在密州(今山东诸城)北城上,登台可眺望全城。

壕:护城河。

寒食:节令。旧时清明前一天(一说两天)为寒食节。

咨嗟:叹息、慨叹。

故国:这里指故乡、故园。

新火:唐宋习俗,清明前两天起禁火三日。节后另取榆柳之火称"新火"。

新茶:指清明前采摘的"明前茶"。

◎ 审美赏析

宋神宗熙宁七年（公元1074年）秋，苏轼由杭州移守密州（今山东诸城）。次年八月，他命人修葺城北旧台，并由其弟苏辙题名"超然"，取《老子》"虽有荣观，燕处超然"之义。熙宁九年（公元1076年）暮春，苏轼登超然台，眺望春色烟雨，触动乡思，写下了此作。这首豪迈与婉约相兼的词，通过春日景象和作者感情、神态的复杂变化，表达了作者豁达超脱的襟怀和"用之则行，舍之则藏"的人生态度。词的上阕写登台时所见暮春时节的郊外景色。

首以春柳在春风中的姿态——"风细柳斜斜"，点明当时的季节特征：春已暮而未老。"试上"二句，直说登临远眺，而"半壕春水一城花"，在句中设对，以春水、春花，将眼前图景铺排开来。然后，以"烟雨暗千家"作结，居高临下，说烟雨笼罩着千家万户。于是，满城风光，尽收眼底。作者写景，注意色彩上的强烈对比作用，把春日里不同时空的色彩变幻，用明暗相衬的手法传神地传达出来。

下阕写情，乃触景生情，与上阕所写之景，关系紧密。"寒食后，酒醒却咨嗟"，进一步将登临的时间点明。寒食，在清明前一二日，相传为纪念介子推，从这一天起，禁火三天；寒食过后，重新点火，称为"新火"。此处点明"寒食后"，一是说，寒食过后，可以另起"新火"；二是说，寒食过后，正是清明节，应当返乡扫墓。但是，此时却欲归而归不得。以上两句，词情荡漾，曲折有致，寄寓了作者对故乡、故人不绝如缕的思念之情。"休对故人思故国，且将新火试新茶"写作者为摆脱思乡之苦，借煮茶来作为对故乡思念之情的自我排遣，既隐含着作者难以解脱的苦闷，又表达出作者渴望解脱苦闷的自我心理调适。

"诗酒趁年华"，进一步申明：必须超然物外，忘却尘世间一切，而抓紧时机，借诗酒以自娱。"年华"，指好时光，与开头所说"春未老"相应合。全词所写，紧紧围绕着"超然"二字，至此，进入了"超然"的最高境界。这一境界，便是苏轼在密州时的心境与词境的具体体现。

　　这首词情由景发，情景交融。词中浑然一体的斜柳、楼台、春水、城花、烟雨等暮春景象，以及烧新火、试新茶的细节，细腻、生动地表现了作者细微而复杂的内心活动，表达了游子炽烈的思乡之情。将写异乡之景与抒思乡之情结合得如此天衣无缝，足见作者艺术功力之深。

　　这首词上阕写景，下阕抒情，是典型的借景抒情。上阕之景，有"以乐景衬哀情"的成分，寄寓作者对有家难回、壮志难酬的无奈与怅惘。更重要的是，整首词表达思乡的感情，作者以茶聊以慰藉尤其突出。

3. 柔婉曲折的《浣溪沙·漠漠轻寒上小楼》

◎ **作者**

宋·秦观

◎ **原文**

漠漠轻寒上小楼，晓阴无赖似穷秋。淡烟流水画屏幽。

自在飞花轻似梦，无边丝雨细如愁。宝帘闲挂小银钩。

◎ **译文**

一阵阵轻轻的春寒袭上小楼，清晨的天色阴沉得竟和深秋一样，令人兴味索然。回望画屏，淡淡烟雾，潺潺流水，意境幽幽。

柳絮飞舞如虚无缥缈的梦境，丝丝细雨落下如同我的忧愁。再看那缀着珠宝的帘子，正随意悬挂在小小银钩之上。

◎ **注释**

浣溪沙：原唐教坊曲名，本为舞曲。"沙"又写作"纱"。又称小庭花、满院春。另有一体五十六字。

轻寒：薄寒，有别于严寒和料峭春寒。
晓阴：早晨天阴着。
无赖：无聊，无意趣。作者厌恶之语。
穷秋：秋天走到了尽头。
淡烟流水：画屏上轻烟淡淡，流水潺潺。
幽：意境悠远。
丝雨：细雨。
宝帘：缀着珠宝的帘子，指华丽的帘幕。
闲挂：很随意地挂着。

◎ 审美赏析

这首词以轻浅的色调、幽渺的意境，描绘一个女子在春阴的清晨里所生发的淡淡哀愁和轻轻寂寞。全词意境怅静悠闲，含蓄有味。

每一次春来，就是一次伤春的体验。作者之心，很早就发出了"为问新愁，何事年年有"的愁怨。然而他们的命运也往往是一年年地品尝春愁。此词抒写的是淡淡的春愁。它以轻淡的色笔、白描的手法，十分熨帖地写出了环境氛围，即把那一腔淡淡的哀怨变为具体可感的艺术形象渗透出来，表情深婉、幽渺。"一片自然风景就是一种心情"。漠漠轻寒中袅袅而升的是主人公那轻轻的寂寞和百无聊赖的闲愁。即景生情，因情生景，情恰能称景，景也恰能传情，这便是词作的境界。

上阕写天气与室内环境的凄清，通过写景渲染萧瑟的气氛，不言愁而愁自见。起首一句"漠漠轻寒上小楼"，笔意轻灵，如微风拂面，让人不自觉地融入其中，为全词奠定了一种清冷的基调。随后一句还是写天气，强调"轻寒"。初春之寒，昏晓最甚。更何况阴云遮日，寒意自然更深一步，难怪会让人误以为是深秋时节。"无赖"二字暗指女主人公因为天气变化而生出丝丝愁绪。"淡烟"一句视角从室外转到室内，画屏之上，淡烟流水，亦是一片凄清模样，让人不禁生出一丝淡淡的哀愁。

下阕写倚窗所见，转入对春愁的正面描写。不期然中，他的视线移向了窗外：飞花袅袅，飘忽不定，迷离惝恍；细雨如丝，迷迷蒙蒙，迷漫无际。见飞花之缥缈，不禁忆起残梦之无凭，心中顿时悠起的是细雨蒙蒙般无边的愁绪。本写春梦之无凭与愁绪之无际，却透过窗户摄景着笔于远处的飞花细雨，将情感距离故意推远，越发感生出一种缥缈朦胧、若即若离之美。亦景亦情而柔婉曲折，是"虽不识字，亦知是天生好言语"（《诗人玉屑》卷二十一引晁补之语）的佳例。作者将"梦"与"愁"这种抽象的情感编织在"飞花""丝雨"交织的自然画面之中。这种现象，约翰·鲁斯金称为"感情误置"，而这在中国诗词中司空见惯。"自在飞花"，无情无思，格外惹人恼恨，而反衬梦之有情有思。最后，词以"宝帘闲挂小银钩"作结，尤觉摇曳多姿。细推词脉，此句应为倒装句。沉迷于一时之幻境，不经意中瞥向已经挂起的窗帘外面，飞花丝雨映入眼帘，这便引出"自在"二句之文。而在结构艺术上，作者作如是倒装，使得词之上、下阕对称工整，显得精巧别致，极富回环变化的结构之美。同时，也进一步唤醒全篇，使帘外的种种愁境、帘内的愁人更为分明，不言愁而愁自现。句中"闲"字，本是形容物态，而读者返观全篇，知此正是全词感情基调——百无聊赖的情感意绪。作为红线贯串打通全词，一气运转，跌宕昭彰。

此词以柔婉曲折之笔，写一种淡淡的闲愁。在生活中，每个人都会拥有自己的一份闲愁。不知何时何处，它即从你心底无端地升起，说不清也拂不去，令人寂寞难耐。词人们又总是能更敏锐地感受到它，捕捉住它，并流诸笔底。而此时，又必然会渗透进他们对时世人生的独特感受。冯延巳的《鹊踏枝·谁道闲情抛掷久》写出了人人心中皆有的这般闲情，却也包蕴着一种由时代氛围所酿成的说不清、排不开的愁绪。"古之伤心人也"的秦观，少年丧父，仕途抑塞，于新旧党迭为消长之际，一再受到排抑，满腹满腔人生的遭际感慨，泛化为一种凄怨感伤的心境意绪而弥漫于词作之中，呈现出含蓄蕴藉、窈深幽约之美。此词曲折传情而凄清婉美，《词则·大雅集》卷二称"宛转幽怨，温韦嫡派"。作为婉约派词人，他正是远祖温韦，近承晏柳，融各家所长为一体，成其细腻含蓄而又凄怨感伤之风格，吟唱出较"花间""尊前"更为绸缪凄婉的角声，别具一番魅力。

就思想内容来说，秦观的词多写艳情，与晏几道、柳永相似，但历来以语言的翻新、情致的幽趣而受人激赏。这首词写的是春愁，一种细微幽渺的、不容易捉摸的感情，但作者以他非凡的功力，借具体的景物描写和形象的比喻，将它表现了出来。最具代表性的是他的"自在飞花轻似梦，无边丝雨细如愁"。他将细微的景物与幽渺的感情极为巧妙而和谐地结合在一起，使难以捕捉的抽象的梦与愁成为可以接触的具体形象。沈祖棻《宋词赏析》分析这两句时，说："它的奇，可以分两层说。第一，'飞花'和'梦'，'丝雨'和'愁'，本来不相类似，无从类比。但词人却发现了它们之间有'轻'和'细'这两个共同点，就将四样原来毫不相干的东西联成两组，构成了既恰当又新奇的比喻。第二，一般的比喻，都是以具体的事物去形容抽象的事物，或者说，以容易捉摸的事物去比譬难以捉摸的事物。但词人在这里却是反其道而行之。他不说梦似飞花、愁如丝雨，而说飞花似梦、丝雨如愁也同样很新奇。"这两句用语奇绝，别具一种音乐美、诗意美和画境美。

在文学大家的笔下，对情、意表达的处理常见"举重若轻"和"举轻若重"两种方式。它们都会有理想的表达效果，但秦观在这里的幽情轻吐能有如此的效果，依赖于其善于渲染、语言精美、比喻神奇，但更关键的是内中的那种情致。冯煦称赞说："他人之词，词才也；少游，词心也。得之于内，不可以传。"秦观的个人气质与文体特征已经融而为一。这首词没有一处用重笔，没有痛苦的呐喊，没有深情的倾诉，没有放纵自我的豪兴，没有沉湎往事的不堪。只有对自然界"漠漠轻寒"的细微感受，对"晓阴无赖"的敏锐体察，对"淡烟流水"之画屏的无限感触。这春愁，既没有涉及政治，又没有涉及爱情、友谊，或者其他什么。它其实只是写了一种生活的空虚之感。在一个敏感文人的心里，这种空虚寂寞伴随生命的全程，它和愿望和理想，以及对生命的珍视成正比，无边无际，无计可除。

4. 词丽情柔的《祝英台近·晚春》

◎ **作者**

宋·辛弃疾

◎ **原文**

宝钗分，桃叶渡，烟柳暗南浦。怕上层楼，十日九风雨。断肠片片飞红，都无人管，更谁劝、啼莺声住？

鬓边觑，试把花卜归期，才簪又重数。罗帐灯昏，哽咽梦中语：是他春带愁来，春归何处？却不解、带将愁去。

◎ **译文**

将宝钗掰为两截，离别在桃叶渡口，南浦暗淡凄凉，烟雾笼罩着垂柳。我怕登上层层的高楼，十天里有九天风号雨骤。片片飘飞的花瓣令人断肠悲愁，风雨摧花全没人来救，更有谁劝那黄莺儿将啼声罢休？

瞧瞧簪在鬓边的花簇，算算花瓣数目将离人归期预卜，才簪上花簇又摘下重数。昏暗的灯光映照着罗帐，梦中悲泣着哽咽难诉：是春天他的到来给我带来忧愁，而今春天又归向何处？却不懂将忧愁带走。

◎ **注释**

祝英台近：词牌名。

宝钗分：钗为古代妇女簪发首饰。分为两股，情人分别时，各执一股为纪念。这里为夫妇离别之意。

桃叶渡：在南京秦淮河与青溪合流之处。这里泛指男女送别之处。

南浦：水边，泛指送别的地方。江淹《别赋》："送君南浦，伤如之何。"

断肠：多用以形容悲伤到极点。

飞红：落花。

觑：细看，斜视。

把花卜归期：用花瓣的数目，占卜丈夫归来的日期。

簪：用作动词，意为戴簪。

罗帐：古代床上的纱幔。

◎ 审美赏析

这首《祝英台近·晚春》抒发了闺中少妇惜春怀人的缠绵悱恻之情，写得词丽情柔，妩媚风流，却是与作者纵横郁勃的豪放风格迥然不同的。

上阕头三句巧妙地化用了前人的诗句，追忆与恋人送别时的眷眷深情。"烟柳暗南浦"，渲染了暮春时节送别、埠头烟柳迷蒙之景。三句中连用了三个有关送别的典故，最后融会成一幅情致缠绵的离别图景，烘托出作者凄苦怅惘的心境。自从与亲人分别之后，遭遇了横雨狂风、乱红离披，为此怕上层楼，不忍心再目睹那场景。伤心春去，片片落红乱飞，都无人管束得住，用一个"都"字对"无人"做了强调。江南三月，群莺乱飞，人们感到莺啼预示春将归去。所以寇准说"春色将阑，莺声渐老"（《踏莎行·春暮》）。更有谁能来劝止喻示春去的莺声呢？"都无人管"与"更谁劝"，进一步抒发了怨春怀人之情。

下阕笔锋一转，由渲染气氛烘托心情，转为描摹情态。其意虽转，但其情却与上阕接连不断。"鬓边觑"三字，刻画少妇的心理状态细腻密致，惟妙惟肖。一个"觑"字，就把闺中女子娇懒慵倦的细微动态和百无聊赖的神情，生动地刻画出来。"试把"两句是觑的结果。飞红垂尽莺声不止，春归之势不可阻拦，怀人之情如何表达。鬓边的花使她萌发了一丝侥幸的念头：数花瓣卜归期。明知占卜并不可信，却又"才簪又重数"。一瓣一瓣数过了，戴上去，又拔下来，再一瓣一瓣地从头数。这种单调的反复动作既令人觉得可笑又叫人觉得心酸。作者在此用白描手法，对人物的动作进行细腻的描写，充分表现出少妇的痴情。然而她的心情仍不能平静，接着深入一笔，以梦呓作结。"哽咽梦中语：是他春带愁来，春归何处？却不解、带将愁去。"这三句化用了李邴《洞仙歌·一团娇软》词"归来了，装点离愁无数。……蓦地和春，带将归去"，以及赵彦端《鹊桥仙·来时夹道》词"春愁元自逐春来，却不肯、随春归去"。可是辛词较李、赵两作更流畅，更委婉。出之以责问，托之于梦呓更显得波谲云诡，绵邈飘忽。虽然这种责问是极其无理的，但越无理却越有情。痴者的思虑总是出自无端，而无端之思又往往发自情深不能控者。因此这恰恰是满腹痴情怨语的少妇内心世界的真实反映，"绵邈飘忽之音，最为感人深至"（郭麐《灵芬馆词话》卷二）。沈祥龙《论词随笔》云"词贵愈转愈深"，本篇巧得此法。从南浦赠别，怕上层楼，花卜归期到哽咽梦中语。迂曲递转，新意叠出。上阕断肠三句，一波三折。从"飞红"到"啼莺"，从惜春到怀人，层层推进。下阕由"占卜"到"梦呓"，动作跳跃，由实转虚，表现出痴情人为春愁所苦、无可奈何的心态。

全词转折颇多，越转越缠绵，越转越凄恻。一片怨语痴情全在转折之中，充分显示了婉约词绸缪婉转的艺术风格。

通过描写人物的典型动作，从而表现人物的心理活动，是这首词艺术手法上的又一成功之处。寥寥几笔，将"占卜"的全过程一一呈现出来；只一句梦话，痴情人的内心情思便和盘托出。透过这些简单的动作，可以清晰地感到人物脉搏的跳动，人物形象呼之即出。

此词章法严密，以春归人未还绾合上下阕，词面上不着一"怨"字，却笔笔含"怨"，欲图弭怨而怨仍萦绕不休。沈谦《填词杂说》曰："稼轩词以激扬历厉为工，至'宝钗分，桃叶渡'一曲，昵狎温柔，魂销意尽，才人伎俩，真不可测。"

5. 触景抒怀的《蝶恋花·小雨初晴回晚照》

◎ 作者

宋·王诜

◎ 原文

小雨初晴回晚照。金翠楼台，倒影芙蓉沼。杨柳垂垂风袅袅。嫩荷无数青钿小。

似此园林无限好。流落归来，到了心情少。坐到黄昏人悄悄。更应添得朱颜老。

◎ 译文

小雨初停云消散，夕阳照庭院。金碧楼台，芙蓉池中倒影现。微风习习，杨柳亦依依。无数嫩荷尖尖角，好似青钿。

如此园林，风景无限美。流浪归来，没了心情去欣赏。独自坐到黄昏，悄悄庭院无一人。惆怅凄苦心烦闷，更添颜老人憔悴。

◎ 注释

蝶恋花：词牌名。唐教坊曲名鹊踏枝，后用为词牌，改名为蝶恋花。双调六十字，仄韵。

晚照：夕阳的余晖；夕阳。

金翠：金黄、翠绿之色。

芙蓉：荷花的别名。

袅袅（niǎo）：纤长柔美的样子。

朱颜：红润美好的容颜。

◎ 审美赏析

王诜字严卿，山西太原人，与苏轼同代，有所结交。王诜娶了宋英宗的女儿，因此官做得很大，曾任左卫将军、驸马都尉。但在宋神宗元丰二年（公元1079年），曾坐罪，责授昭化军节度行军司马，贬为均州安置，移颍州，直到宋哲宗元祐元年（1086年），才复登州刺史、驸马都尉。从该词的"流落归来""更添得朱颜老"等句看，此词可能是他官复原位后所作。

这是一首触景抒怀、感慨生平的词。表达了作者流落异地之悲、老大无成之慨，以及无辜遭贬的苦闷、压抑，曲折地反映了作者内心的惆怅和凄苦之情。

起笔"小雨初晴回晚照"富于象征意味：雨后初晴，夕阳返照的景象，暗寓作者久遭贬谪始得召还的人生。终见天晴固然可喜，可是夕阳黄昏，亦复可悲。这亦喜亦悲之情，全融于这初晴晚照之中。接下来"金翠楼台，倒影芙蓉沼"二句更需玩味。楼台本已巍峨壮观，叠下"金翠"二字状之，气象更加富丽堂皇。如此金碧辉煌的楼台，沐浴于晚照霞辉之中，其倒影又映现于荷池之水面，楼台本身与其倒影，遂构为一亦实亦幻的庄严景观。难怪《宣和画谱》称王诜"其风流蕴藉，真有王谢家风气"。"杨柳垂垂风袅袅"句，词人更以如画之笔，渲染出池塘上一片春色。杨柳垂垂，原是静态；风袅袅，则化静态为动态，姿态具动静相生之妙。"袅袅"二字极美。从其手迹可见，此二字真是姿媚无限，笔意之美，与词情相得益彰。"嫩荷无数青钿小"，歇拍承上文"芙蓉沼"而来。时值春天，初出水面之嫩荷，宛如无数青钿。至此，盎然春意触目萦怀。

过片"似此园林无限好"，将上阕作一缩结。园林如此富丽，春色复如此迷人，确乎可说无限之好。应知此园林非指别处，就是这位驸马之府邸。王诜词中曾一再对之加以描绘。句首"似此"二字，已暗将此美好之园林与自己之间推开一段距离。"流落归来，到了心情少。""流落"二字，写尽七年的迁谪生涯，所包蕴的无穷辛酸，又岂是"归来"二字所可去之以尽。重到旧时园林，已物是人非，经此重谴，词人临老，妻子下世，园林纵好，也只能是"心情少"了。韵脚之"少"字，极含婉厚重，有千钧之力。词情至此，由极写富丽之景一变而为极写悲哀之情，真有一落千丈之势。"坐到黄昏人悄悄"句，"黄昏"遥承起句晚照而来，使全词有缩合圆满之妙。更重要的，还在于以时间之绵延，增加意境之深度。坐到黄昏，极言其凄寂况味。"更应添得朱颜老。"结句纯为返观自己一生之省察，词情更为内向，悲感尤为深沉。园林依旧，朱颜已改，人生到此，复何可言。

初晴晚照，金翠楼台，杨柳袅袅，嫩荷无数，皆可喜之景，亦皆可慰人心。然而作者却只是"心情少"，无法摆脱悲哀。而写景设色越富丽，则越反衬出其伤心怀抱之黯淡。中间具一大跌宕、大顿挫，笔势变化有力，是此词又一特色。抒情结构的巨大转折，与情景之间的强烈反衬，都是表现主题的重要艺术手段，足可玩味。

该词写景抒情，十分清楚。而写景又为抒情服务，使整首词有机地联系在一起，本来万千思绪，一时却反觉"心情少"，最妙。写出了一种空洞迷茫、时光流逝的失落感。全词将盎然的自然景物与黄昏夕阳和作者的衰老心情反衬着写，有着强烈的对比色彩，而全词的题意至末句方才跃出，既总括全词，又有点题之妙。

6. 词景交融的《虞美人·梳楼》

◎ 作者

宋·蒋捷

◎ 原文

丝丝杨柳丝丝雨。春在溟濛处。楼儿忒小不藏愁。几度和云飞去、觅归舟。

天怜客子乡关远。借与花消遣。海棠红近绿阑干。才卷朱帘却又、晚风寒。

◎ 译文

垂下一丝丝杨柳，飘下一丝丝细雨。春天就在迷迷漾漾之处。我觉得梳妆楼太小了，藏不下我的许多忧愁。闲愁好几回同云飞去，寻觅一只送我回乡的轻舟。

上天怜我客中游子故乡遥远，借一株海棠花给我消遣。海棠花淋雨后更红艳，好像有意靠近绿栏杆。可我刚刚卷起红帘子，偏偏又碰上晚来风寒。

◎ 注释

虞美人：词牌名，此调原为唐教坊曲，初咏项羽宠姬虞美人，因以为名。又名一江春水、玉壶水、巫山十二峰"等。双调，五十六字，上下阕各四句，皆为两仄韵转两平韵。古代词开始大体以所咏事物为题，配乐歌唱逐渐形成固定曲调，后即开始名为调名即词牌。

梳楼：指女子梳妆楼，即闺楼。

丝丝：柳枝的柔姿，描画了春雨连绵不断的形象。喻指丝丝愁绪。

溟濛（míng méng）：指黑暗模糊，泛指春雨弥漫。

藏：隐忍，按捺已久。

客子：指在异乡的人。

乡关：家乡。

消遣：消解，排遣愁闷。

阑干：本指栏杆，这里是借指海棠花红绿相映、纵横交错。

◎ 审美赏析

这是一首描写羁旅他乡凄迷心境的词。蒋捷这首词，字字锤炼，用句精巧，但也平淡，实为一首不可多得的佳作。

"丝丝杨柳丝丝雨。春在溟濛处。"杨柳丝丝，细雨绵绵，柳丝轻拂。烟雨笼罩的远处，一派迷蒙缥缈的景象。这二句如一幅精心细琢的工笔画。以"杨柳""细雨"绘出江南春雨图。"丝丝"逼真地再现了柳枝的柔姿，描画了春雨连绵不断的形象，也喻指丝丝愁绪。词的起句重复出现了"丝丝"这一叠词，因而产生了特定的渲染效果，加强了词的丰富的内涵。读来朗朗上口，增强了词的艺术美感。

下面转入伤怀的心理描写："楼儿忒小不藏愁。"南宋末年，国事江河日下，作者对前途感到无穷忧虑，心中的愁苦郁积，遇感而发。乡愁在文人心中是永远抹不去的痛。古人写之多样，蒋捷此句则以"楼儿忒小"藏不下作喻。"藏"字，表现了隐忍、按捺已久。但以其愁太多，楼儿忒小，因而这"愁"摆脱小楼的羁绊，"几度和云飞去、觅归舟"了。"几度"一词，渲染了词人思归之情的执着与痴迷。然而幻想只能是暂时的避难所，只能徒增忧愁。

急切盼归却不成之后，作者只好"天怜客子乡关远。借与花消遣"。"天怜"，点明题旨，把客愁乡思表现得更加突出。但"天"怜则怜矣，只能"借与花消遣"。"借"指客居他乡，花非我有，也只能"借"之而已！一"怜"一"借"中，婉转含蓄地表达了词人孑然之苦、愁苦难消的复杂心理活动。

"海棠红近绿阑干。才卷朱帘却又、晚风寒"承"花消遣"而来，海棠临栏，红绿相映。细雨中的海棠，颜色自非一般。词人在这里写的是雨中海棠。词人羁旅已久，韶华已逝，思乡欲归，心境黯然。然而目触之处却是竞相争艳的红海棠，对比之下，更增添心中伤愁。貌似红绿艳的场景，实际上却暗含了凄凉之意。何况卷帘之际，迎面而来的又是那令人心寒的晚风呢！

这是一首词景交融的佳作。起笔点染景物，写作者凄迷愁苦的心境，使人思归。词中匠心独运，写"愁"多，用"楼"小做衬托。写哀愁，用海棠反衬。恰如王夫之所说，这里是用"乐景写哀"，起到"一倍增其哀乐"之效果。词中语言清新素淡，雕琢之下，不失平淡之本色，是其艺术之最大特色。

7. 含蓄蕴藉的《醉落魄·离京口作》

◎ 作者

宋·苏轼

◎ 原文

轻云微月，二更酒醒船初发。孤城回望苍烟合。记得歌时，不记归时节。

巾偏扇坠藤床滑，觉来幽梦无人说。此生飘荡何时歇？家在西南，常作东南别。

◎ 译文

云朵轻轻飘，月色微微亮，二更天时从酒醉中醒来，船刚开始出发。回头遥望京口，孤城已经隐没在灰蒙蒙的雾气当中。记得喝酒时欢歌笑语的场面，不记得上船时的情景。

酒醒后头巾偏斜，扇子坠落，藤床格外滑腻，连身子都快挂不住了。一觉醒来，梦中的幽静无人可倾诉，此生的飘荡什么时候才能休止呢？家住西南眉山，却经常向东南道别。

◎ 注释

醉落魄：词牌名。即一斛珠。据曹邺小说《梅妃传》载，唐玄宗封珍珠一斛密赐梅妃。梅妃不受，写下"长门自是无梳洗，何必珍珠慰寂寥"的诗句。玄宗阅后不乐，令乐府以新声唱之，名《一斛珠》。双调五十七字，仄韵。

京口：古城（今江苏镇江），为古代长江下游的军事重镇。

二更：又称二鼓，指晚上九时至十一时。

孤城回望苍烟合：此句意为回头遥望京口，孤城已经隐没在灰蒙蒙的雾气当中。孤城，指京口。苍烟，灰蒙蒙的雾气。

巾偏扇坠藤床滑：酒醒后头巾偏斜，扇子坠落，藤床格外滑腻，连身子都快挂不住了。巾，指头巾。

家在西南，常作东南别：苏轼的家乡在四川眉山，所以说"西南"。他这时正任杭州通判，经常来往于镇江、丹阳、常州一带，所以说"东南别"。此句写作者仕宦飘零。

◎ 审美赏析

这首词作于宋神宗熙宁六年（公元1073年）冬，当时苏轼正在杭州通判任上。苏轼是王安石变法的反对者，在王安石当政的时候被屡屡外放，此时在杭州已经任满三年。苏轼在杭州任满三年，要转任密州太守，在离开京口的时候作了这首《醉落魄》，表达自己的思乡之情。

上阕写月色微微，云彩轻轻，二更时分词人从沉醉中醒来，听着咿咿呀呀的摇橹声，船家告诉他，船刚开。从船舱中往回望，只见孤城笼罩在一片烟雾迷蒙之中。这一切仿佛做梦一样。景和情的和谐，巧妙地烘托出了醉醒后的心理状态。

下阕承上，描写醉后的形态。他头巾歪向一边，扇子坠落舱板上，藤床分外滑腻，仿佛连身子也挂不住似的。"巾偏扇坠藤床滑"，短短七个字，就将醉态刻画得惟妙惟肖。作者终于记起来了，他刚才还真做了个梦。但天地之间，一叶小舟托着他的躯体在迷蒙的江面上漂荡，朋友亲人们都已天各一方，向何人诉说呢？作者不禁有些愤慨了，这种飘荡不定的生活几时才能结束呢？最后两句，点明了作者心灵深处埋藏的思乡之情。但他究竟做了个什么样的梦，词中依然未明说。

苏缨评论说，上阕最后两句"记得歌时，不记归时节"，呼应下片最后的"家在西南，长作东南别"，产生了一种特殊的修辞魅力。"歌"与"归"构成一对矛盾，象征着仕进与隐逸；"西南"与"东南"也构成了一对矛盾。这既是写实——因为苏轼是蜀人而游宦江南，故有此语；这也是象征——西南家乡象征归隐，东南游宦象征仕进。四句话，充满矛盾对立，也含有表层与深层的多重含义。

这首词，语言平易质朴而又清新自然，笔调含蓄蕴藉而又飞扬灵动，感伤之情寓于叙事之中，将醉酒醒后思乡的心境表现得委婉动人，使人领略到作者高超的艺术表现形式。

8. 细致入微的《雨霖铃·寒蝉凄切》

◎ **作者**

宋·柳永

◎ **原文**

寒蝉凄切，对长亭晚，骤雨初歇。都门帐饮无绪，留恋处，兰舟催发。执手相看泪眼，竟无语凝噎。念去去，千里烟波，暮霭沉沉楚天阔。

多情自古伤离别，更那堪，冷落清秋节！今宵酒醒何处？杨柳岸，晓风残月。此去经年，应是良辰好景虚设。便纵有千种风情，更与何人说？

◎ 译文

秋蝉的叫声凄凉而急促,傍晚时分,面对着长亭,骤雨刚停。在京都郊外设帐饯行,却没有畅饮的心绪,正在依依不舍的时候,船上的人已催着出发。握着对方的手含着泪对视,哽咽得说不出话来。想到这一去路途遥远,千里烟波渺茫,傍晚的云雾笼罩着南天,深厚广阔,不知尽头。

自古以来,多情的人总是为离别而伤感,更何况是在这冷清、凄凉的秋天!谁知我今夜酒醒时身在何处?怕是只有杨柳岸边,面对凄厉的晨风和黎明的残月了。这一去长年相别,我料想即使遇到好天气、好风景,也如同虚设。即使有满腹的情意,又向谁去诉说呢?

◎ 注释

长亭:古代在交通要道边每隔十里修建一座长亭供行人休息,又称"十里长亭"。靠近城市的长亭往往是古人送别的地方。

凄切:凄凉急促。

骤雨:急猛的阵雨。

都门:国都之门。这里代指北宋的首都汴京(今河南开封)。

帐饮:在郊外设帐饯行。

无绪:没有情绪。

兰舟:古代传说鲁班曾刻木兰树为舟(南朝梁任昉《述异记》)。这里用作对船的美称。

凝噎:喉咙哽塞,欲语不出的样子。

去去:重复"去"字,表示行程遥远。

暮霭沉沉楚天阔:傍晚的云雾笼罩着南天,深厚广阔,不知尽头。暮霭:傍晚的云雾。沉沉:深厚的样子。楚天:指南方楚地的天空。

今宵:今夜。

经年:年复一年。

好景：一作"美景"。

纵：即使。

风情：情意。男女相爱之情，深情蜜意。情，一作"流"。

更：一作"待"。

◎ 审美赏析

《雨霖铃》是词人在仕途失意不得不离开京都时写的，是表现江湖流落感受中很有代表性的一篇。这首词写离情别绪，达到了情景交融的艺术效果。词的主要内容是以冷落凄凉的秋景作为衬托来表达和情人难以割舍的离情。宦途的失意和与恋人的离别，两种痛苦交织在一起，使作者更加感到前途的暗淡和渺茫。

全词分上下两阕。上阕主要写一对恋人饯行时难分难舍的别情。

起首"寒蝉凄切，对长亭晚，骤雨初歇"三句写环境，点出别时的季节是萧瑟凄冷的秋天，地点是汴京城外的长亭，具体时间是雨后阴冷的黄昏。然而作者并没有只是客观地铺叙自然景物，而是通过景物的描写、氛围的渲染，融情入景，暗寓别意。时当秋季，景已萧瑟；且值天晚，暮色阴沉；而骤雨滂沱之后，继之以寒蝉凄切，词人所见所闻，无处不凄凉。加之当中"对长亭晚"一句，句法结构是一、二、一，极顿挫吞咽之致，更准确地传达了这种凄凉况味。

后两句中"都门帐饮"写离别的情形。在京城门外设帐宴饮，暗寓仕途失意，且又跟恋人分手。"无绪"，指理不出头绪，有"剪不断，理还乱"的意思。写出了不忍别离而又不能不别的思绪。"留恋处，兰舟催发。"写正难分难舍之际，船家又阵阵"催发"，透露了现实的无情和作者内心的痛苦。

"执手相看泪眼，竟无语凝噎"，是不得不别的情景。一对情人，紧紧握着手，泪眼相对，谁也说不出一句话来。这两句把彼此悲痛、眷恋而又无可奈何的心情，写得淋漓尽致。一对情人伤心落魄之状，跃然纸上。这是白描手法，所谓"语不求奇，而意致绵密"。

"念去去，千里烟波，暮霭沉沉楚天阔。"写别后思念的预想。词中主人公的黯淡心情给天容水色涂上了阴影。一个"念"字，告诉读者下面写景物是想象的。"去去"是越去越远的意思。这二字用得极好，不愿去而又不得不去，包含了离人的无限凄楚。只要兰舟启碇开行，就会越去越远，而且一路上暮霭深沉、烟波千里，最后漂泊到广阔无边的南方。离愁之深，别恨之苦，溢于言表。从词的结构看，这两句由上阕实写转向下阕虚写，具有承上启下的作用。

下阕着重写想象中别后的凄楚情景。

下阕则宕开一笔，先作泛论，从个别说到一般，得出一条人生哲理："多情自古伤离别。"意谓伤离惜别，并不自我始，自古皆然。"自古"两字，从个别特殊的现象出发，提升为普遍、广泛的现象，扩大了词的意义。但接着"更那堪，冷落清秋节"一句，则强调自己比常人、古人承受的痛苦更多、更甚。江淹在《别赋》中说："黯然销魂者，唯别而已矣！"作者把古人这种感受融化在自己的词中，而且层层加码，创造出新意。

"今宵酒醒何处？杨柳岸，晓风残月。"写酒醒后的心境，也是他漂泊江湖的感受。这两句妙就妙在用景写情，真正做到"景语即情语"。"柳""留"谐音，写难留的离情；晓风凄冷，写别后的寒心；残月破碎，写此后难圆之意。这几句景语，将离人凄楚惆怅、孤独忧伤的感情，表现得十分充分、真切，创造出一种特有的意境。难怪它为人称道，成为名句。

再从此后长远设想："此去经年，应是良辰好景虚设。便纵有千种风情，更与何人说？"这四句更深一层推想离别以后惨不成欢的境况。此后漫长的孤独日子怎么挨得过呢？纵有良辰美景，也等于虚设，因为再没有心爱的人与自己共赏；再退一步，即便对着美景，能产生一些感受,但又能向谁去诉说呢?总之,一切都提不起兴致了。这几句把作者的思念之情、伤感之意刻画到了细致入微、至尽至极的地步,也传达出彼此关切的心情。结句用问句形式,感情显得更强烈。

《雨霖铃》全词围绕"伤离别"而构思,先写离别之前,重在勾勒环境;次写离别时刻,重在描写情态;再写别后想象,重在刻画心理。不论勾勒环境描写情态,还是想象未来,词人都注意了前后照应,虚实相生,做到层层深入、尽情描绘、情景交融,读起来如行云流水,起伏跌宕中不见痕迹。这首词的情调因写真情实感而显得太伤感、太低沉,但却将作者抑郁的心情和失去爱情的痛苦刻画得极为生动。古往今来有离别之苦的人在读到这首《雨霖铃》时,都会产生强烈的共鸣。

9. 疏淡轻快的《采桑子·群芳过后西湖好》

◎ 作者

宋·欧阳修

◎ 原文

群芳过后西湖好,狼籍残红,飞絮濛濛。垂柳阑干尽日风。

笙歌散尽游人去,始觉春空。垂下帘栊,双燕归来细雨中。

◎ 译文

百花凋零之后西湖的景致依然很美,残花轻盈飘落,点点残红在纷杂的枝叶间分外醒目,飞扬的柳絮好似细雨迷蒙。垂落的杨柳纵横交杂,在和风中随风飘荡,摇曳多姿。

笙箫歌声渐渐消歇,游人也已尽兴散去,才开始觉得春日空寂。回到居室,等待着燕子的来临,只见双燕从蒙蒙细雨中归来,这才放下帘栊。

◎ 注释

群芳过后：百花凋零之后。群芳，百花。

西湖：指颍州西湖，在今安徽阜阳西北，颍水和诸水汇流处，风景佳胜。

狼籍残红：残花纵横散乱的样子。残红，落花。狼籍，同"狼藉"，散乱的样子。

濛濛：今写作"蒙蒙"。细雨迷蒙的样子，以此形容飞扬的柳絮。

阑干：横斜，纵横交错。

笙歌：笙管伴奏的歌筵。

散：消失，此指曲乐声停止。

去：离开，离去。

帘栊：窗帘和窗棂，泛指门窗的帘子。

◎ 审美赏析

这是欧阳修晚年退居颍州时写的十首《采桑子》中的第四首，抒写了作者寄情湖山的情怀。虽写残春景色，却无伤春之感，而是以疏淡轻快的笔墨描绘了颍州西湖的暮春景色，创造出一种清幽静谧的艺术境界。而作者的安闲自适，也就在这种境界中自然地表现出来，同时也表现了作者异常的、幽微的心理状态。词中很少修饰，特别是上下两阕，纯用白描，却颇耐人寻味。

"群芳过后西湖好，狼籍残红，飞絮濛濛。垂柳阑干尽日风。"这首词上阕是说，虽说百花凋落，暮春时节的西湖依然是美丽的，残花轻盈飘落，点点残红在纷杂的枝叶间分外醒目；柳絮飘舞，柳枝在和风中随风飘荡，在和煦的春风中怡然自得，整日轻拂着湖水。

西湖花时过后，残红狼藉，常人对此当是无限惋惜，而作者却赞赏说"好"，确是异乎寻常的。首句是全词的纲领，由此引出"群芳过后的"湖上一片实景，而笼罩在这篇实景上的是寂寞空虚的气氛。落红零乱满地，杨花漫天飞舞，使人感觉春事已了。"垂柳阑干尽日风"与上二句相联系，写出了栏畔翠柳柔条斜拂于春风中的姿态；单是这风中垂柳的姿态，本来是够生动优美的，然而着以"尽日"二字，联系白居易《杨柳枝》"永丰西角荒园里，尽日无人属阿谁"来体会，整幅画面上一切悄然，只有柳条竟日在风中飘动，其境地之寂静可以想见。在词的上阕里所接触到的，只是物象，没有出现任何人的活动。眼前的是自然界的景物，显得多么令人意兴索然。

"笙歌散尽游人去，始觉春空。"下阕前两句是说，游人尽兴散去，笙箫歌声也渐渐静息，才开始觉得一片空寂，又仿佛正需要这份静谧。"笙歌散尽"，虚写出过去湖上游乐的盛况；"游人去，始觉春空"，点明从上面三句景象所产生的感觉，道出了作者复杂微妙的心境。"始觉"是顿悟之词，这两句是从繁华喧闹消失后清醒过来的感觉，繁华喧闹消失，既觉有所失的空虚，又觉得获得宁静的畅适。首句说的"好"即是从这后一种感觉产生，只有基于这种心理感觉，才可解释认为"狼籍残红"三句所写景象的"好"之所在。

"垂下帘栊，双燕归来细雨中。"末两句是说，回到居室，拉起窗帘，等待着燕子的来临，直到双燕从蒙蒙的细雨中归来，才放下了帘子。

最后两句，写室内景，从而使人揣测，前面所写的一切，都是作者在室外凭栏时的观感。末两句是倒装。本是开帘待燕。"双燕归来"才"垂下帘栊"。着意写燕子的活动，反衬出室内一片清寂气氛。"细雨"一词还反顾到上阕的室外景。落花飞絮，着雨更显得春事阑珊。这首词从室外景色的空虚写到室内气氛的清寂，通首体现出作者生活中的一种静观自适的情调。

这十首《采桑子》抒写作者以闲退之身恣意游赏的怡悦之情，呈现的景物都具有积极的美的性质，如"芳草长堤""百卉争妍""空水澄鲜"等等。独此首写的是"狼籍残红"。整组词描写的时节景物为从深春到荷花开时,"狼籍残红"自然是这段过程中应有的一环。如果说诸词表现了作者作为闲人对各种景物的欢然会意,本词却不自觉地透露出他此时的别样情绪。作者这时是以太子少师致仕而卜居颍州的。他生平经历过不少政治风浪,晚年又值王安石施行新法,而不可与争,于是以退闲之身放怀世外,这组词总的体现了他这种无所牵系的闲适心情。但人情往往也有这样的矛盾,解除世事的纷扰固然觉得轻快,而脱去世务又感到空虚。本词"笙歌散尽游人去,始觉春空"却极其微妙地反映出这种矛盾的心情。结尾"垂下帘栊"两句,乃极静的境界中着以动象,余情袅袅,表现出对春的流连眷恋意识,不免微露怅惘的情绪。

第六章 读宋词，学精巧的细腻美

《铜鼓书堂词话》中说："情有文不能达、诗不能道者，而独于长短句中可以委婉形容之。"整体来说，词比诗抒情更加深曲细腻，在诗中往往未能展现的人类情感的某些侧面、某些层次，在词中得到了淋漓尽致的展现。正因为宋词抒情更深、更细，所以更真、更感人，具有更为丰厚的美感。

1. 深曲细腻的《忆帝京·薄衾小枕凉天气》

◎ 作者

宋·柳永

◎ 原文

薄衾小枕凉天气，乍觉别离滋味。展转数寒更，起了还重睡。毕竟不成眠，一夜长如岁。

也拟待、却回征辔；又争奈、已成行计。万种思量，多方开解，只恁寂寞厌厌地。系我一生心，负你千行泪。

◎ 译文

小睡之后，就因薄被而被冻醒，突然觉得有种难以名状的离别滋味涌上心头。辗转反侧地细数着寒夜里那敲更声次，起来了又重新睡下，反复折腾终究不能入睡，一夜如同一年那样漫长。

也曾打算勒马返回，无奈，为了生计功名已动身上路，又怎么能就这样无功而返呢？千万次的思念，总是想尽各种方法加以开导解释，最后只能这样寂寞无聊地不了了之。我将一生一世地把你系在我心上，却辜负了你那流不尽的伤心泪！

◎ 注释

忆帝京：词牌名，柳永制曲，盖因忆在汴京之妻而命名，《乐章集》注"南吕调"。双调七十二字，上阕六句四仄韵，下阕七句四仄韵。

薄衾（qīn）：薄薄的被子。

小枕：稍稍就枕。

乍觉：突然觉得。

展转：同"辗转"，翻来覆去。《楚辞·刘向》："忧心展转愁怫郁兮。"

数寒更（gēng）：因睡不着而数着寒夜的更点。古时自黄昏至拂晓,将一夜分为甲、乙、丙、丁、戊五个时段,谓之"五更",又称"五鼓"。每更又分为五点,更则击鼓,点则击锣,用以报时。

拟待:打算。向子諲《梅花引·戏代李师明作》:"花阴边,柳阴边,几回拟待、偷怜不成怜。"

征辔(pèi):远行之马的缰绳,代指远行的马。潘问奇《自磁州趋邯郸途中即事》:"旁午停征辔,炊烟得几家?"

争奈:怎奈。张先《百媚娘·珠阙五云仙子》:"乐事也知存后会,争奈眼前心里?"

行计:出行的打算。

只恁(nèn):只是这样。辛弃疾《卜算子·饮酒不写书》:"万札千书只恁休,且进杯中物。"

厌厌:同"恹恹",精神不振的样子。

◎ 审美赏析

这首《忆帝京》是柳永抒写离别相思的系列词作之一。这首词用口语白描来表现男女双方的内心感受,艺术表现手法新颖别致,是柳永同类作品中较有特色的一首。

起句写初秋天气逐渐凉了。"薄衾",是由于天气虽凉却还没有冷;从"小枕"看,词中人此时还拥衾独卧,于是"乍觉别离滋味"。"乍觉",是初觉、刚觉,由于被某种事物触动,一下引起了感情的波澜。接下来作者将"别离滋味"做了具体的描述:"展转数寒更,起了还重睡。"空床辗转,夜不能寐;希望睡去,是由于梦中也许还可以解愁。默默地计算着更次,可是仍不能入睡,起床后,又躺下来。

区区数笔把相思者床头辗转反侧、忽睡忽起、不知如何是好的情状,毫不掩饰地表达了出来。"毕竟不成眠",是对前两句含意的补充。"毕竟"两字有终于、到底、无论如何等意思。接着"一夜长如岁"一句巧妙地化用了《诗经·王风·采葛》中"一日不见,如三岁兮"的句意，但语句更为凝练，感情更为深沉。这几句把"别离滋味"如话家常一样摊现开来，质朴无华的词句里，蕴含着炽烈的生活热情。

词的下阕转而写游子思归，表现了游子理智与感情发生冲突的复杂内心体验。"也拟待、却回征辔"，至此可以知道，这位薄衾小枕不成眠的人，离开他所爱的人没有多久，可能是早晨才分手，便为"别离滋味"所苦了。此刻当他无论如何都难遣离情的时候，心里不由得涌起另一个念头：唉，不如掉转马头回去吧。"也拟待"，这是万般无奈后的心理活动。可是，"又争奈、已成行计"的意思是说，已经踏上征程，又怎能再返回原地呢？归又归不得，行又不愿行，结果仍只好"万种思量，多方开解"，但出路自然找不到，便只能"寂寞厌厌地"，百无聊赖地过下去了。最后两句"系我一生心，负你千行泪"包含着多么沉挚的感情：我对你一生一世也不会忘记，但看来事情只能如此，也只应如此；虽如此，却仍不能相见，那么必然是"负你千行泪"了。这一句恰到好处地总结了全词彼此相思的意脉，突出了以"我"为中心的怀人主旨。

这首词"细密而妥溜"（刘熙载《艺概》），纯用口语，流畅自然，委婉曲折地表达抒情主人公之间的真挚情爱，思想和艺术上都比较成熟。

2. 巧妙别致的《苏幕遮·燎沉香》

◎ 作者

宋·周邦彦

◎ 原文

燎沉香，消溽暑。鸟雀呼晴，侵晓窥檐语。叶上初阳干宿雨，水面清圆,一一风荷举。

故乡遥,何日去?家住吴门,久作长安旅。五月渔郎相忆否?小楫轻舟,梦入芙蓉浦。

◎ 译文

焚烧沉香,来消除夏天闷热潮湿的暑气。鸟雀鸣叫呼唤着晴天,拂晓时分我偷偷听它们在屋檐下窃窃私语。初出的阳光晒干了荷叶上昨夜的雨滴,水面上的荷花清润圆正,微风吹过,荷叶一团团地舞动起来。

想到那遥远的故乡,什么时候才能回去啊?我家本在江南一带,却长久地客居长安。又到五月,不知家乡的朋友是否也在思念我?在梦中,我划着一叶小舟,又闯入那西湖的荷花塘中。

◎ 注释

燎(liáo):烧。

沉香:一种名贵香料,置水中则下沉,故又名沉水香,其香味可辟恶气。

溽(rù)暑:潮湿的暑气。溽,湿润潮湿。

呼晴:唤晴。旧有鸟鸣可占晴雨之说。

侵晓:快天亮的时候。侵,渐近。

宿雨:昨夜下的雨。

清圆:清润圆正。

风荷举:意味荷叶迎着晨风,每一片荷叶都挺出水面。举,擎起。

吴门:古吴县城亦称吴门,即今之江苏苏州,此处以吴门泛指江南一带。作者乃江南钱塘人。

长安:原指今西安,唐以前此地久做都城,故后世每借指京都。词中借指汴京,今河南开封。

旅:客居。

楫(jí):划船用具,短桨。

芙蓉浦：有荷花的水边。有溪涧可通的荷花塘。词中指杭州西湖。浦，水湾、河流。芙蓉，又叫"芙蕖"，荷花的别称。

◎ 审美赏析

周邦彦的词以富艳精工著称，但这首《苏幕遮》"清水出芙蓉，天然去雕饰"，清新自然，是清真（周邦彦号清真居士）词中少数的例外。此词作于宋神宗元丰六年（公元1083年）至宋哲宗元祐元年（公元1086年）之间，当时周邦彦久客京师，从入都到为太学生再到任太学正，处于人生上升阶段。词以写雨后风荷为中心，引入故乡归梦，表达思乡之情，意思比较单纯。

上阕先写室内燎香消暑，继写屋檐鸟雀呼晴，再写室外风荷摇摆，词境活泼清新，结构意脉连贯自然，视点变换极具层次。词中对荷花的传神描写被王国维《人间词话》评为"真能得荷之神理者"，为写荷之绝唱。

下阕再由眼前五月水面清圆、风荷凌举的景象联想到相似的故乡吴门五月的风物，"小楫轻舟，梦入芙蓉浦"，相思之情淋漓尽致。

这首词，上阕写景，下阕抒情，段落极为分明。"燎沉香，消溽暑"两句，点明季节。这两句说：点燃（燎）起沉香，来驱除夏天的湿热之气。作者在室内闷热难忍，忽然听到窗前檐头的鸟语。"鸟雀呼晴，侵晓窥檐语"两句是说：一大早鸟雀就在屋檐下探头探脑地叽叽喳喳叫个不停，原来昨夜下雨，快天亮时才停，鸟雀都在欢呼天放晴了呢。"窥"，偷看。"檐语"，指鸟雀在屋檐下张望和啼叫，好像是在互相说话。檐雀的"呼晴"，把他引到了室外。他信步走到荷塘旁边，呈现在面前的是多么清丽的景色啊！"叶上初阳干宿雨，水面清圆，一一风荷举"，写荷塘景色。大意是：清圆的荷叶，叶面上还留存的昨夜的雨珠，在朝阳下逐渐地干了，一阵风来，荷叶一团团地舞动起来。这像是电影的镜头一样，有时间性的景致。词句炼一"举"字，全词站立了起来，动景如生。这样，再看"燎沉香，消溽暑"的时间，则该是一天的事，而从"鸟雀呼晴"起，则是晨光初兴的景物，然后再从屋边推到室外，荷塘一片新晴景色。再看首二句，时间该是拖长了，夏日如年，以香消之，寂静可知，意义丰富而含蓄，为下阕久客思乡做伏笔。

下阕直抒胸怀，语词如话，不加雕饰。己身旅泊"长安"，实即当是汴京。周邦彦本以太学生入都，以献《汴都赋》为神宗所赏识，进为太学正，但仍无所作为，不免有乡关之思。"故乡遥，何日去？"眼前的景色使作者思念起故乡来了，而故乡那么遥远，什么时候才能回去呢？"家住吴门，久作长安旅"两句说：我本是南方吴地人，却长期在北方做官。"吴门"指苏州，这里用来代指南方。"长安"在这里代指北宋的都城汴京。"久作长安旅"是说自己长期客居在京城做官。明明是作者长期客居，思念家乡，可是他偏偏不说自己，而从家乡的朋友着笔，说"五月渔郎相忆否？"旧历五月，已是夏天，正是词人写这首词的季节。"渔郎"，这里指从前跟作者一起钓鱼或打渔的朋友，"不知你们还想念我吗？"这里还含有作者在想念这些朋友的意思，这个意思通过"相忆"的"相"字透露出来。作者怎么想念呢？"小楫轻舟，梦入芙蓉浦。"作者想念同这些朋友乘着小船，摇着木桨（小楫），穿行在家乡那长满荷花的小河塘里。"芙蓉"，即荷花。"浦"，指河塘。一个"梦"字点明这些只不过是作者的梦影，这个"梦"字也含有不过是梦想罢了的意思。这就表明了他强烈的思乡情绪和回不了故乡的矛盾心理。

这首词构成的境界，确如周济所说："上阕，若有意，若无意，使人神眩"（《宋四家词选》）。而周邦彦的心胸，又当如陈廷焯所说："不必以词胜，而词自胜。风致绝佳，亦见先生胸襟恬淡"（《云韶集》）。足见周邦彦的词以典雅著称，又被推为集大成词人，其词作固然精工绝伦，而其思想境界之高超，实尤为其词作之牢固基础。

3. 深广细致的《双双燕·咏燕》

◎ 作者

宋·史达祖

◎ 原文

过春社了，度帘幕中间，去年尘冷。差池欲住，试入旧巢相并。还相雕梁藻井。又软语、商量不定。飘然快拂花梢，翠尾分开红影。

芳径，芹泥雨润，爱贴地争飞，竞夸轻俊。红楼归晚，看足柳昏花暝。应自栖香正稳。便忘了、天涯芳信。愁损翠黛双蛾，日日画阑独凭。

◎ 译文

春社已经过了，燕子穿飞在楼阁的帘幕中间，屋梁上落满了旧年的灰尘，清清冷冷。双燕的尾轻轻扇动，欲飞又止，试着要钻进旧巢双栖并宿。它还飞去看房顶上的雕梁和藻井，要选地点筑新的巢。它们软语呢喃地商量着，飘飘然轻快地掠过花梢，如剪的翠尾分开了花影。

小径间芳香弥漫，春雨滋润的芹泥又柔又软。燕子喜欢贴地争飞，显示自身的灵巧轻便。回到红楼时天色已晚，亦把柳暗花明的美景尽情赏玩。归到新巢中，相依相偎睡得香甜，以致忘了把天涯游子的芳信传递，使得佳人终日愁眉不展，天天独自倚着栏杆。

◎ 注释

春社：古俗，农村于立春后、清明前祭神祈福，称"春社"。

度：穿过。

帘幕：古时富贵人家多张挂于院宇。

差池：燕子飞行时，有先有后，尾翼舒张貌。《诗经·邶风·燕燕》："燕燕于飞，差池其羽。"

相（xiāng）：端看、仔细看。

雕梁：雕有或绘有图案的屋梁。

藻井：用彩色图案装饰的天花板，形状似井栏，故称藻井。

软语：燕子的呢喃声。

翠尾：翠色的燕尾。

芳径：长着花草的小径。

红影：花影。

芹泥：水边长芹草的泥土。

红楼：富贵人家所居处。

柳昏花暝：柳色昏暗，花影迷蒙。暝，天色昏暗貌。

栖香：栖息得很香甜，睡得很好。

天涯芳信：给闺中人传递从远方带来的书信。

翠黛双蛾：指闺中少妇。

画阑：雕花的栏杆。

凭：倚靠。

◎ 审美赏析

燕子是古诗词中常用的意象，诗如杜甫、词如晏殊等，然古典诗词中全篇咏燕的妙词，则要首推史达祖的《双双燕·咏燕》了。

这首词对燕子的描写是极为精彩的。通篇不出"燕"字，而句句写燕，极妍尽态，神形毕肖，而又不觉繁复。"过春社了"，"春社"在春分前后，正是春暖花开的季节，相传燕子在这时由南方北归，作者只点明节候，让读者自然联想到燕子归来了。此处妙在暗示，有未雨绸缪的朦胧，既节省了文字，又使诗意含蓄蕴藉，调动读者的想象力。"度帘幕中间"，进一步暗示燕子的回归。"去年尘冷"暗示出是旧燕重归及新的变化。在大自然一派美好春光里，北归的燕子飞入旧家帘幕，红楼华屋、雕梁藻井依旧，所不同的，空屋无人，满目尘封，不免使燕子感到有些冷落凄情。怎么会有这种变化呢？

"差池欲住"四句，写双燕欲住而又犹豫的情景。由于燕子离开旧巢有些日子了，"去年尘冷"，好像有些变化，所以要先在帘幕之间"穿"来"度"去，仔细看一看似曾相识的环境。燕子毕竟恋旧巢，于是"差池欲住，试入旧巢相并"。因"欲住"而"试入"，犹豫未决，所以还把"雕梁藻井"仔细相视一番，又"软语商量不定"。小小情事，写得细腻而曲折，像小两口儿居家度日，颇有情趣。沈际飞评这几句词说："'欲'字、'试'字、'还'字、'又'字入妙"（《草堂诗余正集》）。妙就妙在这四个虚字一层又一层地把双燕的心理感情变化栩栩如生地传达出来。"软语商量不定"，形容燕语呢喃，传神入妙。

"商量不定"，写出了双燕你一句、我一句，亲昵商量的情状。"软语"，其声音之轻细柔和、温情脉脉形象生动，把双燕描绘得就像一对充满柔情蜜意的情侣。人们常用燕子双栖比喻夫妻，这种描写是很切合燕侣的特点的。恐正是从诗词的妙写中得到的启发吧！果然，"商量"的结果是这对燕侣决定在这里定居下来。于是，它们"飘然快拂花梢，翠尾分开红影"，在美好的春光中开始了繁忙紧张快活的新生活。"芳径、芹泥雨润"，紫燕常用芹泥来筑巢，正因为这里风调雨顺，芹泥也特别润湿，真是安家立业的好地方啊，燕子得其所哉，双双从天空中直冲下来，贴近地面飞着，你追我赶，好像比赛着谁飞得更轻盈漂亮。广阔丰饶的北方远不止芹泥好，这里花啊，柳啊，样样都好，风景是观赏不完的。燕子陶醉了，到处飞游观光，一直玩到天黑了才飞回来。

"红楼归晚，看足柳昏花暝"，春光多美，而它们的生活又多么快乐、自由、美满。傍晚归来，双栖双息，其乐无穷。可是，这一高兴啊，"便忘了、天涯芳信"。在双燕回归前，一位天涯游子曾托它俩给家人捎一封书信回来，它们全给忘记了！这天外飞来的一笔，出人意料。随着这一转折，便出现了红楼思妇倚栏眺望的画面："愁损翠黛双蛾，日日画阑独凭。"由于双燕的疏忽害得受书人愁损盼望。

这结尾两句，似乎离开了通篇所咏的燕子，转而去写红楼思妇了。看似离题，其实不然，这正是作者的匠心独运之处。试想作者为什么花了那么多的笔墨，描写燕子徘徊旧巢，欲住还休？对燕子来说，是有感于"去年尘冷"的新变化，实际上这是暗示人去境清、深闺寂寥的人事变化，只是一直没有道破。到了最后，将意思推开一层，融入闺情更有余韵。

原来作者描写双燕，是意在言先地放在红楼清冷、思妇伤春的环境中来写的，他是用双燕形影不离的美满生活，暗暗与思妇"画阑独凭"的寂寞生活相对照；接着他又极写双燕尽情游赏大自然的美好风光，暗暗与思妇"愁损翠黛双蛾"的命运相对照。显然，作者对燕子那种自由、愉快、美满的生活的描写，是隐含着某种人生的感慨与寄托的。这种写法，打破宋词题材结构以写人为主体的常规，而以写燕为主，写人为宾；写红楼思妇的愁苦，只是为了反衬双燕的美满生活，给人耳目一新之感。读者自会从双燕的幸福想到人的悲剧，不过是作者有意留给读者自己去体会罢了。这种写法，因多一层曲折而饶有韵味，因而能更含蓄更深沉地反映人生，煞是别出心裁。

但写燕子与人的对照互喻又粘连相接，不即不离，确是咏燕词的绝境。

作为一首咏物词，《双双燕·咏燕》获得了前人最高的评价。王士禛说："咏物至此，人巧极天工矣！"（《花草蒙拾》）这首词成功地刻画了燕子双栖双宿恩爱羡人的优美形象，把燕子拟人化的同时，描写它们的动态与神情时，又处处力求符合燕子的特征，达到了形神俱似的地步，真的把燕子写活了。例如同是写燕子飞翔，就有几种不同姿态。"飘然快拂花梢，翠尾分开红影"，是写燕子在飞行中捕捉昆虫，从花木枝头一掠而过的情状。"飘然"，写出燕子的轻，但又不是在空中漫无目的地悠然飞翔，而是在捕食，所以又说"快拂花梢"。正因为燕子轻捷，体形又小，飞起来那翠尾像一把张开的剪刀掠过"花梢"，就好似"分开红影"了。"爱贴地争飞"，是燕子又一种特有的飞翔姿态，天阴欲雨时，燕子飞得很低。由此可见作者对燕子的观察异常细腻，用词非常精刻。词中写燕子衔泥筑巢的习性，写软语呢喃的声音，也无一不肖。"帘幕""雕梁藻井""芳径""芹泥雨润"等，也都是诗词中描写燕子的常典。"差池欲住"，"差池"二字本出《诗经·邶风·燕燕》："燕燕于飞，差池其羽。""芹泥雨润"，"芹泥"出自杜甫《徐步》诗"芹泥随燕嘴"。"便忘了天涯芳信"则是化用南朝梁江淹的《杂体诗·拟李都尉陵从军》"而我在万里，结友不相见。袖中有短书，愿寄双飞燕"诗意，反从双燕忘了寄书一面来写。

4. 情景交织的《永遇乐·璧月初晴》

◎ 作者

宋·刘辰翁

◎ 原文

余自乙亥上元，诵李易安《永遇乐》，为之涕下。今三年矣。每闻此词，辄不自堪，遂依其声，又托之易安自喻。虽辞情不及，而悲苦过之。

璧月初晴，黛云远淡，春事谁主。禁苑娇寒，湖堤倦暖，前度遽如许。香尘暗陌，华灯明昼，长是懒携手去。谁知道，断烟禁夜，满城似愁风雨。

宣和旧日，临安南渡，芳景犹自如故。缃帙流离，风鬟三五，能赋词最苦。江南无路，鄜州今夜，此苦又谁知否。空相对，残釭无寐，满村社鼓。

◎ 译文

我在宋恭帝德祐元年上元节诵读李清照的《永遇乐》，为之痛哭流涕。到现在已经三年了。每次读到这首词，自己内心就不能忍受。于是就按照易安所表达的感情，用李词之调、依李词之声。虽辞情不及李易安所写，但悲苦之情却绰绰有余。

暮雨初晴，如璧的明月东升。云色如黛，淡淡飘荡在远空。这美好的春景，到底属于何人？故宫禁苑中一片微寒，西湖的堤岸倦慵暖温。前度刘郎如今又来这里，想不到变得如此冷寂岑岑。记得从前的上元夜，车水马龙攘攘纷纷，凝香弥漫的尘土将道路遮暗。五光十色的花灯，把暗夜照得如白昼一样。可我也总是没有什么心情，和人们携手同去赏灯观看。谁知道，上元夜也会禁止宵行，人稀烟断，满城凄风苦雨，愁云惨淡。

犹记宣和旧日，直到南渡临安，上元夜热闹繁盛如故。而今辛苦收藏的金石书画，几乎散失尽净。元宵佳节也无心打扮，任凭鬓发纷乱飞舞。写下感时伤乱的辞章，最令人感到凄苦。如今江南也无路可走，我到处漂泊无寄处。就想起被叛军困在长安的杜甫，月夜里思念鄜州的亲人，这种凄苦的心境如今又有谁知呢？空自对着昏暗不明的一盏残灯。长夜无眠，外面又传来满村的社鼓。

◎ 注释

永遇乐：词牌名，又名消息，此调有平、仄两体。此体为双调一百零四字，上下阕各十一句四仄韵。

乙亥上元：乙亥，指宋恭帝德祐元年（公元1275年）。上元，节日名。俗以农历正月十五日为上元节，也叫元宵节。

李易安：即李清照，号易安居士。

不自堪：指不能忍受。

璧月初晴：暮雨初晴，璧月上升。璧月，以圆形的玉比喻圆月。

黛云：青绿色像眉似的薄云。

春事：春色；春意。

禁苑：皇帝苑园不许宫外人游玩，故称禁苑。

娇寒：嫩寒、微寒。

前度遽（jù）如许：意为再来临安时，局势变化如此之快。遽，急，仓促。前度，指前一次，上一回。

香尘暗陌：街道上尘土飞扬，往来车马很多。香尘，指芳香之尘，多指女子之步履而起者。陌，街道。

长是：时常，老是。

断烟：指断火、禁火。

禁夜：禁止夜行。

宣和旧日：指宋徽宗宣和年间汴京的繁华盛况。

缃（xiāng）帙（zhì）流离，风鬟（huán）三五，能赋词最苦：意为在战争中流离失所，人已衰老，所作词反而更觉痛苦。缃帙，书卷。流离，散失。风鬟，头发散乱的样子。三五，指旧历正月十五夜。

江南无路：江南已沦陷。

鄜（fū）州：地名，又作敷州。隋以后始专作鄜州。在今陕西省延安市，现称富县。

残釭（gāng）：油尽将熄的灯。

无寐：不睡，不能入睡。

社鼓：旧时社日祭神所鸣奏的鼓乐。

◎ 审美赏析

此词抒发了作者眷念故国故都的情怀。写于宋端宗景炎三年（公元1278年），即宋末帝赵昺祥兴元年。此时临安已沦陷，南宋政权也濒临灭亡，这首词是作者在旅途中写成的。

"璧月初晴，黛云远淡，春事谁主。"起首写景渲染气氛，并点明词中景物所处的时日，着重之处在于"春事谁主"这个主题。"璧月"，有"满月如璧"句（何偃《月赋》），月如玉璧之洁白、晶莹、圆满，以璧玉咏元宵之月，极为生动传神；月明则云淡，天青云色一体难分，故曰"黛云"，炼字亦考究。这些都是元宵节时常见的景象，也是春夜里惹人爱怜的事物。但如今谁是这美好春天事物的主人呢？发此一问，字字千钧直截了当地切入词的主题。紧接着"禁苑娇寒，湖堤倦暖，前度遽如许。"从"禁苑""湖堤"二词看，可知写的是南宋都城临安；从"前度"（源出刘禹锡"前度刘郎今又来"之典）一词看，可判断词人在故都沦亡后还来过。"娇寒""倦暖"，是作者主观感受的写照；似乎"禁苑""湖堤"在词人看来都只觉有娇弱、倦乏之感。"遽如许"三字，好像从作者心底喷涌而出，字字珠玑，表示了事态变化之速，作者每想到此心情便异常沉重，从字里行间可见作者的哀痛之情。

写到这里，作者突然宕开一笔，追忆起都城临安往昔的繁华："香尘暗陌，华灯明昼，长是懒携手去。"此处描绘出昔日上元之繁华，如今却总是懒于与友人携手同游。"谁知道，断烟禁夜，满城似愁风雨。"谁料今日上元，元军宵禁，想游也不可得。"风雨"两字前加一"愁"字表明担心其夕有风雨，尚未即有风雨也；再加"似"字，则竟是本无风雨，而灯夕却冷落不堪，是由于人事所致。今非昔比，主题进一步得到深化。

接下去，又叙起李清照当年情事："宣和旧日，临安南渡，芳景犹自如故。缃帙流离，风鬟三五，能赋词最苦。"写李清照南渡后，常忆起宣和年间的汴京旧事，每生物是人非、家国不在的感慨。她因国破、家亡、夫死而倦于梳妆，即使是逢元宵节，也是"风鬟霜鬓，怕见夜间出去"（《永遇乐·落日熔金》），只能以哀愁的小词自慰，这是人间最苦之事。

作者时而写李清照，时而写自己，时而又叙起李清照当年。作者词中用李清照身份、情事、心绪说明的正是他自己，"赋词最苦"，一语双关，二人皆然。词的结尾，作者又写到自己："江南无路，鄜州今夜，此苦又谁知否。空相对，残釭无寐，满村社鼓。"当时，抗元战争仍在江南一带进行，词人家在庐陵，欲归不得。他怀念家中的亲人，不免要像杜甫身陷长安时那样低吟"今夜鄜州月，闺中只独看"（《月夜》）一类诗句，以抒郁闷之情，但不知亲人们是否知道。作者无法入睡，只好对着残灯发愁，此时满村传来社祭的鼓声。元宵夜之社鼓，是乡间于新春祈求丰年举行的常例仪式。感慨良多！

全词情景交织，疏密相间。两阕末尾，均大力铺写当时情景，景中有情，情中有景。上阕以此来勾起下阕；下阕末尾以景抒情，带来了无限回味。全词抒发了作者国破家亡的痛苦和对故国的思念与眷恋，哀婉无穷，表达了临安沦陷后"江南无路"的悲苦之情。这首词通篇只道个人的凄苦，却负荷了一个时代的悲恸，这是此词震撼人心的力量所在。

5. 情思缠绵的《蝶恋花·伫倚危楼风细细》

◎ **作者**

宋·柳永

◎ **原文**

伫倚危楼风细细，望极春愁，黯黯生天际。草色烟光残照里，无言谁会凭阑意。

拟把疏狂图一醉，对酒当歌，强乐还无味。衣带渐宽终不悔，为伊消得人憔悴。

◎ 译文

我长时间倚靠在高楼的栏杆上，微风拂面，望不尽的春日离愁，沮丧忧愁从遥远无边的天际升起。碧绿的草色，飘忽缭绕的云霭雾气掩映在落日余晖里，谁理解我默默无言靠在栏杆上的心情。

打算尽情放纵喝个一醉方休，举杯高歌，勉强欢笑反而觉得毫无意味。我日渐消瘦下去却始终不感到懊悔，宁愿为她消瘦得精神萎靡、神色憔悴。

◎ 注释

伫倚危楼：长时间依靠在高楼的栏杆上。伫，久立。危楼，高楼。

望极：极目远望。

黯黯：迷蒙不明，形容心情沮丧忧愁。

生天际：从遥远无边的天际升起。

烟光：飘忽缭绕的云霭雾气。

会：理解。

阑：同"栏"。

拟把：打算。

疏狂：狂放不羁。

强（qiǎng）乐：勉强欢笑。强，勉强。

衣带渐宽：指人逐渐消瘦。

消得：值得，能忍受得了。

◎ 审美赏析

这是一首怀人之作。作者把漂泊异乡的落魄感受，同怀念意中人的缠绵情思结合在一起写，采用"曲径通幽"的表现方式，抒情写景，感情真挚。

"伫倚危楼风细细，望极春愁，黯黯生天际。"这首词开头三句是说，我长时间倚靠在高楼的栏杆上，微风拂面，忘不尽的春日离愁，沮丧忧愁从遥远无边的天际升起。他首先说登楼引起了"春愁"。全词只有首句是叙事，其余全是抒情，但是只此一句，便把主人公外在的形象像一幅剪纸那样凸显出来了。他一个人久久地伫立在高楼之上，向远处眺望。"风细细"，带写一笔景物，为这幅剪影添加了一点儿背景，使画面立刻活跃起来了。他伫立楼头，极目天涯，一种黯然销魂的"春愁"油然而生。"春愁"又点明了时令。

"草色烟光残照里，无言谁会凭阑意"写主人公的孤单凄凉之感。前一句用景物描写点明时间，可以知道，他久久地站立楼头眺望，时已黄昏还不忍离去。"草色烟光"写春天景色极为生动逼真。春草铺地如茵，登高下望，夕阳的余晖下，闪烁着一层迷蒙的如烟似雾的光色。一种极为凄美的景色，再加上"残照"二字，便又多了一层感伤的色彩，为下一句抒情定下基调。"无言谁会凭阑意"，因为没有人理解他登高远望的心情，所以他默默无言。有"春愁"又无可诉说，这虽然不是"春愁"本身的内容，却加重了"春愁"的愁苦滋味。作者并没有说出他的"春愁"是什么，却又笔锋一转，埋怨起别人不理解他的心情来了。作者在这里闪烁其词，让读者捉摸不定。

"拟把疏狂图一醉，对酒当歌，强乐还无味。"下阕前三句是说，打算把尽情放纵喝个一醉方休，举杯高歌，勉强欢笑反而觉得毫无意味。作者的生花妙笔真是神出鬼没。读者越是想知道他的春愁从何而来，他越是不讲，偏偏把笔宕开，写他如何苦中求乐。他已经深深体会到"春愁"的深沉，单靠自身的力量是难以排遣的，所以他要借助于酒，借酒浇愁。词人说得很清楚，目的是图一醉，并不是对饮酒真的有什么乐趣。为了追求这一"醉"，他"疏狂"，不拘形迹，只要醉了就行。不仅要痛饮，还要"对酒当歌"，借放声高歌来抒发他的愁怀。结果如何呢？他失败了。没有真正欢乐的心情，却要强颜欢笑，这"强乐"本身就是痛苦的一种表现，哪里还有兴味可谈呢？欢乐而无味，正是说明"春愁"的缠绵执着,是解脱不了的,排遣不去的。

"衣带渐宽终不悔,为伊消得人憔悴。"末两句是说,我日渐消瘦下去却始终不感到懊悔,宁愿为她消瘦得精神萎靡、神色憔悴。为什么这种"春愁"如此执着呢?至此,作者才透露出这是一种坚贞不渝的感情。他的满怀愁绪之所以挥之不去,正是因为他不仅不想摆脱这"春愁"的纠缠,甚至还"衣带渐宽终不悔",心甘情愿地被春愁所折磨,即使形容渐渐憔悴、瘦骨伶仃,也是值得的,也决不后悔。至此,已经信誓旦旦了。究竟是什么使得抒情的主人公钟情若此呢?直到词的最后一句才一语破的:"为伊消得人憔悴"——原来是为了她!

这首词妙在紧扣"春愁"即"相思",却又迟迟不肯说破,只是从字里行间向读者透露出一些消息,眼看要写到了,却又停住,继而笔锋一转,如此影影绰绰、扑朔迷离、千回百折,直到最后一句,才使真相大白。在词的最后两句相思感情达到高潮的时候,戛然而止,激情回荡,又具有很强的感染力。

6. 构思巧妙的《鹧鸪天·十里楼台倚翠微》

◎ **作者**

宋·晏几道

◎ **原文**

十里楼台倚翠微。百花深处杜鹃啼。殷勤自与行人语,不似流莺取次飞。

惊梦觉,弄晴时。声声只道不如归。天涯岂是无归意,争奈归期未可期。

◎ 译文

连绵十里的亭台楼阁，紧挨着青翠的山色延伸过去，百花丛中传来一声声杜鹃的啼鸣。它们热切地叫着，仿佛要同行道中人说话。可不像那些黄莺，只管自由自在地来回乱飞。

从睡梦中惊醒时，杜鹃正在晴朗的春日卖弄自己的叫声。"不如归去！不如归去！"那声声的啼叫听来愈加分明。作为漂泊天涯的游子，我又何尝没有返回家乡的想法？奈何那归去的日期啊，至今仍难以确定！

◎ 注释

鹧鸪天：词牌名。又名思佳客、半死桐、思越人、醉梅花。双调，五十五字，上、下阕都为三平韵。

翠微：青翠的山气，此指青翠掩映的山间幽深处。

杜鹃：又名杜宇、子规，叫声像"不如归去"。

行人：离别在外的游子。

流莺：指黄莺。

取次：随意、任意。

惊梦觉：从睡梦中惊醒。

弄晴时：杜鹃在晴明的春日卖弄自己的叫声。弄，卖弄。

不如归：传说中杜鹃的叫声像"不如归去"。

天涯：指漂泊天涯的游子，即作者。

争奈：怎奈。

未可期：未可肯定的意思。

◎ 审美赏析

这首词表现浪迹天涯的游子，急切盼归却又归期难定的苦闷心情。上阕初闻杜鹃啼叫，触动情怀，感觉鸟儿在殷勤地与行人说话。下阕写不断地听杜鹃啼叫后，心情变得十分烦躁，埋怨鹃鸟在作弄人,曲折地反映了生活对人的作弄,最后用反跌之笔,强化了游子有家难归、孤独烦闷的心态。这首词构思巧妙,情感真挚,语言华丽,有一定的感染力。

上阕写羁旅行人梦中得到杜鹃"殷勤"劝慰:山色青翠、春深花繁之时,流莺漫不经心地随意飞鸣,唯有杜鹃善解人意,于百花深处向行人殷勤劝慰。"十里楼台倚翠微。百花深处杜鹃啼",写鹃啼的环境和季节。青翠的山色,如何逊《仰赠从兄兴宁寘南》"高山郁翠微";也用以指代青山,如杜牧《九日齐山登高》"与客携壶上翠微"。此处指青山,说在靠着青山的十里楼台的旁边,在春天百花盛开的深处,听见了杜鹃啼叫。

"殷勤自与行人语,不似流莺取次飞",说杜鹃在花间不断地叫着,好像对"行人"很有情感,不惜"殷勤"相告,比起黄莺的随意飞动,对人漠不关心,大不相同。黄庭坚《次韵裴仲谋同年》:"烟沙篁竹江南岸,输与鸬鹚取次眠。"也是用这个词来写鸟。"行人"走在春色绚烂的优美环境中,心情本来是会愉悦的,但因为离家作客,所以听了杜鹃叫声,不免会引起思家之念、作客之愁。那么,词中所写的美丽景色,又正好为杜鹃叫声的感人做了反衬。

"惊梦觉,弄晴时。声声只道不如归。"在晴朗的春日,杜鹃偏又卖弄它的叫声,"行人"从梦中惊醒,听到的还是声声的"不如归去"。前面路上初闻鹃啼,感到"殷勤";听得太多,睡在床上也被叫得不安,叫的又是一句人所做不到的话,那"行人"心中自然也就变得有点儿烦躁了。下阕写杜鹃对行人梦醒之后的声声规劝:羁旅之人一梦惊醒,已是阳光明媚,杜鹃仍在喋喋不休,"声声只道不如归",本是好心规劝,谁知却帮了倒忙,反而使得羁旅之人越发孤寂、更多春愁,惹得他久久蓄积在心的思归怀人之情倾泻而出,再也控制不住,因而斥责杜鹃,"天涯岂是无归意,争奈归期未可期"。

"天涯岂是无归意，争奈归期未可期"，不是自己不想回家，只是自己不能决定归期，生活不能由自己主宰，没有什么办法。结句以反诘句收束全词，突出行客思归怀人之深切，点明本词题旨，同时又回答了杜鹃"不如归去"的声声规劝，句法巧妙，抒情委婉沉郁。这是在烦躁中的思念，可以说是自言自语，也可以说是对杜鹃的回答。这里表面上有埋怨鹃鸟无知、强聒难耐的意思，但归根结底，是对真正"作弄"人的生活遭遇的愤慨。这句词，话说得比较直白，但内容还有曲折。

同样听到一种鹃声，不同的诗人、词家，可以从各自的处境、各样的角度写出不同的感受。杜荀鹤的"啼得血流无用处，不如缄口过残春"（《闻子规》），是愤慨文章无用之言；韦应物的"邻家孀妇抱儿泣，我独展转为何时明"（《子规啼》），是同情丈夫死在外地的寡妇之言；朱敦儒的"月解重圆星解聚，如何不见人归？今春还听杜鹃啼"（《临江仙·直自凤凰城破后》），是痛心国土沦陷，南北亲人不能团聚之言；范仲淹的"春山无限好，犹道不如归"（《越上闻子规》），是豁达之言；杨万里的"自出锦江归未得，至今犹劝别人归"（《出永丰县西石桥上闻子规二首》），是诙谐之言。晏几道这首词，则是对浪迹天涯、有家难归的生活的叹息之言，写得真切，有一定的感染力；结尾两句，用反跌之笔表曲折之情，意境尤深。

7. 声情并茂的《苏幕遮·怀旧》

◎ **作者**

宋·范仲淹

◎ **原文**

碧云天，黄叶地，秋色连波，波上寒烟翠。山映斜阳天接水，芳草无情,更在斜阳外。

黯乡魂,追旅思,夜夜除非,好梦留人睡。明月楼高休独倚,酒入愁肠,化作相思泪。

◎ 译文

云天蓝碧,黄叶落满地,天边秋色与秋波相连,波上弥漫着空翠略带寒意的秋烟。远山沐浴着夕阳,天空连接着江水。不解思乡之苦的芳草,一直延伸到夕阳之外的天际。

默默思念故乡黯然神伤,缠人的羁旅愁思难以排遣,每天夜里除非是美梦才能留人入睡。当明月照射高楼时不要独自依倚。频频地将苦酒灌入愁肠,化作相思的眼泪。

◎ 注释

苏幕遮:原唐教坊曲名,来自西域,后用作词牌名。又名云雾敛、鬓云松令。双调,六十二字。

波上寒烟翠:江波之上笼罩着一层翠色的寒烟。烟本呈白色,因其上连碧天,下接绿波,远望即与碧天同色,正所谓"秋水共长天一色"。

"芳草"二句:意思是,草地绵延到天涯,似乎比斜阳更遥远。"芳草"常暗指故乡,因此,这两句有感叹故乡遥远之意。

黯乡魂:因思念家乡而黯然伤神。黯,形容心情忧郁。乡魂,思乡的情思。语出江淹《别赋》:"黯然销魂者,唯别而已矣。"

追旅思(sī):撇不开羁旅的愁思。追,追随,这里有缠住不放的意思。旅思,旅居在外的愁思。思,心绪,情怀。

留人睡:一作"留人醉"。

◎ 审美赏析

这首词抒写了羁旅乡思之情,词的主要特点在于能以沉郁雄健之笔力抒写低回婉转的愁思,声情并茂、意境宏深,与一般婉约派的词风确乎有所不同。清人谭献誉之为"大笔振迅"之作(《复堂词话》),实属确有见地的公允评价。王实甫《西厢记·长亭送别》一折,直接使用这首词的起首两句,衍为曲子,竟成千古绝唱。

上阕描写秋景:湛湛蓝天,嵌缀朵朵碧云;茫茫大地,铺满片片枯萎的黄叶。无边的秋色绵延伸展,融进流动不已的江水;浩渺波光的江面,笼罩着寒意凄清的烟雾,一片空蒙,一派青翠。山峰,映照着落日的余晖;天宇,连接着大江的流水。无情的芳草啊,无边无际,绵延伸展,直到那连落日余晖都照射不到的遥遥无际的远方。

这幅巨景,物象典型,境界宏大,空灵气象,画笔难描,因而不同凡响。更妙在内蕴个性,中藏巧用。"景无情不发,情无景不生。"眼前的秋景触发心中的忧思,于是"物皆动我之情怀";同时,心中的忧思化作眼前的秋景,于是,"物皆着我之色彩"。如此内外交感,始能物我相谐。秋景之凄清衰飒,与忧思的寥落悲怆完全合拍;秋景之寥廓苍茫,则与忧思的惆怅无际若合符节;而秋景之绵延不绝,又与忧思之悠悠无穷息息相通。所以"丹诚入秀句,万物无遁情"(宋·邵雍《诗画吟》)。这里,明明从天、地、江、山层层铺写,暗暗为思乡怀旧步步垫底,直到把"芳草无情"推向极顶高峰,形成情感聚焦之点。芳草怀远,兴寄离愁,本已司空见惯,但本词凭词人内在的"丹诚",借"无情"衬出有情,"化景物为情思",因而"别有一番滋味"。

整个上阕所写的阔远秋丽、毫无衰飒情味的秋景,在文人的笔下是少见的,在以悲秋伤春为常调的词中,更属罕见。而悠悠乡思离情,也从芳草天涯的景物描写中暗暗透出,写来毫不着迹。这种由景及情的自然过渡手法也很高妙。

过片紧承芳草天涯,直接点出"乡魂""旅思"。"乡魂"与"旅思"意思相近。两句是说自己思乡的情怀黯然凄怆,羁旅的愁绪重叠相续。上下互文对举,带有强调的意味,而主人公羁泊异乡时间之久与乡思离愁之深自见。

下阕三、四两句，表面上看去，好像是说乡思旅愁也有消除的时候，实际上是说它们无时无刻不横亘心头。如此写来，使词的造语奇特，表情达意更为深切婉曲。"明月"句写夜间因思旅愁而不能入睡，尽管月光皎洁，高楼上夜景很美，也不能去观赏，因为独自一人倚栏眺望，更会增添怅惘之情。

结拍两句，写因为夜不能寐，故借酒浇愁，但酒一入愁肠，却都化作了相思之泪，欲遣相思反而更增相思之苦了。这两句，抒情深刻，造语生新而又自然。写到这里，郁积的乡思旅愁达到最高潮，词至此黯然而止。

这首词上阕写景，下阕抒情，这本是词中常见的结构和情景结合的方式，其特殊性在于丽景与柔情的统一，更准确地说，是阔远之境、秾丽之景、深挚之情的统一。写乡思离愁的词，往往借萧瑟的秋景来表达，这首词所描绘的景色却阔远而秾丽。它一方面显示了词人胸襟的广阔和对生活对自然的热爱，反过来衬托了离情的可伤；另一方面又使下阕所抒之情显得柔而有骨，深挚而不流于颓靡。整体说来，这首词的用语与手法虽与一般的词类似，意境情调却近于传统的诗。这说明，抒写离愁别恨的小词是可以写得境界阔远，不局限于闺阁庭院的。

8. 深稳妙雅的《蝶恋花·庭院深深深几许》

◎ **作者**

宋·欧阳修

◎ **原文**

庭院深深深几许，杨柳堆烟，帘幕无重数。玉勒雕鞍游冶处，楼高不见章台路。

雨横风狂三月暮，门掩黄昏，无计留春住。泪眼问花花不语，乱红飞过秋千去。

◎ 译文

庭院深深，不知有多深？杨柳依依，飞扬起片片烟雾，一重重帘幕不知有多少层。豪华的车马停在贵族公子寻欢作乐的地方，登上高楼也望不见通向章台的大路。

风狂雨骤的暮春三月，再是重门将黄昏景色掩闭，也无法留住春意。泪眼汪汪问落花可知道我的心意，落花默默不语，纷乱地，零零落落一点一点飞到秋千外。

◎ 注释

几许：多少。许，估计数量之词。

堆烟：形容杨柳浓密。

玉勒：玉制的马衔。

雕鞍：精雕的马鞍。

游冶处：指歌楼妓院。

章台：汉长安街名。《汉书·张敞传》有"走马章台街"语。唐许尧佐《柳氏传》，记妓女柳氏事。后因以章台为歌妓聚居之地。

乱红：凌乱的落花。

◎ 审美赏析

此词写闺怨，词风深稳妙雅。所谓深者，就是含蓄蕴藉，婉曲幽深，耐人寻味。此词首句"深深深"三字，前人尝叹其用叠字之工；兹特拈出，用以说明全词特色之所在。不妨说这首词的景写得深，情写得深，意境也写得深。

词上阕以"庭院深深深几许"起句，点明女主人所处环境"庭院"，而三个"深"字的叠字运用更形象地描绘出女主人所处环境之

"幽深"。这三个字不仅写出"庭院"之幽深,更写出了女主人内心的幽深孤寂。词人紧接又用"杨柳""堆烟""帘幕"这些意象将女主人内心之凄之怨刻画得淋漓尽致。其中"堆"字尽道杨柳之密、烟雾之浓。试想女主人在庭院独上高楼,放眼遥望茂密的杨柳萦绕着浓浓的雾霭,仿似一幅水墨画。奈何如此美景却寻不见丈夫的踪迹,眼前景物狠心地阻隔了她的视线,使其内心无端升起无限悲凉来。虚数"无重数"与"几许"相呼应,暗示阻隔视线的岂止是"杨柳""堆烟""帘幕"那么简单。女主人因何望夫?丈夫到哪里去了呢?既不当兵也不从商而是"玉勒雕鞍游冶处"。丈夫在外风流快活,而自己却只能独上高楼凝眉空望,叹息楼台之高让自己看不见章台路。后两句点明女主人内心凄婉、空怨的原因。女主人明知丈夫在外风花雪月,但内心还是怀有期盼,哪怕只看见丈夫离去的背影也好,奈何这点儿要求也不能满足,只得独自忍受着深院的冷漠寂寥。

下阕则是描写女主人内心世界引发的感伤。"雨横风狂三月暮",其中"横"和"狂"直接点破女主人那异常不平的内心世界。三月的春风细雨原本极其温柔,然而这里雨不是"斜雨"而是"横雨",风不是"煦风"而是"狂风",原本美丽的"三月"却饱含着一份无情。"暮"字足见女主人等待之久,或许一天,或许一年,或许一辈子。多情的等待换来的却是无情的深深庭院里的不尽的黑夜。夕阳无限好,女主人已无意黄昏,一个"掩"诉尽她内心的凄凉。"无计留春住"看似"无计留春"实则是感叹女子的容颜易逝。"士为知己者死,女为悦己者容",青春未逝况且如此,青春流逝那还有什么盼头呢?此情此景我们完全可以想象得出:一位独处深闺的女子日日期盼着良人,奈何良人却无意家中,成天风花雪月在外头鬼混;日子一天天过去,自己的青春也一天天消逝,自己又凭什么期盼良人回心转意呢?内心油然升起无限寂寥、感伤、无奈之情。女主人公最后只能寄情于"落红",自己恰如那凋谢的落花一去不复返，再无人想起她那令人怜爱的容颜。"泪眼问花花不语，乱红飞过秋千去"，泪即是为花也是为己，或许是花的残败触动了女子的心事，或许是女子自感身世怜花垂泪。"不语"则表现女主人内心孤寂无人理解的愁苦。"乱红飞过秋千去"更是一种无可奈何的感伤。

  词中写了景，写了情，而景与情又是那样的融合无间，浑然天成，构成了一个完整的意境。读此词，总的印象便是意境幽深，不徒名言警句而已。作者刻画意境也是有层次的。从环境来说，它是由外景到内景，以深邃的居室烘托深邃的感情，以灰暗凄惨的色彩渲染孤独伤感的心情。从时间来说，上阕是写浓雾弥漫的早晨，下阕是写风狂雨暴的黄昏，由早及晚，逐次打开人物的心扉。过片三句，俞平伯评曰："'三月暮'点季节，'风雨'点气候，'黄昏'点时刻，三层渲染，才逼出'无计'句来"（《唐宋词选释》）。暮春时节，风雨黄昏；闭门深坐，情尤怛恻。个中意境，仿佛是诗，但诗不能写其貌；是画，但画不能传其神；唯有通过这种婉曲的词笔才能恰到好处地勾画出来。尤其是结句，更臻于妙境："一若关情，一若不关情，而情思举荡漾无边"（沈际飞《草堂诗余正集》）。王国维认为这是一种"有我之境"。所谓"有我之境"，便是"以我观物，故物皆着我之色彩"（《人间词话》）。也就是说，花儿含悲不语，反映了词中女子难言的苦痛；乱红飞过秋千，烘托了女子终鲜同情之侣、怅然若失的神态。而情思之绵邈，意境之深远，尤令人神往。

第七章 读宋词，学朴素的平淡美

"作诗无古今，唯造平淡难"（梅尧臣《读邵不疑学士诗卷》）。历来人们视"平淡"为诗歌至善而"难造"的境界。平淡不是平庸和淡而无味，而是用平常、素淡的语言塑造鲜明的艺术形象，表现丰富深厚的思想感情，给人一种"语淡而味不薄"的平淡美。

1. 语言朴素的《浣溪沙·簌簌衣巾落枣花》

◎ 作者

宋·苏轼

◎ 原文

簌簌衣巾落枣花,村南村北响缫车,牛衣古柳卖黄瓜。

酒困路长惟欲睡,日高人渴漫思茶。敲门试问野人家。

◎ 译文

枣花纷纷落在行人的衣襟上,村南村北响起缫车缫丝的声音。古老的柳树底下有一个身穿粗布衣的农民在叫卖黄瓜。

路途遥远,酒意上心头,昏昏然只想小憩一番。太阳正高,人倦口渴,好想喝些茶水解渴。于是敲开野外村民家,问可否给碗茶?

◎ 注释

簌簌:纷纷下落的样子,一作"蔌蔌",音义皆同。

缫车:纺车。缫,一作"缲",把蚕茧浸在热水里,抽出蚕丝。

牛衣:蓑衣之类。这里泛指用粗麻织成的衣服。《汉书·食货志》载有"贫民常衣牛马之衣"。

漫思茶:想随便去哪儿找点儿茶喝。漫,随意,一作"谩"。

◎ 审美赏析

这首《浣溪沙》是苏轼四十三岁在徐州任太守时所作。宋神宗元丰元年(公元1078年)春天,徐州发生了严重旱灾,作为地方官的苏轼曾率众到城东二十里的石潭求雨。得雨后,他又与百姓同赴石潭谢雨。苏轼在赴徐门石潭谢雨路上写成组词《浣溪沙》,共五首,这是第四首。作品描述他在乡间的见闻和感受。艺术上颇具匠心,词中从农村习见的典型事物入手,意趣盎然地表现了淳厚的乡村风味。清新朴实,明白如话,生动真切,栩栩传神,是此词的显著特色。此词上阕写景,下阕抒情。需要指出的是，这首词中所写的景，并不是一般情况下通过视觉形象构成的统一的画面，而是通过传入耳中的各种不同的声音在诗人意识的屏幕上折射出的一组连续不断的影像。

"簌簌衣巾落枣花"，按照文意本来应该是"枣花簌簌落衣巾"。古人写诗词，常常根据格律和修辞的需要，把句子成分的次序加以调整，这里就是如此。"簌簌"，是形容枣花纷纷落下的样子。"衣巾"，是衣服和头巾，古代男人往往戴头巾。枣树在初夏开出黄绿色的小花。作者不是从旁边看到落枣花，而是行经枣树下，或是伫立枣树下，这样枣花才能落到衣巾上。接下去，"村南村北响缲车"。"缲车"是一种抽取蚕丝的手摇工具。村子里从南头到北头缲丝的声音响成一片，原来是蚕农们正在紧张地劳动。这里，有枣花散落，有缲车歌唱，在路边古老的柳树下，还有一个身披牛衣的农民在卖黄瓜。"牛衣"，是一种用麻或草编成的，用来覆盖牛身的织物，这里指蓑衣一类的东西。上阕三句，每一句都写出了景色的一个方面。这一次作者偶然来到农村，很敏感地抓住了这些特点，特别是抓住了枣花、缲丝、黄瓜这些富有时令特色的事物，把它们勾画出来。简单几笔，就点染出了一幅初夏时节农村的风俗画。

这首词，不仅是写景，还记了事。在下阕，就转入了作者自己的活动。这时他已是"酒困路长惟欲睡"。"酒困"，是酒后困倦，说明他上路前喝过酒了。"路长"，是已走过很长的路程，而离目的地还很远。"惟"，只。这句词写出他旅途的困倦。"日高人渴漫思茶"。"日高"，太阳已升得很高。在初夏的太阳下赶路，感到燥热、口渴，不由得想喝杯茶润喉解渴。"漫"，这里是情不自禁的意思。口渴，需要喝茶；困倦，大概也想借茶解困。于是他"敲门试问野人家"。"野人家"，指乡野的人家，即乡下老百姓。作者当时是一州的行政长官，笔下称当地农民为"野人家"，正出于他当官的口气。但是"试

"问"两字表明他并没有什么官气。他没有命令随从差役去索要,而是亲自去敲一家老百姓的门,客气地同人家商量:老乡,能不能给一碗茶解解渴呀?

就这样,简单的几句,既画出了一幅很有生活气息的农村画图,又记下了一段向老乡敲门讨茶的经历,这是他平常深居官衙中接触不到,因而感到新鲜有趣的。这首词似乎是随手写来,实际上文字生动传神,使一首记闻式的小词,获得了艺术的生命。这就是古典诗词中所讲究的"含不尽之意,见于言外"。作者为何要"敲门试问"呢?第一,他是一个体恤民情、爱民如子的好官,谦和有礼,不会贸然闯入农家;第二,刚刚在旱灾后求得雨,主人可能外出下田耕作,并不在家,所以他要试探一下家中是否有人在。

《浣溪沙》全词有景有人,有形有声有色,乡土气息浓郁。日高、路长、酒困、人渴,字面上表现旅途的劳累,但传达出的仍是欢畅喜悦之情,体现了作者体恤民情的精神风貌。这首词既画出了初夏乡间生活的逼真画面,又记下了作者路途的经历和感受,为北宋词的社会内容开辟了新天地。

2. 清新愉悦的《蝶恋花·春涨一篙添水面》

◎ **作者**

宋·范成大

◎ **原文**

春涨一篙添水面。芳草鹅儿,绿满微风岸。画舫夷犹湾百转。横塘塔近依前远。

江国多寒农事晚。村北村南,谷雨才耕遍。秀麦连冈桑叶贱。看看尝面收新茧。

◎ 译文

春来，绿水新涨一篙深，盈盈地涨平了水面。水边芳草如茵，鹅儿脚丫蹒跚，鲜嫩的草色，在微风习习吹拂里，染绿了河塘堤岸。画船轻缓移动，绕着九曲水湾游转。望去，横塘高塔，在眼前很近，却又像行船时一样遥远。

江南水乡，春寒迟迟农事也晚。村北村南，谷雨时节开犁破土，将田耕种遍。春麦已结秀穗随风起伏连冈成片，山冈上桑树茂盛，桑叶卖得很贱。转眼就可以品尝新面，收取新茧。

◎ 注释

画舫：彩船。

夷犹：犹豫迟疑，这里是指船行迟缓。

横塘：在苏州西南，是个大塘。

江国：水乡。

寒：指水冷。

谷雨：二十四节气之一，在清明之后。

看看：转眼之间，即将之意。

◎ 审美赏析

这是一首田园词，描绘出一幅清新、明净的水乡春景，散发着浓郁而恬美的农家生活气息，自始至终流露出乡村景色的淳朴、宁静、和谐，读了令人心醉。

词的上阕向读者讲述了一幅早春水乡的五彩画面。

"春涨一篙添水面。芳草鹅儿，绿满微风岸。""一篙"，是指水的深度，"池涨一篙深"。"添水面"有两重意思：一是水面上涨，二是水满后面积也大了。"鹅儿"，小鹅，黄中透绿，与嫩草色相似。"绿"，就是"绿柳才黄半未匀"那样的色调。春水涨满，一直浸润到岸边的芳草；芳草、鹅儿在微风中活泼泼地抖动、游动，那嫩嫩、和谐的色调，透出了生命的温馨与活力；微风轻轻地吹，吹绿了河岸，吹绿了河水。

"画舫夷犹湾百转。横塘塔近依前远。"江南水乡河渠纵横，湾道也多。作者乘彩船往横塘方向游去，河道曲折多湾画舫缓慢行进。看着前方的塔似近了，其实还远。这就像俗语所说的"望山走倒马"，其实，作者并不急于到塔边，所以对远近并不在意，此时更使他欣悦的倒是一路的好景致。那水面上的小鹅，便很令人疼爱。这两句写船行，也带出了沿途风光，更带出了自己的盎然兴趣。全词欢快气氛也由此而兴。

词的下阕写到农事，视野更加开阔了。如此写，既与上阕紧密相连，又避免了重复。

"江国多寒农事晚。村北村南，谷雨才耕遍。""江国"，水乡。"寒"指水冷。旱地早已种植或翻耕了，水田要晚些，江南农谚曰："清明浸种（稻种），谷雨下秧。"所以"耕遍"正是时候。着一"才"字，这不紧不慢的节奏见出农事的轻松，农作的井然有序。"村北村南"耕过的水田，一片连着一片，真是"村南村北皆春水""绿遍山原白满川"，将一派水乡风光呈现于读者面前。虽然农事紧张或更可说繁重，但农民们各得其乐，一切进行得有条不紊。

"秀麦连冈桑叶贱。看看尝面收新茧。""秀麦"，出穗扬花的麦子。"面"当为炒面，将已熟未割的麦穗摘取下来，揉下麦粒炒干研碎，取以尝新，现代农村仍有此俗。这两句是写高地上景象，虽然水稻刚刚下种，但漫冈遍野的麦子拔穗了。蚕眠，桑叶也便宜了，农桑丰收在望。所以下面写道："看看尝面收新茧。""看看"，即将之意，透着津津乐道、喜迎丰收的神情。下阕写田园，写农事，流露出对农家生活的认同感、满足感。

本词是一首田园词，体现了田地间春意盎然的一幕，笔调清新愉悦，将景物与农事描写得自然连贯，充分表现出作者对田园生活的向往，是一篇很有特色的词作。

3. 平平淡淡的《西江月·夜行黄沙道中》

◎ 作者

宋·辛弃疾

◎ 原文

明月别枝惊鹊，清风半夜鸣蝉。稻花香里说丰年，听取蛙声一片。
七八个星天外，两三点雨山前。旧时茅店社林边，路转溪桥忽见。

◎ 译文

皎洁的月光从树枝间掠过，惊飞了枝头的喜鹊；清凉的晚风吹来仿佛听见了远处的蝉叫声。在稻花的香气里，耳边传来一阵阵青蛙的叫声，好像在讨论，说今年是一个丰收的好年景。

天空乌云密布，星星闪烁，忽明忽暗；山前下起了淅淅沥沥的小雨。往日的小茅草屋还在土地庙的树林旁。道路转过溪水的源头，它便忽然出现在眼前。

◎ 注释

西江月：词牌名。

黄沙：黄沙岭，在江西上饶的西面。

别枝惊鹊：惊动喜鹊飞离树枝。

鸣蝉：蝉叫声。

旧时：往日。

茅店：茅草盖的乡村客店。

社林：土地庙附近的树林。社，土地神庙。古时，村有社树，为祀神处，故曰社林。

见：同"现"，显现，出现。

◎ 审美赏析

宋孝宗淳熙八年（公元1181年），辛弃疾因受奸臣排挤，被罢官，回到上饶带湖家居，并在此生活了近十五年。在此期间，他虽也有过短暂的出仕经历，但以在上饶居住为多，在此留下了不少词作。这首词即是其中年时代经过江西上饶黄沙岭道时写的。

从《西江月》前两句"明月别枝惊鹊，清风半夜鸣蝉"的表面看来，写的是风、月、蝉、鹊这些极其平常的景物，然而经过作者巧妙地组合，结果平常中就显得不平常了。鹊儿的惊飞不定，不是盘旋在一般枝头，而是飞绕在横斜突兀的枝干之上。因为月光明亮，所以鹊儿被惊醒了；而鹊儿惊飞，自然也就会引起"别枝"摇曳。同时，知了的鸣叫声也是有其一定时间的。夜间的鸣叫声不同于烈日炎炎下的叫声，而当凉风徐徐吹拂时，往往令人感到特别清幽。总之，"惊鹊"和"鸣蝉"两句动中寓静，把半夜"清风""明月"下的景色描绘得令人悠然神往。

接下来"稻花香里说丰年，听取蛙声一片"，把人们的关注点从长空转移到田野，表现了作者不仅为夜间黄沙道上的柔和情趣所浸润，更关心扑面而来的漫村遍野的稻花香，又由稻花香联想到即将到来的丰年景象。此时此地，作者与人民同呼吸的欢乐，溢于言表。稻花飘香的"香"，固然是描绘稻花盛开，也表达了作者心头的甜蜜之感。在作者的感觉里，俨然听到群蛙在稻田中齐声喧嚷，争说丰年。先出"说"的内容，再补"声"的来源。以蛙声说丰年，是作者的创造。

前四句就是单纯地抒写当时夏夜山道的景物和作者的感受，然而其核心却是洋溢着丰收年景的夏夜。因此，与其说这是夏景，还不如说是眼前夏景将给人们带来的幸福。

下阕开头,作者就树立了一座峭拔挺峻的奇峰,运用对仗手法,以加强稳定的音势。"七八个星天外,两三点雨山前",在这里,"星"是寥落的疏星,"雨"是轻微的阵雨,这些都是为了与上阕的清幽夜色、恬静气氛和朴野成趣的乡土气息相吻合。特别是一个"天外"一个"山前",本来是遥远而不可捉摸的,可是笔锋一转,小桥一过,乡村林边茅店的影子却意想不到地展现在人们的眼前。作者对黄沙道上的路径尽管很熟,可总因为醉心于倾诉丰年在望之乐的一片蛙声中,竟忘却了越过"天外",迈过"山前",连早已临近的那个社庙旁树林边的茅店,也都没有察觉。前文"路转",后文"忽见",既衬出了作者骤然间看出了分明临近旧屋的欢欣,又表达了他由于沉浸在稻花香中以至于忘了道途远近的怡然自得的入迷程度,相得益彰,体现了作者深厚的艺术功底,令人玩味无穷。

从表面上看,这首词的题材内容不过是一些看来极其平凡的景物,语言没有任何雕饰,没有用一个典故,层次安排也平平淡淡。然而,正是在看似平淡之中,却有着作者潜心的构思,淳厚的感情。在这里,读者也可以领略到稼轩词于雄浑豪迈之外的另一种境界。

4. 秋色迷人的《浣溪沙·江村道中》

◎ 作者

宋·范成大

◎ 原文

十里西畴熟稻香,槿花篱落竹丝长,垂垂山果挂青黄。

浓雾知秋晨气润,薄云遮日午阴凉,不须飞盖护戎装。

◎ 译文

金灿灿的十里平畴，飘来扑鼻的稻香；红艳艳的木槿花开在农舍的竹篱旁；迎风摇曳的毛竹又青又长；青黄相间的累累山果，笑盈盈地挂在枝头上。

秋天的早晨雾气渐浓，湿润的空气令人清爽。正午的薄云又遮住了太阳，更不用随从张盖护住我的戎装。

◎ 注释

浣溪沙：唐代教坊曲名，后用为词牌名。分平仄两体，字数以四十二字居多，还有四十四字和四十六字两种。最早采用此调的是唐人韩偓，通常以其《浣溪沙·宿醉离愁慢髻鬟》词为正体，另有四种变体。全词分两阕，上阕三句全用韵，下阕末二句用韵。此调音节明快，为婉约、豪放两派词人所常用。

畴（chóu）：田地。

槿（jǐn）花：是木槿或紫槿的花。正因其多色艳，可做欣赏植物，也可以作为一种中药使用，同时可以食用。

飞盖：用以遮荫的篷盖。

戎（róng）装：作者当时为四川制置使，故戎装出游，带有随从张盖遮荫。

◎ 审美赏析

范成大是一个热爱自然、热爱农村生活的人，他虽然"累官权吏部尚书，拜参知政事，尝帅蜀，继帅广西，复帅金陵"，却对乡土具有一种赤子之心的感情。从"不须飞盖护戎装"一语来看，这首小令当写于戎马倥偬之中，写于他军旅生活的江村道上。

小令上阕写他在江村道上的所见：十里平畴，稻穗已黄，微风袅袅，送来阵阵新谷的芳香，而那素净的木槿花在农家篱笆前飘落下片片洁白的花瓣，丛丛的青竹间缕缕游丝正在秋天的丽日下闪着熠熠的金光。词人骑着马来到一处果木林立的山冈下，举头一望，满树果实累累压在枝头，有的还青绿未熟，有的则已经透着成熟的金黄。这三句诗是三个典型意象群，它把秋日农村的美景做了极其形象的概括，写出了江南农家的独特风貌，而且富有视角的流动感和行踪的变化性，使读者随着诗人的马蹄"走马看花"地欣赏江村道上的一路风光。作者对农村生活与自然景物的热爱也便由对这景物的描写中自然而然地流露出来，使读者受到潜移默化的感染。

下阕写作者在江村道上的感受。当然上阕也是作者的一种感受，但偏重于主观上的一种情绪的抒写。"浓雾知秋晨气润"，写出清晨在浓雾中行进的那种微妙的感觉：秋晨田野上往往飘散着浓浓的雾霭。古人说"一叶知秋"，殊不知浓雾亦可知秋，这种由艺术到哲理性的提炼为人所未道，因而显得非常新颖独特。雾浓则湿度大，湿度大则空气润。"秋晨气润"又是一句艺术性兼生活哲理性的概括，它毋宁是作者希望归返自然的象征。"薄云遮日午阴凉"是作者行于江村道上的又一直观感受，它与"不须飞盖护戎装"相连，就具有了丰富的内含："薄云"不就是一柄遮天盖地的太阳伞吗，有了这样的天伞，人就可以受用天然的阴凉，而避免酷日当头的曝晒，这比用车前的飞盖来遮阳要强百倍。作者在这里好像也有一种寄托：归返大自然比戎装事主要自由自在得多，小令的深层意蕴就在这里。

5. 朴素雅静的《清平乐·村居》

◎ 作者

宋·辛弃疾

◎ 原文

茅檐低小，溪上青青草。醉里吴音相媚好，白发谁家翁媪？

大儿锄豆溪东，中儿正织鸡笼。最喜小儿亡赖，溪头卧剥莲蓬。

◎ 译文

草屋的茅檐又低又小，溪边长满了翠绿的小草。含有醉意的吴地方音，听起来温柔又美好，那满头白发的是谁家的公婆父老？

大儿子在溪东边的豆田锄草，二儿子正在家里编织鸡笼。最喜欢的顽皮的小儿子，正横卧在溪头草丛，剥着刚摘下的莲蓬。

◎ 注释

清平乐（yuè）：词牌名。

茅檐：茅屋的屋檐。

吴音：吴地的方言。作者当时住在信州（今江西上饶），这一带的方言为吴音。

相媚好：指相互逗趣，取乐。

翁媪（ǎo）：老翁、老妇。

锄豆：锄掉豆田里的草。

织：编织，指编织鸡笼。

亡（wú）赖：这里指小孩顽皮、淘气。亡：同"无"。

卧：趴。

◎ 审美赏析

在这首词中作者通过对农村景象的描绘，反映出他的主观感情，并非只在纯客观地叙述。

上阕头两句,写这个五口之家,有一所矮小的茅草屋,紧靠着屋子有一条流水淙淙、清澈照人的小溪。溪边长满了碧绿的青草。在这里,作者只用了淡淡的两笔,就把由茅屋、小溪、青草组成的清新秀丽的环境勾画出来了。不难看出,这两句在全词中还兼有点明环境和地点的作用。

三四两句,描写了一对满头白发的翁媪,亲热地坐在一起,一边喝酒、一边聊天的悠闲自得的画面,这几句尽管写得很平淡,但是,它却把一对白发翁媪,乘着酒意,彼此"媚好",亲密无间,那种和谐、温暖、惬意的老年夫妻的幸福生活,形象地再现出来了。

这就是无奇之中的奇妙之笔。当然,这里并不仅仅是限于这对翁媪的生活,它概括了农村普遍的老年夫妻的生活乐趣,有一定的典型意义。"吴音",指吴地的方言。作者写这首词时,是在江西上饶,此地在春秋时代属于吴国。"媪",是对老年妇女的代称。

下阕写大儿子担负着溪东豆地里锄草的重担。二儿子年纪尚小,只能做点儿辅助劳动,所以在家里编织鸡笼。三儿子不懂世事,只知任性地调皮玩耍,作者写出了他躺卧在溪边剥莲蓬吃的神态。这说明农村中绝大多数的人并非是坐以待食、不劳而获的闲人,即使是未成丁的孩子也要干点儿力所能及的活儿,则成年人的辛苦勤奋可想而知。"卧"字确实使用最妙,它把小儿躺在溪边剥莲蓬吃的天真、活泼、顽皮的劲儿,和盘托出,跃然纸上,从而使人物形象鲜明,意境耐人寻味。表现出只有老人和尚无劳动力的年龄最小的孩子,才悠然地自得其乐。作者用了侧笔反衬手法,反映农村生活中一个恬静闲适的侧面,却给读者留下了大幅度的想象补充余地。这与作者的一首《鹧鸪天·陌上柔条初破芽》的结尾,所谓"城中桃李愁风雨,春在溪头荠菜花"正是同一机杼,从艺术效果看,也有异曲同工之妙。

在写景方面,茅檐、小溪、青草,这本来是农村中司空见惯的东西,然而作者把它们组合在一个画面里,却显得格外清新优美。在写人方面，翁媪饮酒聊天，大儿锄草，中儿编鸡笼，小儿卧剥莲蓬。通过这样简单的情节安排，就把一片生机勃勃、和平宁静、朴素安适的农村生活，真实地反映出来了，给人一种诗情画意、清新悦目的感觉。这样的构思巧妙、新颖，色彩和谐、鲜明，给人留下了难忘的印象。

从作者对农村清新秀丽、朴素雅静的环境描写，以及对翁媪及其三子形象的刻画，表现出作者喜爱农村和平宁静的生活。

这首词，是作者晚年遭受议和派排斥和打击，志不得伸，归隐上饶地区闲居农村时写的，词作描写农村和平宁静、朴素安适的生活，并不能说是作者对现实的粉饰。从作者一生始终关心宋朝恢复大业来看，他向往这样的农村生活，因而会更加激起他抗击金兵、收复中原、统一祖国的爱国热忱。就当时的情况来说，在远离抗金前线的村庄，这种和平宁静的生活，也是存在的，此作并非是作者主观想象的产物，而是现实生活的反映。

6. 意蕴深厚的《临江仙·风水洞作》

◎ *作者*

宋·苏轼

◎ *原文*

四大从来都遍满，此间风水何疑。故应为我发新诗。幽花香涧谷，寒藻舞沦漪。

借与玉川生两腋，天仙未必相思。还凭流水送人归。层巅余落日，草露已沾衣。

◎ *译文*

地、水、风、火从来都是随处可见的，这里风水绝佳，又有什么可疑的呢！这是故意让我写诗赞美的吧。各种幽雅的花香气四溢，飘到了整个山洞、山谷之中，潭中秋天的水草似乎在随风起舞，水面上漾起细小而成圈的波纹。

洞中清美的泉水要是借给卢仝泡茶喝，他一定会觉得两腋习习生风，有飘飘欲仙之感，这样，恐怕他连天仙都不会恋慕了。还烦请流水把我送回家。高峰上只剩下将要落山的太阳，草丛中的露水已经沾湿了我的衣裳。

◎ 注释

临江仙：词牌名。唐教坊曲。原用以歌咏水仙，故名。又名雁儿归、瑞鹤仙令等。双调小令，平韵格。

风水洞：《诗集》王文诰注引《杭州图经》"洞去钱塘县旧治五十里，在杨村慈岩院。洞极大，流水不竭，洞顶又有一洞，清风微出，故名曰风水洞。"

寒藻：指秋天的水藻。

沦漪（yī）：《诗经·国风·魏风·伐檀》："坎坎伐轮兮，置之河之漘（chún）兮，河水清且沦猗。"沦，细小而成圈的水纹。漪，语气词。

玉川：唐诗人卢仝（tóng），号玉川子。

两腋：两边胳肢窝。引用卢仝《走笔谢孟谏议寄新茶》诗，"一碗喉吻润，两碗破孤闷。三碗搜枯肠，唯有文字五千卷。四碗发轻汗，平生不平事，尽向毛孔散。五碗肌骨清，六碗通仙灵。七碗吃不得也，唯觉两腋习习清风生。"

凭：烦请。

◎ 审美赏析

宋神宗熙宁六年（公元1073年）八月，苏轼游风水洞，被风水洞的美景所吸引，作该词描叙游览的经历和感受。

上阕着重写风水洞中清美的境界。开头两句紧扣题目中"风水"二字落笔，以议论领起全词："四大从来都遍满，此间风水何疑！"这是用佛家的眼光观照自然，是对风水洞之所以得名的一种诠释。作者仿佛接触到了"源头活水"，由此获得了创作的灵感："故应为我发新诗。"而后着力写词人在风水洞发现的别具美感的景物："幽花香涧谷，寒藻舞沦漪。"这两句扣住了风水洞"流水不竭""清风微出"的特点，结合着作者的视觉感受和嗅觉感受，写出了一个藏娇蕴秀、清美绝人的境界，多少也带有"妄意觅桃源"（《风水洞二首和李节推》）的思想倾向。

下阕自抒所感，并写出出洞后所见。"借与玉川生两腋，天仙未必相思。"这两句是想象，是夸张，实际上表达了对风水洞中"水"的极度赞赏，又很有幽默感。以下转到写出洞归来。"还凭流水送人归"一句，承上启下，点出一个"归"字，而且运用拟人手法，把"流水"以至风水洞都写得富有人情味，作者此行的满足和快乐也就见于言外了。篇末两句承上"归"字，写归途中的景物"层巅余落日，草露已沾衣"。作者通过景物描写，表明已到了傍晚时分，作者白天在风水洞逗留的时间之长，就可想而知了。倘若仔细品味，夕露"沾衣"的话兴许还另有一层深意在。陶渊明在《归园田居五首》之三中描写了自得其乐的劳动生活，后半首写道："道狭草木长，夕露沾我衣。衣沾不足惜，但使愿无违。"该词在模山范水与记游之外，还隐隐流露出超脱的审美趣味及对人生自由境界的追求。

全词由游览而生出归田园的意向，结尾处意蕴深厚，既是情绪流程的归宿，也是作者的终生追求。写景、抒情、议论都是诗歌创作中常见的表现方法，该词将写景、抒情、议论结合了起来，也可以说是词的诗化的一个具体表现。

7. 触景生情的《石州慢·寒水依痕》

◎ **作者**

宋·张元幹

◎ **原文**

寒水依痕,春意渐回,沙际烟阔。溪梅晴照生香,冷蕊数枝争发。天涯旧恨,试看几许消魂,长亭门外山重叠。不尽眼中青,是愁来时节。

情切,画楼深闭,想见东风,暗销肌雪。辜负枕前云雨,尊前花月。心期切处,更有多少凄凉,殷勤留与归时说。到得却相逢,恰经年离别。

◎ **译文**

寒水缓缓消退,岸边留下一线沙痕。春意渐渐回临,空阔的沙洲烟霭纷纷。晴日朗照,溪边的新梅香气氤氲。数枝梅花争相吐蕊,装点新春。我独在天涯满腔怨恨,试想我现在是何等的悲怆伤神。长亭门外,群山重叠,望不断的远山遥岑,正是令人忧愁的节令时分。

遥想深闺中的你,一定也是思绪纷纭。画楼的层门紧闭,春风暗暗使你的容颜瘦损。我真是对不起你啊,让你独守空闺冷衾。辜负了多少"尊前花月"的美景,浪费了大好青春。你可知道,我也归心似箭,恨不得一步跨进闺门。更有多少酸甜苦辣,留着回去向你诉说详尽。可等到我们再度相逢,恐怕又要过一年光阴。

◎ **注释**

寒水依痕:杜甫《冬深》诗"花叶随天意,江溪共石根。早霞随类影,寒水各依痕。"此处化用其决心书。

"春意"二句:杜甫《阆水歌》"更复春从沙际归。"

肌雪:指人的皮肤洁白如雪。

枕前云雨:此处指夫妇欢合。即宋玉《高唐赋》序中的"且为朝云,暮为行雨",借指男女相爱。

◎ 审美赏析

此词是作者晚年离乡思归之作。在冬去春来、大地复苏的景象中,作者触景生情,在词中表达了自己内心深沉的思乡之念。

"寒水依痕"之句,点出了初春的时节,但这是运用杜甫的成句。杜甫《冬深》:"花叶随天意,江溪共石根。早霞随类影,寒水各依痕。"后二句采用杜甫《阆水歌》"正怜日破浪花出,更复春从沙际归"诗意。这里融诗景于词境,别有一番气象,而一"渐"字,更为初春即将解冻的溪水增添一股新的活力。作者从迷茫开阔的景象中,感受到蓬勃生机和温暖的春意。"溪梅"二句用特写手法刻画报春的信息——梅花的开放。和煦的阳光照耀着一切,溪边梅树疏落的枝条上绽露出朵朵花苞,散发出诱人的清香,使人感到无限美好。这是冬去春来的美好象征,也是展望一年的最好季节,然而这并不能引起作者心灵的欢悦,相反却萌生出离愁与苦恨。

"天涯"以下数句,由写景转入抒情。"旧恨"二字,揭示作者郁积在心中的无限离愁别恨。"消魂"是用江淹《别赋》的诗句:"黯然消魂者,唯别而已矣!"这里用设问的句式领起下文。"长亭"以下三句,进一层叙写销魂的景色。在那长亭门外,作者举目望去,映入眼帘的只是望不到尽头的重重叠叠的青山。连绵起伏的山峦,犹如心中无穷的愁绪,正是"吴山点点愁",春日的景象,成了犯愁的时节。

下阕换头"情切"二字,承上启下。作者宕开笔力,由景物描写转而回忆昔日夫妇之情。而此时虽然离别远行,但绵绵情思却是割舍不断的。"画楼"以下三句,虚景实写,设想闺人独居深楼,日夜思念丈夫,久盼不归,渐渐地形体消瘦下去。紧接着"枕前云雨",借用典故暗指夫妇情意。宋玉《高唐赋》序中说,楚王梦中与神女相会高唐,神女自谓:"旦为朝云,暮为行雨,朝朝暮暮,阳台之下。"后指男女欢爱。这与下句"尊前花月",都是写夫妇间的甜蜜生活。

但因为离别在外,枕边之欢、樽前之乐,都可想而不可即。作者内心所殷切盼望的,是回来与亲人相见,诉说在外边思家时心底的无限凄凉孤独的情味。"心期切处"三句所写,是自己的离愁,与"画楼"三句写家里人的别恨形成对照。彼此愁思的产生,同是由于"辜负"两句所说的事实而引起。这样虽是分写双方,实际上却浑然一体,词笔前后回环呼应,十分严谨细致。歇拍"到得却相逢,恰经年离别"紧承上句"归时"。言等归来重见,已是"离别经年"了。言下对于此别,抱憾甚深,重逢之喜,犹似不能互相抵消。写别恨如此强调,宋词中亦少见,并非无故。

这首词作由景入情,脉络分明,从表象上看,似乎仅仅抒写夫妇间的离愁别恨,但词中运用比兴寄托,确实寓寄着更深一层的思想感情。《蓼园词评》中说:"仲宗于绍兴中,坐送胡铨及要纲词除名……起首六句是望天意之回。寒枝竞发,是望谪者复用也。'天涯旧恨'至'黄昏节'是目望中原又恐不明也。想东风消雪,是远念同心者,应亦瘦损也。负枕前云雨,是借夫妇以喻朋友也。因送友而除名,不得已而托于思家,意亦苦矣。"自常州词派强调借词有所寄托以来,后世评词者往往求其有无寄托。从张元幹后期遭受压抑不平的情况来看,在南宋朝廷屈辱求和、权奸当道而主战有罪的险恶的社会环境里,他的内心有着难以明言的苦衷,故词中"借物言志",寄意夫妻之情,黄蓼园所云并非纯为主观臆断,但如此分解,恐怕就难免有穿凿附会之嫌了。

8. 质朴向上的《南柯子·山冥云阴重》

◎ 作者

宋·王炎

◎ 原文

山冥云阴重，天寒雨意浓。数枝幽艳湿啼红。莫为惜花惆怅、对东风。

蓑笠朝朝出，沟塍处处通。人间辛苦是三农。要得一犁水足、望年丰。

◎ 译文

山色阴暗，彤云密布，天空下着蒙蒙的细雨。花朵上，水汽聚成了晶莹的水珠，像是少女眼睛里含着泪珠，夺眶欲出，令人十分爱怜。不要因为风雨摧残着美丽的花朵，而惆怅满怀，作无病呻吟。

戴着蓑笠的农民，天天清晨早出，他们的足迹踏遍了田间泥泞的沟渠和田埂。春耕、夏种、秋收，是农民们一年中最辛苦的三个时节。农民们终年辛劳，犁透了田，灌足了水，盼望有一个丰收的年成！他们是没有闲情逸致去赏花、怜花、惜花的。

◎ 注释

山冥：水汽很重，山色昏暗。

幽艳：在暗处的花。

啼红：花朵上逐渐聚成水珠，像噙着眼泪。

塍（chéng）：田间土埂。

三农：指春耕、夏种、秋收。

◎ 审美赏析

诗词分工、各守畛域的传统观念，对宋词的创作有很深影响。诸如"田家语""田妇叹""插秧歌"等宋代诗歌中常见的题材，在宋词中却很少涉及。这首词描述了农民的劳动生活，流露出与之声息相通的质朴向上的感情，因而值得珍视。上阕以景语起：山色昏暗，彤云密布，寒雨将至。在总写环境天气之后，收拢词笔，语及近景，数枝凝聚水珠、楚楚堪怜的娇花，映入眼帘。如若顺流而下，则围绕"啼红"写心抒慨，当是笔端应有之义。但接下来两句，却奉劝骚人词客，勿以惜花为念，莫作怅惘愁思，可谓笔锋灵活、心思脱俗。下阕又复宕开，将笔触伸向田垄阡陌，"朝朝出""处处通"对举，言简意赅地勾勒不避风雨、终岁劳作的农民生活。遂引出"人间辛苦是三农"的感叹。"三农"，指春耕、夏种、秋收。五谷丰登，是农民们一年的希望。在这重阴欲雨的时刻人们盼望的是有充足的雨水，能犁耕作。至于惜花伤春，他们既无此余暇，也无此闲情。

每当"做冷欺花"（史达祖《绮罗香·咏春雨》）时节，"冻云黯淡天气"（柳永《夜半乐·冻云黯淡天气》），文人墨客常会触物兴感，抒发怜惜情怀。这些作品，大抵亦物亦人，亦彼亦己，汇成宋词的一片汪洋。虽有深挚、浮泛之别，也自有其价值在。不过，萦牵于个人的遭际，囿于一己的狭小天地，则是其大部分篇章的共同特点。这首《南柯子》却不同，即将因风雨吹打而飘零的幽艳啼红，以及终年劳碌田间而此刻盼雨耕种的农民，由目睹或联想而同时放到了作者情感的天平两端。

它不是惜花伤春旧调上的和弦，而是另辟蹊径的新声。作者的目光未为仄狭的自我所囿，感情天地比较开阔。一扫陈思，立意不俗。

苏轼、辛弃疾等也写过一些描写乡村生活的词作，也倾注了热爱农村、关心农事的感情，他们所作，常如一幅幅民俗画，苏轼作于徐州太守任上的一组《浣溪沙》（《照日深红暖见鱼》等五首）如此，辛弃疾《清平乐·村居》的笔触更为细腻入微。王炎的这首词则显示了不同的特色，作者的感情主要不是熔铸在画面中，而是偏重于认知的直接表述，理性色彩较浓，因而，写到农民的生活，如"蓑笠朝朝出，沟塍处处通"，也采取比较概括的方式，不以描绘的笔墨取胜。

宋代有两个王炎，均有词作传世。此篇作者字晦叔，号双溪，婺源（今属江西上饶）人，孝宗乾道五年进士，有词集《双溪诗余》。其"不溺于情欲，不荡而无法"是《双溪诗余》自序的宗旨，在这首风调朴实的《南柯子》中也得到了充分体现。此词不取艳词，不贵用事，下字用语亦颇经揣摩，如"幽艳湿啼红"写花在雨意浓阴中的姿态就相当生动。

9. 余韵无穷的《闻鹊喜·吴山观涛》

◎ 作者

宋·周密

◎ 原文

天水碧，染就一江秋色。鳌戴雪山龙起蛰，快风吹海立。

数点烟鬟青滴，一杼霞绡红湿，白鸟明边帆影直，隔江闻夜笛。

◎ 译文

天光水色一片澄碧，染成一江清秋的景色，江潮涌来就像是神龟驮负的雪山，又像是蛰伏的巨龙从梦中惊起，疾风掀起海水像竖起的墙壁。

远处几点青山像美人头上的鬟髻，弥漫着雾气，青翠欲滴。一抹红霞如同刚织就的绡纱，带着汹涌的潮水迸溅的湿意。天边白鸟分明、帆樯直立，入夜后隔江传来悠扬的笛声。

◎ 注释

蛰：潜伏。《周易·系辞传》："龙蛇之蛰，以存身也。"

快：痛快，爽快。

红湿：晚霞红如彩绡，疑为织女机杼所成。

白鸟：白色羽毛的鸟。这里当是水鸟，鸡鹭之类。

明边：指天边帆影与红霞白鸟相映而言。

◎ 审美赏析

作者时为两浙运司掾属，官运亨达，曾游山玩水写下不少典雅秾丽的山水诗词，此词即当时所作。

这首词是题咏排山倒海的浙江大潮的。

上阕写江潮欲来和正来之情状。

"天水碧，染就一江秋色"，首两句说钱塘江的秋水好像染成"天水碧"的颜色，指的是潮水未来，风平浪静的观感。

"鳌戴雪山龙起蛰，快风吹海立"两句，写江潮咆哮着汹涌而来，好像是神龟背负的雪山，又好像是从梦中惊醒的蛰伏海底的巨龙，还好像是疾速的大风将海水吹得竖立起来一般。作者接连用了几个生动的比喻，有声有色地将钱江大潮那惊心动魄的场面、排山倒海的气势，形象生动地表现出来，让人有如临其境之感。

下阕写潮过风息，江上又是一番景象。

"数点烟鬟青滴，一杼霞绡红湿，白鸟明边帆影直"三句，分别描写远处、高处的景色。远处的几点青山，虽然笼罩着淡淡的烟霭，却仍然青翠欲滴。天边的红霞，仿佛是刚刚织好的绡纱，带着潮水喷激后的湿意；临近黄昏，白鸟上下翻飞，其侧则帆影矗立，说明白鸟逐船而飞。词人选择了一些典型的景物，构成了一幅五彩缤纷的图景，使人赏心悦目，身临其境一般。

末句"隔江闻夜笛"，以静结动，以听觉的描写收束全词，与以前的视觉描写形成对照。全词纯写景物，此时才点出景中有人，景中有我，是极有韵味的。隔江而能听到笛声，可见风平浪静，万籁俱寂。写闻笛，其实仍是写钱塘江水。

　　从时间上说，全词从白昼写到黄昏，又从黄昏写到夜间；从艺术境界上看，又是从极其喧闹写到极其安静，将"观涛"前后的全过程做了有声有色的描绘，使读者仿佛观看一部生动的影片，有特写的连缀，又有场景的高速切换，令人恰如身临其境。因为作者又是一位画家，故能做到"以画为词"。尤其是"隔江闻夜笛"一句，余韵无穷，似断犹连。

第八章 读宋词，学多样的新奇美

新奇就是新颖奇特、不同一般、出人意料。许多客观事物，其外在或内在具有新奇之美；许多文学作品，其内容或表现形式方面具有新奇之美。追求新奇美，是宋代词人普遍的审美崇尚。在宋词中，有不少在内容或表现形式上"新而妥，奇而确"的篇章。

1. 新颖奇特的《清平乐·五月十五夜玩月》

◎ **作者**

宋·刘克庄

◎ **原文**

风高浪快,万里骑蟾背。曾识姮娥真体态。素面元无粉黛。

身游银阙珠宫。俯看积气濛濛。醉里偶摇桂树,人间唤作凉风。

◎ **译文**

清风拂面,云海波涌。万里之外的银河,我已经在蟾蜍的背上了。好像曾经那样熟悉嫦娥妖媚娇娆的姿态。素面清雅没有施一点儿妆彩。

身在银河宫阙,在金玉珠色里尽情遨游。俯瞰脚下尘寰,只见一片蒙蒙,浑然一体。吴刚酒美,借酒轻摇桂枝,身在九重天上,却时时体会人家风凉。

◎ **注释**

蟾背:指月宫。蟾,即蟾蜍,俗称蛤蟆,月中的精灵。《后汉书·天文志》刘昭注引张衡《灵宪浑仪》,"羿请无死之药于西王母,姮娥窃之以奔月,……是为蟾蜍。"后人就以蟾蜍为月的代称。

姮娥:即嫦娥。

◎ **审美赏析**

这首词虽然有浓厚的浪漫主义色彩,但是作者的思想感情却不是超尘出世的。他写身到月宫远离人间的时候,还是忘不了下界人民的炎热,希望为他们起一阵凉风。这首词可能是寄托这种思想的,并不只是描写遨游月宫的幻想。

词人运用丰富的想象,畅言他遨游月宫的情景。上阕写他御气乘风,很快到了万里之外的月宫,下阕写他到了月宫之后,身在九重天上，俯瞰脚下尘寰，只见一片蒙蒙，浑然一体。

　　这是一首充满了浪漫主义色彩的小令。上阕破空而来，作者想象自己借高风快浪，骑着蟾蜍，在万里夜空中遨游，抵达月宫后见到了嫦娥，并看清了她的体态和容貌。原来这位美貌的月中仙子体态轻盈，脸上不施粉黛，显示出一种自然之美。开头"风高浪快，万里骑蟾背"二句，是写万里飞行，前往月宫。"风高浪快"，形容飞行之速。"曾识姮娥真体态"，"曾"字用得好。意思是说，我原是从天上来的，与姮娥本来相识。这与苏轼《水调歌头》"我欲乘风归去"的"归"字写得同妙。"素面元无粉黛"，暗用唐人"却嫌脂粉污颜色"（张祜《集灵台·其二》）诗意。这句是写月光皎洁，用美人的素面比月，极为形象。

　　下阕想象自己在天宫的情景。"身游"二句，写他在巍峨壮丽如银似雪的月宫里，俯视人间，只见下界雾气、浑水不堪。天上是那样月明辉清，而人间却是那样龌龊昏暗，正如南宋政权的昏聩不明。"俯看积气蒙蒙"句，用《列子·天瑞篇》故事：杞国有人担心天会掉下来，有人告诉他说："天积气耳。"从"俯看积气蒙蒙"句，表示他离开人间已很遥远。末尾"醉里偶摇桂树，人间唤作凉风"二句，是全首词的命意所在。"醉"字、"偶"字用得好。这里所描写的只是醉中偶然摇动月中的桂树，便对人间产生意外的好影响。这意思是说，一个人到了天上，一举一动都对人间产生或好或坏的影响，既可造福人间，也能贻害人间。作者置身天上，神清气爽，再饮月中琼浆，感到心满意足。但他并没有忘记人间，带着醉意，他偶然地摇了摇桂树，便给炎热的人间带去了凉风。此处也透露了作者希望能从天上吹来一股政治清风，使南宋政权能变得清明一点儿。

　　北宋王令有一首《暑旱苦热》诗，末二句说："不能手提天下往，何忍身去游其间。"全诗都是费气力写的。刘克庄这首《清平乐》则写得轻松明快，与王令的《暑旱苦热》诗比较，用意相近而表现风格不同。

全文构思新奇，想象大胆，笔势飞动，具有豪迈的风格和浪漫主义的色彩。

刘克庄有不少作品表现忧国忧民，如《运粮行》《苦寒行》《筑城行》等。他写租税、写征役，为民请命，都很沉痛。这首词尾句的"人间唤作凉风"，也流露出作者对盛世的向往。

2. 妙趣横生的《浪淘沙·云藏鹅湖山》

◎ 作者

宋·章谦亨

◎ 原文

台上凭栏干，犹怯春寒。被谁偷了最高山？将谓六丁移取去，不在人间。

却是晓云闲，特地遮拦。与天一样白漫漫。喜得东风收卷尽，依旧追还。

◎ 译文

我站在观景台倚着栏杆观赏鹅湖山，春天的寒意还让人心生怯意。放眼望去，啊！是谁把最高的山峰偷走了？难道是神仙将它移到了天上吗？

原来是云彩闲来无事，故意将它给遮住了啊！让它就像天空一样白茫茫一片。还好东风吹来，将山原样地追回来了。

◎ 注释

鹅湖山：在今江西省上饶市铅山县境内。

章谦亨：字牧叔，一字牧之，吴兴（今浙江湖州）人。绍定间，为铅山令，为政宽平，人称生佛，家置像而祀，勒石章岩，以志不忘。历官京西路提举常平茶盐。宋理宗嘉熙二年（公元1238年），除直秘阁，为浙东提刑，兼知衢州。

六丁：认为六丁（丁卯、丁巳、丁未、丁酉、丁亥、丁丑）为阴神，为天帝所役使；道士则可用符箓召请，以供驱使，是道教中的火神。

◎ 审美赏析

这阕词，给人印象最深的当是它的构思。"云藏鹅湖山"本是极平常的自然现象，但出现在作者笔下，劈头就是"被谁偷了最高山？将谓六丁移取去，不在人间"。山被偷，已是相当新奇，何况又具体怀疑到六丁身上，这就更加生动。一个极普通的题材，经这么一构思，便立觉妙趣横生。上半阕说山已不在人间，这当然是故作幻想，新巧一些也许并不足怪。可是下半阕说破山被云遮的真相以后，仍然具有无穷的趣味，这是因为作者同样采取了"直意曲一层说"的手法。本来是云遮山，词中却说"晓云闲""特地遮拦"；本来是风吹云散，山岳重现，词中却说"喜得东风收卷尽，依旧追还"。这里，晓云和东风同六丁神一样具有生命，而且如若不去"追还"，山还会再次被偷去。艺术之不同于说教，原因之一就在于它是具有趣味性的精神产品；人们之所以能从艺术品那里得到娱乐和享受，一定程度上也是由于它有趣味。本篇的作者章谦亨"尝为浙东宪，风采为一时所称，然蕴藉滑稽，不同流俗"（《绝妙好词笺续钞》）。这种独特的个性，帮助作者从人们司空见惯的题材中发现情趣，并用幽默生动的语言表现出来，因而使词篇具有强烈的艺术感染力。

当然，风趣不是艺术的根本目的。艺术美应当是对生活美质的表现。拿这首词来说，它的魅力的根本所在，乃是对"云藏鹅湖山"这一美景的描绘。只是作者的手法过于巧妙，全篇虽然没有正面描写鹅湖山之秀美，但经过仔细品味，你不但能看到山美，而且还能看到云美。首先，作者在"犹怯春寒"的时节，冒着清晨的凉气去"台上凭栏干"，自然是由于此时的鹅湖山最美。这里作者没有直说山美，但他的情趣与追求本身就是一种暗示，引导着读者对鹅湖山产生无限的向往。其次，六丁、晓云、东风都是优美的，而设想出的偷、移取、收卷、追还等情节也如神话一样美丽动人。再次，人冒着春寒去看山，不料山却被六丁"偷取"，才有东风追还——人、神、云、风形成你争我夺的热闹场面，当然也是因为鹅湖山太美的缘故。最后，字面的表现虽然着墨较淡，但也不是一点儿没有。比如"与天一样白漫漫"描写无边的云海，就给人以美的视觉享受。再如"春"日的时令、"晓"间的风光，也都使"云藏鹅湖山"显得更美。

辛弃疾闲居期思村时作的《玉楼春·戏赋云山》云："何人半夜推山去？四面浮云猜是汝。常时相对两三峰，走遍溪头无觅处。西风瞥起云横度，忽见东南天一柱。老僧拍手笑相夸，且喜青山依旧住。"章谦亨在铅山曾访问过稼轩期思故居。这首词在构思上当受稼轩影响，当然也有他自己新的东西，对照读之，当各知其妙。

3. 活灵活现的《玉楼春·春景》

◎ **作者**

宋·宋祁

◎ **原文**

东城渐觉风光好。縠皱波纹迎客棹。绿杨烟外晓寒轻，红杏枝头春意闹。

浮生长恨欢娱少。肯爱千金轻一笑。为君持酒劝斜阳，且向花间留晚照。

◎ 译文

信步东城感到春光越来越好，皱纱般的水波上船儿慢摇。条条绿柳在霞光晨雾中轻摆曼舞，粉红的杏花开满枝头，春意妖娆。

总是抱怨人生短暂欢娱太少，怎肯因吝惜千金而轻视欢笑？让我为你举起酒杯奉劝斜阳，请留下来把晚花照耀。

◎ 注释

玉楼春：词牌名，又名木兰花、归朝欢令等。双调五十六字，上下阕各四句三仄韵。

东城：泛指城市之东。

縠（hú）皱波纹：形容波纹细如皱纱。縠皱，即皱纱，有皱褶的纱。

棹（zhào）：船桨，此指船。

烟：指笼罩在杨柳梢的薄雾。

晓寒轻：早晨稍稍有点儿寒气。

春意：春天的气象。

闹：浓盛。

浮生：指飘浮无定的短暂人生。语本《庄子·外篇·刻意》："其生若浮，其死若休。"

肯爱：岂肯吝惜，即不吝惜。

一笑：特指美人之笑。

持酒：端起酒杯。《新唐书》，"王毋忧，右手持酒啗，左手刀拂之。"

晚照：夕阳的余晖。南朝宋武帝《七夕》诗之一，"白日倾晚照，弦月升初光。"

◎ 审美赏析

此词上阕从游湖写起，讴歌春色，描绘出一幅生机勃勃、色彩鲜明的早春图；下阕则一反上阕的明艳色彩、健朗意境，言人生如梦，虚无缥缈，匆匆即逝，因而应及时行乐，反映出"浮生若梦，为欢几何"的寻欢作乐思想。作者宋祁因词中"红杏枝头春意闹"一句而名扬词坛，被世人称作红杏尚书。

起首一句泛写春光明媚。第二句以拟人化手法，将水波写得生动、亲切而又富于灵性。"绿杨"句写远处杨柳如烟，一片嫩绿，虽是清晨，寒气却很轻微。"红杏"句专写杏花，以杏花的盛开衬托春意之浓。词人以拟人手法，着一"闹"字，将烂漫的大好春光描绘得活灵活现，呼之欲出。

过片两句，意谓浮生若梦，苦多乐少，不能因吝惜金钱而轻易放弃这欢乐的瞬间。此处化用"一笑倾人城"的典故，抒写词人携妓游春时的心绪。结拍两句，写作者为使这次春游得以尽兴，要为同时冶游的朋友举杯挽留夕阳，请它在花丛间多陪伴些时候。这里，作者对于美好春光的留恋之情，溢于言表，跃然纸上。

这首词章法井然，开合自如，言情虽缠绵而不轻薄，措辞虽华美而不浮艳，将执着人生、惜时自贵、流连春光的情怀抒写得淋漓尽致，具有不朽的艺术价值。

本词歌咏春天，洋溢着珍惜青春和热爱生活的情感。上阕写初春的风景。起句"东城渐觉风光好"，以叙述的语气缓缓写来，表面上似不经意，但"好"字已压抑不住对春天的赞美之情。

以下三句就是"风光好"的具体发挥与形象写照。首先是"縠皱波纹迎客棹"，把人们的注意力引向盈盈春水，那一条条漾动着水的波纹，仿佛是在向客人招手表示欢迎。然后又要人们随着他去观赏"绿杨"，"绿杨"句点出"客棹"来临的时光与特色。"晓寒轻"写的是春意，也是作者心头的情意。"波纹""绿杨"都象征着春天，但是，更能象征春天的却是春花。在此前提下，上阕最后一句终于咏出了"红杏枝头春意闹"这一绝唱。如果说这一句是画面上的点睛之笔，还不如说是作者心中绽开的感情花朵。"闹"字不仅形容出红杏的众多和纷繁，而且，它把生机勃勃的大好春光全都点染出来了。"闹"字不仅有色，而且似乎有声，王国维在《人间词话》中说："着一'闹'字而境界全出。"

下阕再从作者主观情感上对春光美好做进一步的烘托。"浮生长恨欢娱少。肯爱千金轻一笑"二句，从功名利禄这两个方面来衬托春天的可爱与可贵。作者身居要职，官务缠身，很少有时间或机会从春天里寻取人生的乐趣，故引以为"浮生"之"长恨"。于是，就有了宁弃"千金"而不愿放过从春光中获取短暂"一笑"的感慨。既然春天如此可贵可爱，作者禁不住"为君持酒劝斜阳"，明确提出"且向花间留晚照"的强烈主观要求。这要求是"无理"的，也是不可能的，却能够充分表现出作者对春天的珍视，对光阴的爱惜。

4. 含蕴丰富的《醉花阴·薄雾浓云愁永昼》

◎ *作者*

宋·李清照

◎ *原文*

薄雾浓云愁永昼，瑞脑消金兽。佳节又重阳，玉枕纱厨，半夜凉初透。

东篱把酒黄昏后，有暗香盈袖。莫道不消魂，帘卷西风，人比黄花瘦。

◎ *译文*

薄雾弥漫，云层浓密，日子过得愁烦，龙脑香在金兽香炉中缭绕。又到了重阳佳节，卧在玉枕纱帐中，半夜的凉气刚将全身浸透。

在东篱边饮酒直到黄昏以后，淡淡的黄菊清香溢满双袖。莫要说清秋不让人伤神，西风卷起珠帘，帘内的人儿比那黄花更加消瘦。

◎ 注释

云：《古今词统》等作"雾"，《全芳备祖》作"阴"。

永昼：漫长的白天。

瑞脑：一种熏香名。又称龙脑，即冰片。

消：一作"销"，《花草粹编》等作"喷"。

金兽：兽形的铜香炉。

重阳：农历九月九日为重阳节。《周易》以"九"为阳数，日月皆值阳数，并且相重，故名。这是个古老的节日。南梁庾肩吾《九日侍宴乐游苑应令诗》，"献寿重阳节。"

纱厨：即防蚊蝇的纱帐。宋周邦彦《浣溪沙》，"薄薄纱橱望似空，簟纹如水浸芙蓉。"

凉：《全芳备祖》等作"秋"。

东篱：泛指采菊之地。陶渊明《饮酒·其五》"采菊东篱下，悠然见南山"，为古今艳称之名句，故"东篱"亦成为诗人惯用之咏菊典故。唐无可《菊》，"东篱摇落后，密艳被寒催。夹雨惊新拆，经霜忽尽开。"

暗香：这里指菊花的幽香。《古诗十九首·庭中有奇树》，"攀条折其荣，将以遗所思。馨香盈怀袖，路远莫致之。"这里用其意。

消魂：形容极度忧愁、悲伤。消，一作"销"。

西风：秋风。

比：《花草粹编》等作"似"。

黄花：指菊花。《礼记·月令》，"鞠有黄华。"鞠，本用菊。唐王绩《九月九日赠崔使君善为》，"忽见黄花吐，方知素节回。"

◎ 审美赏析

　　这首词是作者婚后所作,抒发的是重阳佳节思念丈夫的心情。传说李清照将此词寄给赵明诚后,惹得赵明诚比试之心大起,遂三夜未眠,作词数阕,然终未胜过李清照的这首《醉花阴》。

　　"薄雾浓云愁永昼",这一天从早到晚,天空都布满着"薄雾浓云",这种阴沉沉的天气最使人感到愁闷难挨。外面天气不佳,只好待在屋里。"瑞脑消金兽"一句,便是转写室内情景:她独自看着香炉里瑞脑香的袅袅青烟出神,真是百无聊赖!又是重阳佳节了,天气骤凉,睡到半夜,凉意透入帐中枕上,对比夫妇团聚时闺房的温馨,真是不可同日而语。上阕寥寥数句,把一个闺中少妇心事重重的愁态描摹出来。她走到室外,天气不好;待在室内又闷得慌;白天不好过,黑夜更难挨;坐不住,睡不宁,真是难以将息。"佳节又重阳"一句有深意。古人对重阳节十分重视。这天亲友团聚,相携登高,佩茱萸,饮菊酒。李清照写出"瑞脑消金兽"的孤独感后,马上接以一句"佳节又重阳",显然有弦外之音,暗示当此佳节良辰,丈夫不在身边。"遍插茱萸少一人",怎叫她不"每逢佳节倍思亲"呢!"佳节又重阳"一个"又"字,是有很浓的感情色彩的,突出地表达了她的伤感情绪。紧接着两句"玉枕纱厨,半夜凉初透",说丈夫不在家,玉枕孤眠,纱帐内独寝,又会有什么感触!"半夜凉初透",不只是时令转凉,而是别有一番凄凉滋味。

　　下阕写重阳节这天赏菊饮酒的情景。把酒赏菊本是重阳佳节的一个主要节目,大概为了应景吧,李清照在屋里闷坐了一天,直到傍晚,才强打精神"东篱把酒"来了。可是,这并未能宽解一下愁怀,反而在她的心中掀起了更大的感情波澜。重阳是菊花节,菊花开得极盛极美,她一边饮酒,一边赏菊,染得满身花香。然而,她又不禁触景伤情,菊花再美、再香,也无法送给远在异地的亲人。"有暗香盈袖"一句,化用了《古诗十九首·庭中有奇树》"馨香盈怀袖，路远莫致之"句意，暗写她无法排遣对丈夫的思念。她实在情不自禁，再无饮酒赏菊的情绪，于是匆匆回到闺房。"莫道不消魂"句写的是晚来风急，瑟瑟西风把帘子掀起了，人感到一阵寒意。联想到刚才把酒相对的菊花，菊瓣纤长，菊枝瘦细，而斗风傲霜，人则悲秋伤别，消愁无计，此时顿生人不如菊之感。以"人比黄花瘦"作结，取譬多端，含蕴丰富。

从天气到瑞脑金兽、玉枕纱厨、帘外菊花，作者用她愁苦的心情来看这一切，无不涂上一层愁苦的感情色彩。

以花木之"瘦"，比人之瘦，诗词中不乏类似的句子，这是因为正是"莫道不消魂，帘卷西风，人比黄花瘦"这三句，才共同创造出一个凄清寂寥的深秋怀人的境界。"莫道不消魂"，直承"东篱把酒"以人拟黄花的比喻，与全词的整体形象相结合。"帘卷西风"一句，更直接为"人比黄花瘦"句做环境气氛的渲染，使人想象出一幅画面：重阳佳节佳人独对西风中的瘦菊。有了时令与环境气氛的烘托，"人比黄花瘦"才有了更深厚的寄托，此句也才能成为千古传诵的佳句。

5. 情真意切的《一丛花令·伤高怀远几时穷》

◎ **作者**

宋·张先

◎ **原文**

伤高怀远几时穷？无物似情浓。离愁正引千丝乱，更东陌、飞絮蒙蒙。嘶骑渐遥，征尘不断，何处认郎踪！

双鸳池沼水溶溶，南北小桡通。梯横画阁黄昏后，又还是、斜月帘栊。沉恨细思，不如桃杏，犹解嫁东风。

◎ 译文

在高楼上眺望而伤感，苦苦地思念着远方的心上人，这样的事何时才能结束呢？看来在这世界上再没有什么东西比爱情更为强烈了！离愁别恨正牵连着千丝万缕的柳条纷乱不已，更何况东陌之上，垂柳已飞絮蒙蒙了呢。我眼前还浮现着你的马儿嘶鸣着，越跑越远，一路不断扬起灰尘的情景。情郎啊，你叫我到哪里寻找你的踪迹呢？

池水溶溶，一对鸳鸯在戏水，这水南北可通，时见有小船往来。雕梁画栋的楼阁上梯子已经撤去，黄昏以后，依然还是独自面对帘栊，望着斜照在它上面的冷冷清清的月亮。怀着深深的怨恨，我反复思量，我的命运竟然不如桃花杏花，它们倒还能嫁给东风，随风而去呢。

◎ 注释

伤高：登高的感慨。

怀远：对远方征人的思念。

穷：穷尽，了结。

千丝：指杨柳的长条。

东陌：东边的道路。此指分别处。

嘶骑：嘶叫的马声。

小桡（ráo）：小桨，指代小船。

梯横：是说可搬动的梯子已被横放起来，即撤掉了。

栊：窗。

解：知道，能。

嫁东风：原意是随东风飘去，即吹落；这里用其比喻义"嫁"。李贺《南园十三首》诗之一，"可怜日暮嫣香落，嫁与东风不用媒。"

◎ 审美赏析

此词是张先的代表作之一。宋范公偁《过庭录》说："子野郎中《一丛花》词云：'伤高怀远几时穷……沉恨细思，不如桃杏，犹解嫁东风。'一时盛传，永叔尤爱之，恨未识其人。子野家南地，以故至都谒永叔，阍者以通，永叔倒屣迎之，曰：'此乃"桃杏嫁东风"郎中。'"永叔是文坛巨擘欧阳修的字，张先的词能让欧阳修极口称赞，足见其词在当时影响之大。

词的起首一句，是经历了长久的离别、体验过多次伤高怀远之苦以后，盘结萦绕胸中的感情的倾泻。它略去了此前的许多情事，也概括了此前的许多情事。起得突兀有力，感慨深沉。第二句是对"几时穷"的一种回答，合起来的意思是伤高怀远之情之所以无穷无尽，是因为世上没有任何事情比真挚的爱情更为浓烈的缘故。这是对"情"的一种带哲理性的思索与概括。这是挟带着强烈深切感情的议论。以上两句，点明了词旨为伤高怀远，又显示了这种感情的深度与强度。

接下来三句，写伤离别的女主人公对随风飘拂的柳丝飞絮的特殊感受。"离愁"，承上"伤高怀远"。本来是乱拂的千万条柳丝引发了胸中的离思，使自己的心绪纷乱不宁，这里却反过来说自己的离愁引得柳丝纷乱。这句貌似无理的话，却更深切地表现了愁之"浓"，浓到使外物随着它的节奏活动，成为主观感情的象征。这里用的是移情手法。而那蒙蒙飞絮，也仿佛成了女主人公烦乱、郁闷心情的一种外化。"千丝"谐"千思"。

上阕末三句写别后登高忆旧。想当时郎骑着嘶鸣着的马儿逐渐远去，消逝尘土飞扬之中，此日登高远望，茫茫天涯，又要到哪里去辨认郎的踪影呢？"何处认"与"伤高怀远"相呼应。

过片上承"伤高怀远"之意，续写登楼所见。"双鸳池沼水溶溶，南北小桡通"说不远处有座宽广的池塘，池水溶溶，鸳鸯成双成对地在池中戏水，小船来往于池塘南北两岸。这两句看似闲笔，但"双鸳"二字既点出对往昔欢聚时爱情生活的联想，又现出此时触景伤怀、自怜孤寂之情。说"南北小桡通"，则往日莲塘相约、彼此往来的情事也约略可想。

下阕三、四、五句写时间已经逐渐推移到黄昏，女主人公的目光也由远而近，收归到自己所住的楼阁。只见梯子横斜着，整个楼阁被黄昏的暮色所笼罩，一弯斜月低照着帘子和窗棂。这虽是景语，却隐隐传出一种孤寂感。"又还是"三字，暗示这斜月照映画阁帘栊的景象犹是往日与情人相约黄昏后时的美好景象，此时景象依旧，而自从与对方离别后，孑然孤处，已经无数次领略过斜月空照楼阁的凄清况味了。这三个字，有追怀，有伤感，使女主人公由"伤高怀远"转入对自身命运的沉思默想。

结拍三句化用李贺《南园十三首》诗中"可怜日暮嫣香落，嫁与东风不用媒"之句，说怀着深深的怨恨，细细地想想自己的身世，甚至还不如嫣香飘零的桃花杏花，它们自己青春快要凋谢的时候还懂得嫁给东风，有所归宿，自己却只能在形影相吊中消尽青春。说"桃杏犹解"，言外之意是怨嗟自己未能抓住"嫁东风"的时机，以致无所归宿。而从深一层看，这是由于无法掌握自己命运造成的，从中显出"沉恨细思"四个字的分量。这几句重笔收束，与一开头的重笔抒慨相称。

词中"不如桃杏，犹解嫁东风"句，使作者获得了"桃杏嫁东风"的雅号。张先的许多艳词都是感情浅薄的，而此词却情真意切，无论是思想方面还是艺术方面都值得称道。

6. 虚实相间的《生查子·含羞整翠鬟》

◎ **作者**

宋·欧阳修

◎ **原文**

含羞整翠鬟，得意频相顾。雁柱十三弦，一一春莺语。

娇云容易飞，梦断知何处。深院锁黄昏，阵阵芭蕉雨。

◎ **译文**

似娇还羞，捋了捋秀发乌鬟，笑靥盈盈秋波流转频频顾盼。玉手纤指轻弹，筝声婉转欢快，琴弦飞荡回旋，似春莺传情、低语交欢。

曲终人去，宛如飞云飘逸，只留下娇柔的身影。春梦已断不知何处寻觅。庭院深深，锁住的是寂寞和黄昏，还有那阵阵凄雨敲打芭蕉声。

◎ **注释**

翠鬟：泛称美发。鬟，妇女梳的环形发髻。

雁柱十三弦：筝有十三弦；琴柱斜排如雁斜飞，称雁柱。这里均代指筝。

◎ **审美赏析**

此词以男子的口吻，写一女子弹筝的情景，并在其中掺入爱情与离愁。

上阕描写从前女子在与情郎相聚时弹筝的情景。起首一句好似一个特写镜头，先画出这位女子的娇容美态。此时她仿佛坐在筝前，旁边站着一位英俊少年。在弹筝之前，她娇羞怯怯，理了理头发。"整翠鬟"三字把她内心深处一股难以名状的激动感情恰当地反映出来。下面"得意频相顾"一句，是写这女子弹筝弹到高潮，她的感情已和筝声融为一片，忘记了方才的羞怯，不时地回眸一顾，看看身旁的少年。这是用白描的手法表现演奏者与欣赏者的感情交流。

"雁柱"二句具体地描写筝声。唐宋时筝有十三弦，每弦用一柱支撑，斜列如雁行，故称"雁柱"。"一一春莺语"，系以莺语拟筝声。白居易《琵琶行》"间关莺语花底滑"及韦庄《菩萨蛮·红楼别夜堪惆怅》"琵琶金翠羽，弦上黄莺语"，似为此句所本。前一句以"雁行"比筝柱，这一句以"莺语"状筝声，无论在视觉和听觉上都给人以美感。而"十三""一一"两组数字，又使人觉得女子的十指在一一按动筝弦，轻拢慢捻，很有节奏。随着十指的滑动，弦上发出悦耳的曲调。在这里，词人着一"语"字，又进一步拟人化，好像这弦上发出的声音在倾诉女子的心曲。

下阕写此时两情隔绝，凄苦难禁。"娇云"二句，语本宋玉《高唐赋》，暗示他们在弹筝之后曾有一段幽会。然而好景不长，他们很快分离了。着以"容易"二字，说明他们的分离是那样的轻易、那样的迅速，其中充满了懊恼与怅恨，也充满了怜惜与怀念之情。"梦断知何处"，表明他们的相会像黄粱一梦；然而鸳魂缥缈，旧梦依稀，一觉醒来，仍被冷冷清清的氛围所笼罩。

结尾二句，写男子深院独处，黄昏时刻，谛听着窗外的雨声。阵阵急雨，敲打芭蕉，这是男子在回忆中产生的错觉，也是他急促烦躁心情的写照，同时又表现了孤栖时刻幽寂凄清的况味。雨声即筝声，这样的筝声，最易触动愁绪。

这首词巧妙地运用了乐哀对比。上阕充满了欢乐的气氛、明快的节奏；下阕则情深调苦，表现了孤单寂寞的悲哀。以乐景反跌哀情，故哀情更为动人。词中正面描写弹筝的女子，而以英俊少年做侧面的陪衬；上阕中写这男子隐约在场，下阕中则写女子在回忆中出现，虚实相间，错综叙写，词中的感情就不会变得单调。作者善于运用比喻，如以"雁行"比筝柱，以"莺语"拟筝声，以"娇云"状远去的弹筝女子，以"雨打芭蕉"喻筝中的哀音，或明比，或暗喻，都增加了词的形象性和感染力。

7. 标新立异的《念奴娇·插天翠柳》

◎ 作者

宋·朱敦儒

◎ 原文

插天翠柳，被何人，推上一轮明月。照我藤床凉似水，飞入瑶台琼阙。雾冷笙箫，风轻环佩，玉锁无人掣。闲云收尽，海光天影相接。

谁信有药长生，素娥新炼就、飞霜凝雪。打碎珊瑚，争似看、仙桂扶疏横绝。洗尽凡心，满身清露，冷浸萧萧发。明朝尘世，记取休向人说。

◎ 译文

门前的翠柳不知道被谁推上了一轮皎洁的明月，如凉水一般照在我的藤床上。如此良辰美景，我思绪飘飞幻想着飞入瑶台月宫。这里雾冷风轻，隐隐可闻笙箫声和仙子的环佩声，大概她们正随音乐伴奏而翩翩起舞。等云朵散去，海天相接的景象美不胜收。

据说有可以使人延寿的药。然而"长生"的念头，只不过是世俗的妄想。打碎珊瑚的斗富之举怎么比得上月宫桂树的不同凡响，两袖清风，满身清露，寒冷浸湿了萧条的白发，这些隐逸脱俗的情怀，恐怕尘世之人无法理解，便也不向尘世之人诉说。

◎ 注释

念奴娇：词牌名之一，得名于唐代天宝年间的一个名叫念奴的歌伎，名篇有苏轼的《念奴娇·赤壁怀古》《念奴娇·中秋》等。

瑶台：神仙居处。李白《清平调·其一》有"若非群玉山头见，会向瑶台月下逢"。

琼阙（què）：精巧华美之楼台。

素娥：月宫仙女嫦娥。因月色白，故称素娥。

争：怎么。如"争似""争忍""争知""争奈"等等。

萧萧：头发花白稀疏貌。

◎ 审美赏析

这是一首咏月词。

"插天翠柳，被何人，推上一轮明月？"高耸入云直冲向天的翠柳几乎够得着皎洁的月亮。作者笔触极其夸张，将这种奇崛的景象用问句道来：不知是谁推了翠柳一把，让它直耸月宫？如此一来，更给景色增添了几分神秘和瑰丽，且营造出一种清婉、美妙的气氛。

"照我藤床凉似水，飞入瑶台琼阙。"作者的写作角度开始转变，上写天空中的明月，下写月光洒满床铺，空间感十足，一仰一俯，自然衔接。银亮的月光洒在床上，似凉水一般给人以寒意。作者惬意之中觉得自己仿佛飞入月宫，看见琼台仙阁。

作者飞入琼台仙阁之后，又臆想出一系列所见所感，"雾冷笙箫，风轻环佩，玉锁无人掣"。白蒙蒙的雾笼罩着整个月宫，增添几分迷离之感，沉郁顿挫的箫声若隐若现、可远可近，微风徐来，环佩之音叮当作响。作者运用一些悠远、冷清的意象，如"雾""笙箫""环佩""玉锁"等，极力打造一个冰清玉洁、与世隔绝的仙境。在词人看来，月宫是个极清净、神秘的处所，既没有天兵天将把守，又没有玉锁把门。等云朵散去之后，又呈现出"海天相接"的光辉胜景，美不胜收。

作者在下阕开头又用问句开篇，前后呼应，"谁信有药长生，素娥新炼就，飞霜凝雪"。与上阕不同的是，这是个设问句。作者自问自答，对于谁有长生不老药这一问题，给出了自己的回答。他认为，所谓不老药，不过是嫦娥新炼制的凝霜而已，而非传说中的玉兔捣药。这也体现了作者立意上的标新立异。

"打碎珊瑚，争似看、仙桂扶疏横绝。"被石崇斗富时打碎的那株枝繁叶茂的名贵"珊瑚",远远没法跟月宫中玲珑的桂树相提并论。"横绝"二字生动形象地突出月宫桂树的不同凡响、超凡脱俗。

"洗尽凡心,满身清露,冷浸萧萧发。"作者之前所有的铺叙都是为了抒发内心的感受,此三句一语中的,是全词的主旨句。"洗"字意在表明作者的心志,脱去尘世的外衣,给心灵以洗礼。但作者的心态和志向都是压在心里的一个梦,"明朝尘世,记取休向人说"。这种隐逸脱俗的情怀恐怕尘世之人无法理解,自然也不必向外人道。语意深沉,感慨痛切。

该词写藤床上神游月宫之趣,其间融入了月的传说,其境优美清寂,塑造了一个冰清玉洁的世界。

8. 立意新颖的《沁园春·灵山齐庵赋时筑偃湖未成》

◎ 作者

宋·辛弃疾

◎ 原文

叠嶂西驰,万马回旋,众山欲东。正惊湍直下,跳珠倒溅;小桥横截,缺月初弓。老合投闲,天教多事,检校长身十万松。吾庐小,在龙蛇影外,风雨声中。

争先见面重重,看爽气朝来三数峰。似谢家子弟,衣冠磊落;相如庭户,车骑雍容。我觉其间,雄深雅健,如对文章太史公。新堤路,问偃湖何日,烟水蒙蒙?

◎ 译文

重峦叠嶂向西奔驰,像千万匹马回旋一般,这许多的山要掉头向东而去。恰好湍急的水流直直地落下,水珠四处迸溅;小桥横架在急流之上，像不圆的月亮和刚拉开的弓。人老了应当过闲散的日子，可老天给我多事，来掌管十万棵高大的松树。我的房舍小，在松树盘曲的枝干影子的外边，在风风雨雨的声音中间。

雨雾消散，重峦叠嶂露出面容，争着和人见面。看早晨清新凉爽的空气从一座座山峰扑面而来。座座山峰好像谢家子弟，衣着潇洒，长相英俊；又好像司马相如的车骑一般雍容华贵。我感觉这其中，有的如司马迁的文章一样，雄浑深沉，典雅劲健。在刚刚修好的偃湖堤的路上，问偃湖哪一天能够展现烟水的美好景色？

◎ 注释

灵山：位于江西上饶境内。古人有"九华五老虚揽胜，不及灵山秀色多"之说，足见其雄伟秀美之姿。

齐庵：当在灵山，疑即词中之"吾庐"，为稼轩游山小憩之处。

偃湖：新筑之湖，时未竣工。

惊湍（tuān）：急流，此指山上的飞泉瀑布。

跳珠：飞泉直泻时溅起的水珠。

缺月初弓：形容横截水面的小桥像一弯弓形的新月。

合：应该。

投闲：指离开官场，过闲散的生活。

检校：巡查，管理。

长身：高大。

龙蛇影：指松树影。

爽气朝来：早上群峰送爽，沁人心脾。

磊落：仪态俊伟而落落大方。

雄深雅健：指雄放、深邃、高雅、刚健的文章风格。

太史公：司马迁，字子长，西汉著名的史学家和文学家，曾继父职，任太史令，自称"太史公"。

◎ 审美赏析

读辛弃疾这位大词人的山水词，就会发现他多么热爱祖国的山山水水，有时似乎已经进入一种"神与物游"的境界。他笔下的山水似乎和人一样，有思想、有个性、有灵气，流连其间，言感身受，别有新的天地。这首《沁园春》便有这种特色。

头三句写灵山群峰，是远景；再写近景"正惊湍直下，跳珠倒溅；小桥横截，缺月初弓"，这里有飞瀑直泻而下，倒溅起晶莹的水珠，如万斛明珠弹跳反射。还有一弯新月般的小桥，横跨在那清澈湍急的溪流上。词人犹如一位高明的画师，在莽莽苍苍崇山叠嶂的壮阔画面上，重抹了几笔韶秀温馨的情韵。

连绵不断的茂密森林，是这里的又一景色。作者在一首《归朝欢》词序中说："灵山齐庵菖蒲港，皆长松茂林。"所以作者接着写道："老合投闲，天教多事，检校长身十万松。"作者面对这无边无垠的高大、葱郁的松树林，不由浮想联翩：这些长得高峻的松树，多么像英勇善战、所向无敌的战士。想自己"壮岁旌旗拥万夫"（《鹧鸪天·有客慨然谈功名因追念少年时事戏作》），何等英雄，而今人老了，该当过闲散的生活，可是老天爷不让他闲着，又要他来统率这支十万长松大军呢！诙谐的笑语抑或是乐，抑或是苦，抑或是自我解嘲，有一种说不出的滋味儿。内心深处确实隐隐有一份报国无门的孤愤在。

在这种地方，作者点到即止，顺势落到自己山中结庐的事上来。齐庵，是作者在灵山修建的一所茅庐。他说，这房子选的地点还是不错的，"在龙蛇影外，风雨声中。"每当皓月当空，可以看到状如龙蛇般盘曲的松影，又可以听到声如风雨的万壑松涛，别有一番情趣啊！

上阕写灵山总体环境之美，下阕则是作者抒写自己处于大自然中的感受了。作者处于这占尽风光的齐庵中，举目四望，无边的青山千姿百态。拂晓，在清新的空气中迎接曙光，东方的几座山峰，像天真活泼的孩子，一个接着一个从晓雾中探出头来，争相同他见面，向他问好。红日升起了，山色清明，更是气象万千。看那边一座山峰拔地而起，峻拔而潇洒，充满灵秀之气。它那美少年的翩翩风度，不就像芝兰玉树般的东晋谢家子弟吗？再看那座巍峨壮观的大山，苍松掩映，奇石峥嵘，它那高贵亮丽的仪态，不就像司马相如赴临邛时那种车骑相随、华贵雍容的气派吗？词人惊叹：大自然的美是掬之不尽的，置身于这千峰竞秀的大地，仿佛觉得此中给人的是雄浑、深厚、高雅、刚健等美的感受，好像在读一篇篇太史公的好文章，给人以丰富的精神享受。此中乐，乐无穷啊！在作者心目中，灵山结庐，美妙无穷，于是他关切地打听修筑偃湖的计划，并油然而生一种在此长居的感觉。

　　这首词通篇都是描写灵山的雄伟景色，在写景上颇有值得借鉴之处，不同于一般描写山水之作，它极少实写山水的具体形态，而是用虚笔传神写意。如写山似奔马，松似战士，写得龙腾虎跃、生气勃勃，实是词人永不衰息的斗争性格的写照，即他词所说青山与我"情与貌，略相似"也。显然，作者写此词，力图透过山峰的外形写出其内在的精神；力图把自己所感受到的大自然的内在美写出来。要传山水之神，光用一般写实的方法不行，于是作者借助于用典，出人意料地以古代人物倜傥儒雅的风采来比拟山峰健拔秀润的意态，又用太史公文章雄深雅健的风格来刻画灵山深邃宏伟的气度。表面上看来，这两两相比的东西，似乎不伦不类，风马牛不相及，而它们在精神上却有某些相似之点，可以使人生发联想。这种独特的比喻，真可说是出神入化了！当然，为山水传神写照，是纯粹写观赏风景之人的主观感受，这种感受实际上与作者的胸襟、思想境界是密切相关的。这种你中有我、我中有你的精神境界，正像作者自己说的："我见青山多妩媚，料青山见我应如是。"这种传山水之神的写意笔法，在山水文学上开创了一代先河，值得后人仿效。

词通常上阕写景，下阕抒情。本词上阕写景由远至近，由大至小，景已写足。不想转入下阕不仅仍写景，而且仍写山，但一反上阕的写山之"形"而转写山之"神"，连用三个立意新颖、构思别致的比喻："似谢家子弟，衣冠磊落；相如庭户，车骑雍容。我觉其间，雄深雅健，如对文章太史公。"可见作者的磊落胸怀，用典取事驱遣自然，语既超旷，意又平和，新奇健雅，韵味无穷。最后，以景结情："新堤路，问偃湖何日，烟水蒙蒙？"似问非问，姿态、情韵已完全具备了。

9. 新而不俗的《卜算子·送鲍浩然之浙东》

◎ 作者

宋·王观

◎ 原文

水是眼波横，山是眉峰聚。欲问行人去那边？眉眼盈盈处。

才始送春归，又送君归去。若到江南赶上春，千万和春住。

◎ 译文

水像美人流动的眼波，山如美人蹙起的眉毛。想问行人去哪里？到山水交汇的地方。

刚刚把春天送走，又要送你归去。要是到江南赶上春天，千万要把春天的景色留住。

◎ 注释

卜算子：词牌名。北宋时盛行此曲。万树《词律》以为取意于"卖卜算命之人"。双调，四十四字，上下阕各两仄韵。两结亦可酌增衬字，化五言句为六言句，于第三字豆。宋教坊复演为慢曲，《乐章集》入"歇指调"。八十九字，上阕四仄韵，下阕五仄韵。

鲍浩然：词人的朋友，家住浙江东路，简称浙东。

水是眼波横：水像美人流动的眼波。古人常以秋水喻美人之眼，这里反用。眼波，比喻目光似流动的水波。

山是眉峰聚：山如美人蹙起的眉毛。《西京杂记》载卓文君容貌姣好，眉色如望远山，时人效画远山眉。后人遂喻美人之眉为远山，这里反用。

欲：想，想要。

行人：指词人的朋友（鲍浩然）。

眉眼盈盈处：一说比喻山水交汇的地方，另有说是指鲍浩然前去与心上人相会。盈盈，美好的样子。

才始：方才。

◎ 审美赏析

这首词是一首送别之作。题目中的鲍浩然是作者的朋友，浙东是友人要去的地方。这首词分为两阕，上阕写友人回浙东去的山水行程，下阕抒发作者对回归江南的友人的深情祝愿。

上阕"水是眼横波，山是眉峰聚"两句，暗含送别，以人的眼睛来比拟山水，把山水写得有情有义。水是眼波，也就是说眼中的泪水如波，横在眼里而没有流出，说明作者为将行的朋友着想，在尽力克制自己的情感，即使眼泪在眼眶里打转也不使之滴落而增加友人的伤感。山是眉峰，而此刻眉峰郁结着不少离愁别恨。一个"聚"字，用得十分有力，将作者胸中的离愁表现得淋漓尽致。这两句实际上是写作者对友人归途的远眺，作者的视线与友人归途的山水相连，目送着将要远行的友人。通过形象的比拟，传达出自己惜别的深情。

"欲问行人去那边？眉眼盈盈处。"用问句拉出友人的行迹。在开头的两句，作者把山水合写，写出了友人归路如同郁结离愁的眉峰一般连绵起伏。由于归路的山重水复，友人便走进了作者的眉峰之中，也就是作者的视线里。这两句写诗人目送友人，友人走在作者深情送别的目光中，越走越远，身影越来越模糊，直至消逝。一路山水承载深厚的人情味，默默地替作者送走那远去的朋友。朋友在作者的眼中走远了，然而友情却深深存封于作者的心中。正是这深厚的情谊让作者安排山水来送自己的朋友。从而上阕便形成一种物我为一、情景交融的艺术境界，形象地表达了作者对远去朋友的无限眷恋，以及对朋友归途艰辛生活的深切挂念。

下阕"才始送春归，又送君归去"，正面写"送"，点出了别友人的时间——暮春，为"又送君归去"铺垫。作者有心惜春，然而留不住春天，春天最终不顾作者归至江南。这对作者来说，不能伴春而去的江南又正是友人回归的地方。这两句写得相当愁苦，一个"才"一个"又"，层层递进，作者的情感越来越深。

"若到江南赶上春，千万和春住"，这是作者在友人临行之际，从心底发出的深情祝愿。但愿友人追随春天的步伐回到江南，和春天同在。"千万"二字道尽了作者殷殷叮嘱之意。美好而真挚的祝愿，包含了作者那深沉的惜春之情、惜别之情，尽在不言中，给读者一种含蓄的感觉。

上阕含蓄地表达了词人与友人的惜别深情；下阕则直抒胸臆，兼写离愁别绪和对友人的深情祝愿。作者用出人意料的想象把送春和送人联系在一起，用两个"送"字递进，深刻描写词人的离愁幽情。"才始送春归"写出才刚送别春天，心中还满怀着伤春之愁；"又送君归去"则再添了别恨，离愁更深。"若到江南"二句再发奇想，作者将心中沉痛之情暂时搁置，对友人送出美好祝福，叮嘱友人如能赶上江南春光，务必与春光同住。既饱含惜春之情，又寓之祝福之意。这个"春"既是反映鲜花如锦的春天季节，也喻指他与心上人生活在一起。这两句，一反送别词中惯常的悲悲切切，写得情意绵绵而又富有灵性。

这首词有两点突出的成就值得注意：一是构思别致。作者把送春与送别交织在一起来写，充分表现出对友人的深情和对春天的留恋。二是比喻新颖。作者以眼波和眉峰来比喻浙东的山山水水，仿佛这位美人正期待着他的到来，贴切、自然，富有真情实感。这首词，轻松活泼，比喻巧妙，耐人寻味，几句俏皮话，新而不俗，雅而不谑。

10. 比喻巧妙的《江城子·西城杨柳弄春柔》

◎ 作者

宋·秦观

◎ 原文

西城杨柳弄春柔，动离忧，泪难收。犹记多情、曾为系归舟。碧野朱桥当日事，人不见，水空流。

韶华不为少年留，恨悠悠，几时休？飞絮落花时候、一登楼。便作春江都是泪，流不尽，许多愁。

◎ 译文

西城的杨柳逗弄着春天的柔情，让我想起离别时的忧伤，眼泪止不住地流。还记得当年你为我拴着归来的小舟。绿色的原野，红色的小桥，是我们当时离别的情形。而如今你不在，只有水在独自流淌。

美好的青春不为少年时停留，离别的苦恨，什么时候才能停止？等到柳絮飘飞、落花满地的时候，我登上楼台，即使这满江春水都化作眼泪，也流不尽，依然有愁苦在心头。

◎ 注释

江城子：词牌名，又名江神子、村意远。唐词单调，始见《花间集》韦庄词。宋人改为双调，七十字，上下阕都是七句五平韵。

弄春：谓在春日弄姿。

离忧：离别的忧思，离人的忧伤。

多情：指钟情的人。

归舟：返航的船。

韶华：美好的时光。常指春光。

飞絮：飘飞的柳絮。

春江：春天的江。

◎ 审美赏析

这首愁情词由春愁离愁写起，再写失恋之愁和叹老嗟卑之愁，省略或者说是虚化了具体时空背景，仿佛将词人一生所经历之愁都凝聚浓缩在一首词中了，很富表现力和艺术感染力。

此词上阕前三句写初春的离别，并未出现告别的对象而悲泪滂沱，已寓无限隐情。"西城杨柳弄春柔"貌似纯写景，实则有深意。因为这柳色，通常能使人联想到青春及青春易逝，又可以使人感春伤别。"弄春柔"的"柔"字，便有百种柔情；"弄"字则有故作撩拨之意。赋予无情景物以有情，寓拟人之法于无意中。"杨柳弄春柔"的结果，便是惹得人"动离忧，泪难收"。以下写因柳而有所感忆。"犹记"两句转为忆旧，"多情"指恋人，"系归舟"指漂泊重逢的激动。"碧野朱桥"是当日系舟处所，又是今日处境。

"当日事"唯存记忆，而眼前是"人不见，水空流"。即谓再度离别，再度"归来"时，已无人"系舟"，只见水流。"水空流"三字表达的惆怅是深长的。这几句暗示这杨柳不是别的地方的杨柳，而是靠近水驿的长亭之柳，所以当年曾系归舟，曾有离别情事在这地方发生。那时候，一对有情人，就踏过红色的板桥，眺望春草萋萋的原野，在这儿话别。一切都记忆犹新，可是眼前呢，风景不殊，人已天各一方了。

过片"韶华"句为议论,道破人生真理,此理虽为常理常情,但由词人体味人生后道出则有极哀切的意蕴。"韶华不为少年留"是因为少年既是风华正茂,又特别善感的缘故,而青春不再、年华易衰,才是"恨悠悠"的终极原因。此悠悠长恨,当然将词人仕途不遇、理想落空的伤感融注其间了。"恨悠悠,几时休?"两句无形中又与前文的"泪难收""水空流"唱和了一次。

"飞絮落花时候、一登楼",说不登则已,"一登"就这杨花似雪的暮春时候,真正是"便作春江都是泪,流不尽,许多愁"。这是一个极其巧妙的比喻,它妙就妙在一下子将从篇首开始逐渐写出的泪流、水流、恨流绾合做一江春水,滔滔不尽地向东奔去,使人沉浸于感情的洪流中。这比喻不是突如其来的,而是逐渐汇合,水到渠成的。此喻在李后主"问君能有几多愁,恰似一江春水向东流"的比喻基础上,又翻出一层新意,乃脱胎换骨、点铁成金之法。

此词写柳,妙"弄春柔"一语,笔意入微,妥帖自然,把拟人手法于无意中出之,化无情之柳为多情之物;此词写愁,妙引而不发,语气委婉,最后由景触发一个巧妙的比喻:清泪、流水和离恨融汇成一股情感流,言尽而情不尽。全词结构布局极缜密。下阕"飞絮落花"印上阕"杨柳弄春柔";"登楼"印"离忧";"春江都是泪"印"泪难收";"韶华不为少年留"总提全词命意,浑然天成,意态兼善,神韵悠长。

第九章 读宋词，学婉转的含蓄美

含蓄是宋代词人较为普遍的审美崇尚，是宋词较为常见的艺术手法、艺术风格。这种含蓄之美，使读者在审美活动中能充分发挥想象的作用，去补充、丰富作者所创造的形象和意境，在艺术再创造的过程中获得美感享受。

1. 含蓄深沉的《点绛唇·感兴》

◎ 作者

宋·王禹偁

◎ 原文

雨恨云愁,江南依旧称佳丽。水村渔市。一缕孤烟细。

天际征鸿,遥认行如缀。平生事。此时凝睇。谁会凭栏意。

◎ 译文

雨绵绵,恨意难消;云层层,愁绪堆积。江南景色,依旧被称为上好美丽。水边村落,湖畔渔市,袅袅升起一缕孤零零的炊烟,那么淡,那么细。

一行长途跋涉的鸿雁,在那水天相连的遥远的天际,远远望去,款款飞行,好似列队首尾连缀。回想平生事业,此时此刻,凝视征鸿,谁理解我凭栏远眺的含义!

◎ 注释

孤烟:炊烟。

行如缀:排成行的大雁,一只接一只,如同缀在一起。

凝睇(dì):凝视。睇,斜视的样子。

会:理解。

◎ 审美赏析

王禹偁是继柳开之后起来反对宋初柔靡文风的文学家,有《小畜集》传世,留下来的词仅此一首。这首词以清丽的笔触,描绘了江南的雨景,含蓄地表达了不被人理解的孤独愁闷。

借景抒情、缘情写景是诗词创作惯用的手法。景是外部的客观存在,并不具备人的感情。但在作者眼里,客观景物往往染上强烈的感情色彩。此即王国维《人间词话》中所谓"以我观物",使"物皆着我之色彩"。此词劈头一句"雨恨云愁"即是主观感觉的强烈外射。云、雨哪有什么喜怒哀乐，但作者觉得，那江南的雨，绵绵不尽，分明是恨意难消；那灰色的云块，层层堆积，分明是郁积着愁闷。即使是这弥漫着恨和愁的云雨之中，江南的景色，依旧是美丽的。南齐诗人谢朓《入朝曲》写道："江南佳丽地，金陵帝王州。"王禹偁用"依旧"二字，表明自己是仅承旧说，透露出一种无可奈何的情绪。

上阕结拍写的是蒙蒙的雨幕中，村落渔市点缀湖边水畔；一缕淡淡的炊烟，从村落上空袅袅升起；水天相连的远处，一行大雁，首尾相连，款款而飞。但如此佳丽的景色，却未能使作者欢快愉悦，因为"天际征鸿，遥认行如缀"。古人心目中，由飞鸿引起的感想有许多。如"举手指飞鸿，此情难具论"（李白《送裴十八图南归嵩山二首》）。这里，作者遥见冲天远去的大雁，触发的是"平生事"的联想，想到了男儿一生的事业。王禹偁中进士后，只当了长洲知县。这小小的芝麻官，无法实现他胸中的大志，于是他恨无知音，愁无双翼，不能像"征鸿"一样展翅高飞。最后，将"平生事"凝聚对"天际征鸿"的睇视之中，显得含蓄深沉，言而不尽。

这首词艺术风格上一改宋初小令雍容典雅、柔靡无力的格局，显示出别具一格的风采。词中交替运用比拟手法和衬托手法，层层深入，含吐不露，语言清新自然，不事雕饰，读来令人心旷神怡。从思想内容看，此词对于改变北宋初年词坛上流行的"秉笔多艳冶"的风气起了重要作用，为词境的开拓做了一定的贡献。

2. 深婉含蓄的《蝶恋花·槛菊愁烟兰泣露》

◎ 作者

宋·晏殊

◎ 原文

槛菊愁烟兰泣露，罗幕轻寒，燕子双飞去。明月不谙离恨苦，斜光到晓穿朱户。

昨夜西风凋碧树，独上高楼，望尽天涯路。欲寄彩笺兼尺素，山长水阔知何处？

◎ 译文

清晨栏杆外的菊花笼罩着一层愁惨的烟雾，兰花沾露似乎是饮泣的露珠。罗幕之间透露着缕缕轻寒，一双燕子飞去。明月不明白离别之苦，斜斜的银辉直到破晓还穿入朱户。

昨天夜里西风惨烈，凋零了绿树。我独自登上高楼，望尽那消失在天涯的道路。想给我的心上人寄一封信，但是高山连绵，碧水无尽，不知道我的心上人在何处。

◎ 注释

蝶恋花：又名凤栖梧、鹊踏枝等。唐教坊曲，后用为词牌名。《乐章集》《张子野词》并入"小石调"，《清真集》入"商调"。赵令畤有《商调蝶恋花》，联章作《鼓子词》，咏《会真记》事。双调，六十字，上下阕各四仄韵。

槛（jiàn）：古建筑常于轩斋四面房基之上围以木栏，上承屋角，下临阶砌，谓之槛。至于楼台水榭，亦多是槛栏修建之所。

罗幕：丝罗的帷幕，富贵人家所用。

不谙（ān）：不了解，没有经验。谙，熟悉，精通。

离恨：一作"离别"。

朱户：犹言朱门，指大户人家。

凋：衰落。

碧树：绿树。

彩笺：彩色的信笺。

尺素：书信的代称。古人写信用素绢，通常长约一尺，故称尺素，语出《古诗十九首》"客从远方来，遗我双鲤鱼。呼儿烹鲤鱼，中有尺素书"。

兼：一作"无"。

◎ 审美赏析

此为晏殊写闺思的名篇。词之上阕运用移情于景的手法，选取眼前的景物，注入主人公的感情，点出离恨；下阕承离恨而来，通过高楼独望把主人公望眼欲穿的神态生动地展现出来。王国维《人间词话》中把此词"昨夜西风"三句和柳永、辛弃疾的词句一起比作治学的三种境界，足见此词之负盛名。全词深婉中见含蓄，广远中有蕴含。

起句写秋晓庭圃中的景物。菊花笼罩着一层轻烟薄雾，看上去似乎脉脉含愁；兰花上沾有露珠，看起来又像默默饮泣。兰和菊本就含有某种象喻色彩（象喻品格的幽洁），这里用"愁烟""泣露"将它们人格化，将主观感情移于客观景物，透露女主人公自己的哀愁。"愁""泣"二字，刻画痕迹较显，与晏殊其他词珠圆玉润的语言风格有所不同，但在借外物抒写心情、渲染气氛、塑造主人公形象方面自有其作用。

次句"罗幕轻寒，燕子双飞去"，写新秋清晨，罗幕之间荡漾着一缕轻寒，燕子双双穿过帘幕飞走了。

这两种现象之间本不一定存在联系，但在充满哀愁、对节候特别敏感的主人公眼中，那燕子似乎是因为不耐罗幕轻寒而飞去的。这里，与其说是写燕子的感觉，不如说是写帘幕中人的感受，而且不只是生理上感到初秋的轻寒，而且心理上也荡漾着因孤孑凄凄而引起的寒意。燕的双飞，更反衬出人的孤独。这两句纯写客观物象，表情非常委婉含蓄。接下来两句"明月不谙离恨苦，斜光到晓穿朱户"，从今晨回溯昨夜，明点"离恨"，情感也从隐微转为强烈。明月本是无知的自然物，它不了解离恨之苦，而只顾光照朱户，原很自然；既如此，似乎不应怨恨它，但却偏要怨。这种仿佛是无理的埋怨，却有力地表现了女主人公在离恨的煎熬中对月彻夜无眠的情景和因外界事物所引起的怅触。

"昨夜西风凋碧树，独上高楼，望尽天涯路。"过片承上"到晓"，折回写今晨登高望远。"独上"应上"离恨"，反照"双飞"，而"望尽天涯"正从一夜无眠生出，脉理细密。"西风凋碧树"，不仅是登楼即目所见，而且包含有昨夜通宵不寐、卧听西风落叶的回忆。碧树因一夜西风而尽凋，足见西风之劲厉肃杀，"凋"字正传出这一自然界的显著变化给予主人公的强烈感受。景既萧索，人又孤独，几乎言尽的情况下，作者又出人意料地展现出一片无限广远寥廓的境界："独上高楼，望尽天涯路。"这里固然有凭高望远的苍茫之感，也有不见所思的空虚怅惘，但这所向空阔、毫无窒碍的境界却又给主人公一种精神上的满足，使其从狭小的帘幕庭院的忧伤愁闷转向对广远境界的骋望，这是从"望尽"一词中可以体味出来的。这三句尽管包含望而不见的伤离意绪，但感情是悲壮的，没有纤柔颓靡的气息；语言也洗尽铅华，纯用白描。这三句是此词中流传千古的佳句。

高楼骋望，不见所思，因而想到音书寄远："欲寄彩笺兼尺素，山长水阔知何处？""彩笺"，这里指题诗的诗笺；"尺素"，指书信。两句一纵一收，将主人公音书寄远的强烈愿望与音书无寄的可悲现实对照起来写，更加突出了"满目山河空念远"的悲慨，词也就在这渺茫无着落的怅惘中结束。"山长水阔"和"望尽天涯"相应，再一次展示了令人神往的境界，而"知何处"的慨叹则更增加了摇曳不尽的情致。

在婉约派词人许多伤离怀远之作中,这是一首颇负盛名的词。它不但具有情致深婉的共同特点,而且具有一般婉约词中少见的辽阔高远的特色。它不离婉约词,却又在某些方面超越了婉约词。

3. 含蓄真挚的《临江仙·梦后楼台高锁》

◎ 作者

宋·晏几道

◎ 原文

梦后楼台高锁,酒醒帘幕低垂。去年春恨却来时。落花人独立,微雨燕双飞。

记得小蘋初见,两重心字罗衣。琵琶弦上说相思。当时明月在,曾照彩云归。

◎ 译文

深夜梦回楼台朱门紧锁,酒意消退但见帘幕重重低垂。去年的春恨涌上心头时,人在落花纷扬中幽幽独立,燕子在微风细雨中双双翱翔。

记得与小蘋初次相见,身着两重心字香熏过的罗衣。琵琶轻弹娓娓诉说相思滋味。当时的明月如今犹在,曾照着她彩云般的身影回归。

◎ 注释

临江仙:双调小令,唐教坊曲名,后用为词牌名。《乐章集》入"仙吕调",《张子野词》入"高平调"。五十八字,上下阕各三平韵。约有三格,第三格增二字。柳永演为慢曲,九十三字,上阕五平韵,下阕六平韵。

"梦后"两句:眼前实景,"梦后""酒醒"互文,犹晏殊《踏莎行·小径红稀》所云"一场愁梦酒醒时";"楼台高锁",从外面看,

"帘幕低垂",就里面说。

却来：又来，再来。

小蘋：当时歌女名。蘋：同"苹"。

心字罗衣：具体意思不详。可理解为一种样式很美或香气很浓，因而使人难以忘怀的衣服。

彩云：比喻美人。

◎ 审美赏析

这首词抒发作者对歌女小蘋怀念之情。比较起来，这首《临江仙·梦后楼台高锁》在作者众多的怀念歌女词中更有其独到之处。

全词共四层：

第一层"梦后楼台高锁，酒醒帘幕低垂"，这两句首先给人一种梦幻般的感觉。如不仔细体味，很难领会它的真实含意。其实是作者用两个不同场合中的感受来重复他思念小蘋的迷惘之情。由于他用的是一种曲折含蓄、诗意很浓的修辞格调，所以并不使人感到啰唆，却能更好地帮助读者理解作者的深意。如果按常规写法，就必须大力渲染梦境，使读者了解作者与其意中人过去的生活情状及深情厚谊。而作者却别开生面，从他笔下迸出来的是"梦后楼台高锁"。即经过甜蜜的梦境之后，含恨望着高楼，门是锁着的，意中人并不真的在楼上轻歌曼舞。作者不写出梦境，让读者去联想。这样就大大增加了词句的内涵和感染力。至于"梦"和"楼"有什么必然联系，只要细心体味词中的每一句话，就会找到答案。这两句的后面紧接着"去年春恨却来时"。既然作者写的是"春恨"，他做的必然是做梦了。回忆梦境，却怨"楼台高锁"，那就等于告诉读者，他在梦中是和小蘋歌舞于高楼之上。请再看晏几道的一首《清平乐·幺弦写意》："幺弦写意，意密弦声碎。书得凤笺无限事，犹恨春心难寄。卧听疏雨梧桐，雨余淡月朦胧，一夜梦魂何处，那回杨叶楼中。"这首词虽然也没有写出梦境，却能使读者联想到，这是非常使人难以忘怀的梦境。以上所谈是作者第一个场合的感受。另一个场合的感受是"酒醒帘幕低垂"。在不省人事的醉乡中是不会想念小蘋的，可是一醒来却见原来小蘋居住的楼阁，帘幕低垂，门窗是关着的，人已远去，词人想借酒消愁，但愁不能消。

第二层"去年春恨却来时。落花人独立，微雨燕双飞"。这三句是说，去年的春恨涌上心头时，人在落花纷扬中幽幽独立，燕子在微风细雨中双双翱飞。"去年春恨却来时"，一句承上启下，转入追忆。"春恨"，因春天的逝去而产生一种莫名的怅惘。点出"去年"二字，说明这春恨非一朝一夕了。同样是这残春时节，同样恼人的情思又涌上心头。"落花""微雨"本是极美的景色，在本词中，却象征着芳春过尽，美好的事物即将消逝，至情至性的作者，怎能不黯然神伤？燕子双飞，反衬愁人独立，因而引起了绵长的春恨，以致在梦后酒醒回忆起来，仍令人惆怅不已。这种韵外之致，荡气回肠，令读者不能自持。

第三层"记得小蘋初见，两重心字罗衣，琵琶弦上说相思。"欧阳修《好女儿令》："一身绣出，两同心字，浅浅金黄。"作者有意借用小蘋穿的"心字罗衣"来渲染他和小蘋之间倾心相爱的情谊，已够使人心醉了。他又信手拈来，写出"琵琶弦上说相思"，使人很自然地联想起白居易《琵琶行》"低眉信手续续弹，说尽心中无限事"的诗句来，给词的意境增添了不少光彩。

第四层"当时明月在，曾照彩云归"。末两句是说，当时明月如今又在，曾照着她彩云般的身影回归。一切见诸于形象的描述都是多余的了。不再写两人的相会、幽欢，不再写别后的思忆。作者只选择了这一特写的镜头：在当时皎洁的月光照映之下，小蘋像一朵冉冉的彩云飘然归去。彩云，词中指美丽而薄命的女子，其取意仍从《高唐赋》"且为朝云"来，亦暗指小蘋歌伎的身份。结尾两句因明月兴感，与首句"梦后"相应。如今之明月，犹当时之明月，可是如今的人事情怀，已大异于当时了。梦后酒醒，明月依然，彩云安在？在空寂之中仍旧是苦恋，执着到了一种"痴"的境地，这正是小晏词艺术上的深度和广度远胜于"花间"之处。

这首《临江仙》含蓄真挚，字字关情。词的上阕"去年春恨却来时"可说是词中的一枚时针，它表达了作者处于痛苦和迷惘之中，其原因是他和小蘋有过一段甜蜜幸福的爱情。时间是这首词的主要线索。其余四句好像是四个相对独立的镜头（梦后、酒醒、人独立、燕双飞），每个镜头都渲染着词人内心的痛苦，句句景中有情。下阕写作者的回忆。词人想到的是两重心字的罗衣和曾照彩云归的地方，还有那倾诉相思之情的琵琶声。小蘋的形象不仅在词人的心目中再现，就是今天的读者也不能不受到强烈的感染。字字情中有景，整篇结构严谨，情景交融，不失为我国古典诗词中的珍品。

4. 意在言外的《苏幕遮·草》

◎ 作者

宋·梅尧臣

◎ 原文

露堤平，烟墅杳。乱碧萋萋，雨后江天晓。独有庾郎年最少。窣地春袍，嫩色宜相照。

接长亭，迷远道。堪怨王孙，不记归期早。落尽梨花春又了。满地残阳，翠色和烟老。

◎ 译文

堤坝上的绿草含水带露，远处的房屋在如烟春色的掩映下若隐若现。雨后天色变晴，江水开阔，到处都是萋萋的芳草。离乡宦游的才子年少成名，他穿上及地的青色章服，衣服颜色与嫩绿的草色互相映衬，十分相宜。

芳草把路边一个又一个的长亭连接起来，使得远道凄迷。那萋萋的芳草，仿佛是在埋怨宦游的王孙公子已经忘记了归期。眼看梨花落尽，春天马上又要过去了。日光渐暗，暮霭沉沉，那翠绿的春草也似乎变得苍老了。

◎ 注释

苏幕遮：唐教坊曲名，后用为词牌名。双调，六十二字，上下阕各四仄韵。

墅：田庐、圃墅。

杳：幽暗，深远，看不到踪影。

萋萋：形容草生长茂盛。

庾（yǔ）郎年最少：庾郎本指庾信。庾信是南朝梁代文士，使魏被留，被迫仕于北朝。庾信留魏时已经四十二岁，当然不能算"年最少"，但他得名甚早，"年十五，侍梁东宫讲读"（《庾开府集》序）。这里借指一般离乡宦游的才子。

窣（sū）地春袍：指踏上仕途，穿起拂地的青色章服。宋代六、七品服绿，八、九品服青。刚释褐入仕的年轻官员，一般都是穿青袍。窣地：拂地，拖地。春袍、青袍，实为一物，用这里主要是形容宦游少年的英俊风貌。

嫩色宜相照：指嫩绿的草色与袍色互相辉映，显得十分相宜。

长亭：古路旁亭舍，常用作饯别处。《白孔六帖》卷九有"十里一长亭，五里一短亭"。《一切经音义》有"汉家因秦十里一亭。亭，留也"。

王孙：贵族公子。

落尽梨花春又了：化用李贺《杂曲歌辞·试十二月乐词·三月》诗

句:"曲水飘香去不归,梨花落尽成秋苑。"

◎ 审美赏析

宋沈义父云:"咏物词,最忌说出题字"(《乐府指迷》)。这首咏草词虽不着一"草"字,却用环境、形象、神态的描绘,将春草写得形神兼备。

梅尧臣在诗坛上享有盛名,崇尚"含不尽之意见于言外"的含蓄美,这首词很好地体现了这一艺术主张。词中,上阕以绮丽之笔,突出雨后青草之美;下阕以凄迷之调,突出青草有情,却反落入苍凉之境。这首咏草词写得很含蓄,作者之寓意只是在精心描绘的意境中微微透出,让读者于言外得之。

上阕起首两句写长堤上绿草平整、露光闪烁;远处的圃墅在如烟绿草掩映下若隐若现。接下来一句总写芳草萋萋。"雨后江天晓",是用特定的环境来点染春草的精神,通过雨后万物澄澈、江天开阔的明媚物象,活画出浓郁的春意和蓬勃的生机,为下文"少年"的出场做铺垫。"独有庾郎年最少"三句,由物及人,由景入意。"庾郎"本指庾信。"窣地春袍",指踏上仕途,穿起拂地的青色章服。以上,作者描摹出春草的芊绵可爱,用遍地春草映衬出宦游少年的春风得意。

词的下阕转而抒写宦游少年春尽思归的情怀。过片二句化用李白《菩萨蛮·平林漠烟如织》词末二句"何处是归程?长亭更短亭"之意。接下来两句,作者流露出对宦海浮沉的厌倦,用自怨自艾的语调表达了强烈的归思。"落尽梨花春又了",化用李贺《杂曲歌辞·十二月乐词·三月》诗句"曲水飘香去不归,梨花落尽成秋苑",以自然界春色的匆匆归去,暗示自己仕途上的春天正消逝。结拍两句渲染了残春的迟暮景象。

"老"字与上阕"嫩"字遥相呼应。于春草的由"嫩"变"老"之中,暗寓伤春之意,而这也正好是词人嗟老、倦游心情的深刻写照。宋吴曾《能改斋漫录》卷十七云:"梅圣俞在欧阳公座,有以林逋《草》词'金谷年年,乱生春色谁为主'为美者,圣俞因别为《苏幕遮》一阕云:'露堤平……翠色和烟老'。欧公击节赏之。"

5. 言浅意深的《丑奴儿·书博山道中壁》

◎ 作者

宋·辛弃疾

◎ 原文

少年不识愁滋味,爱上层楼。爱上层楼,为赋新词强说愁。

而今识尽愁滋味,欲说还休。欲说还休,却道"天凉好个秋"。

◎ 译文

人年少时不明白忧愁的滋味,喜欢登高远望。喜欢登高远望,为吟赋新词而勉强说愁。

现在尝尽了忧愁的滋味,想说却说不出。想说却说不出,却说道:"好个凉爽的秋天呀!"

◎ 注释

丑奴儿:词牌名。

博山:在今江西省广丰县西南。因状如庐山香炉峰,故名。宋孝宗淳熙八年(公元1181年)辛弃疾罢职退居上饶,常过博山。

少年:指年轻的时候。

不识:不懂,不知道什么是。

"为赋"句:为了写出新词,没有愁而硬要说有愁。强(qiǎng),勉强地,硬要。

识尽:尝够,深深懂得。

欲说还（huán）休：表达的意思可以分为两种：一是男女之间难以启齿的感情；二是内心有所顾虑而不敢表达。休，停止。

◎ 审美赏析

这是辛弃疾被弹劾去职、闲居带湖时所作的一首词。他在带湖居住期间，闲游于博山道中，却无心赏玩当地风光。眼看国事日非，自己无能为力，一腔愁绪无法排遣，遂在博山道中一壁上题了这首词。在这首词中，作者运用对比手法，突出地渲染了一个"愁"字，以此作为贯串全篇的线索，感情直率而又委婉，言浅意深，令人玩味无穷。

词的上阕，作者着重回忆少年时代自己不知愁苦，所以喜欢登上高楼，凭栏远眺。少年时代，风华正茂，涉世不深，乐观自信，对于人们常说的"愁"还缺乏真切的体验。首句"少年不识愁滋味"，乃是上阕的核心。作者不仅自己有抗金复国的胆识和才略，而且认为中原是可以收复的，金人侵略者也是可以被赶出去的。因此，他不知何为"愁"，为了效仿前代作家，抒发一点儿所谓"愁情"，他是"爱上层楼"，无愁找愁。

作者连用两个"爱上层楼"，这一叠句的运用，避开了一般的泛泛描述，而是有力地带起了下文。前一个"爱上层楼"，同首句构成因果复句，意谓作者年轻时根本不懂什么是忧愁，所以喜欢登楼赏玩。后一个"爱上层楼"，又同下面"为赋新词强说愁"结成因果关系，即因为爱上高楼而触发诗兴，在当时"不识愁滋味"的情况下，也要勉强说些"愁闷"之类的话。这一叠句的运用，把两个不同的层次联系起来，将上阕"不知愁"的这一思想表达得十分完整。

词的下阕，表现自己随着年岁的增长，处世阅历渐深，对于这个"愁"字有了真切的体会。作者怀着捐躯报国的志愿投奔南宋，本想与南宋政权同心协力，共建恢复大业。谁知，南宋政权对他招之即来，挥之即去，他不仅报国无门，而且还落得被削职闲居的下场，"一腔忠愤，无处发泄"，其心中的愁闷痛楚可以想见。"而今识尽愁滋味"，这里的"尽"字，是极有概括力的，它包含着作者许多复杂的感受，从而完成了整篇词作在思想感情上的一大转折。

"欲说还休。欲说还休"，仍然采用叠句形式，在结构用法上也与上阕互为呼应。这两句"欲说还休"包含有两层不同的意思。前句紧承上句的"尽"字而来，人们在实际生活中，喜怒哀乐等各种情感往往相辅相成，极度的高兴转而潜生悲凉，深沉的忧愁翻作自我调侃。作者过去无愁而硬要说愁，如今却愁到极点而无话可说。后一个"欲说还休"则紧连下文。因为，作者胸中的忧愁不是个人的离愁别绪，而是忧国伤时之愁。而在当时投降派把持朝政的情况下，抒发这种忧愁是犯大忌的，因此作者在此不便直说，只得转而言天气，"天凉好个秋"。这句结尾表面形似轻脱，实则十分含蓄，充分表达了作者之"愁"的深沉博大。

此词构思巧妙，写少年时无愁"强说愁"和谙练世故后满怀是愁却又故意避而不谈，生动真切。此词上下阕里的"愁"含义是不尽相同的。"强说"的是春花秋月无病呻吟的闲愁；下阕说的是怀才不遇，关怀国事的哀愁。在平易浅近的语句中，表现出作者内心深处的痛楚和矛盾，包含着深沉、忧郁、激愤的感情，说明辛词具有意境阔大、内容含量丰富的特色。

6. 婉曲缠绵的《六州歌头·东风著意》

◎ **作者**

宋·韩元吉

◎ **原文**

东风著意,先上小桃枝。红粉腻,娇如醉,倚朱扉。记年时,隐映新妆面,临水岸,春将半,云日暖,斜桥转,夹城西。草软莎平,跋马垂杨渡,玉勒争嘶。认娥眉凝笑,脸薄拂燕脂。绣户曾窥,恨依依。

共携手处,香如雾,红随步,怨春迟。消瘦损,凭谁问?只花知,泪空垂。旧日堂前燕,和烟雨,又双飞。人自老,春长好,梦佳期。前度刘郎,几许风流地,花也应悲。但茫茫暮霭,目断武陵溪,往事难追。

◎ **译文**

东风带着情意,先飞上小小的桃枝。美人红粉细腻,娇艳如痴如醉,斜倚着朱红的门扉。记得去年时,她新妆衬着芙蓉面,隐隐与桃花相映争艳。她来到水边,春天过去一半,云日暖融融,顺着斜桥回转,直到夹城西边。绿草柔软平展,马儿跑得欢,渡口上垂柳翩翩,佩戴玉制马衔的骏马嘶鸣着驰跃争先。我认出她秀美的蛾眉,凝神一瞥的笑脸,面颊上胭脂敷得淡淡。曾在绣窗前偷偷窥视的佳人今日不复见,依依相思愁恨绵绵不断。

当年携手共游之处,桃花依旧芳香如雾,满地落红随着步履旋舞,怨恨春光到了迟暮。惜春人也销魂瘦损,又靠谁来慰问?只有桃花知心,空将清泪垂。旧日堂前筑巢的燕儿,随着烟雾迷蒙的春雨,又双双飞回旧居。惜春人空自衰老,年年更新的春光永远美好,但愿如梦的佳期跟着春天重新来到。前度刘郎今又到,昔日风流之地旧迹剩多少?桃花见此也应悲哀伤恼。只见黄昏时云霭茫茫一片,武陵溪已然看不见,往事已难以追返。

◎ 注释

著（zhuó）：带着。

朱扉：朱红的门扉。

莎（suō）：草名，香附子。

跋马：驰马。

玉勒：玉制的马衔，也泛指马。

蛾眉：此指美女。

绣户：指女子的闺房。

前度刘郎：化用刘禹锡诗和刘晨、阮肇入天台山遇仙女事，这里是作者自指。

武陵溪：用陶渊明《桃花源记》故事，也暗指刘晨、阮肇事。

◎ 审美赏析

这首词借写桃花而诉说了一段香艳哀婉的爱情故事，将咏花与怀人结合起来。

"东风著意，先上小桃枝。红粉腻，娇如醉，倚朱扉。"开篇便描写了桃花的动人形象。春光明媚，暖风骀荡，小桃初绽，俊俏芬芳。"红粉腻，娇如醉，倚朱扉"三句作者以人比花，展现桃花的艳丽可爱。朵朵桃花，娇嫩鲜美，红香翠意，争艳窗扉，这不恰似浓施粉黛、娇痴似醉、斜倚朱扉的佳人吗？"腻"字突出了红色之艳，"醉"写出来小桃的妩媚。作者比喻巧妙，别出心裁，却又妥帖自然，精当到位。这样着笔，不仅赋予静物人的丽质和生气，也为下文由花写人做了铺垫，再带出"记年时"，自然水到渠成。

"记年时"到"脸薄拂燕脂"都是对佳人的追忆，作者以细腻的手笔铺叙开来。那时，春光旖旎，暖意融融。芳草萋萋，垂柳袅袅，作者正策马而驰，不经意间瞥见了佳人清隽的脸庞，在临水的岸边，隐隐与桃花相映，娇颜新妆，风情万种，他遂"玉勒争嘶"，驻足痴望。

"认蛾眉凝笑"两句是佳人的优雅形象，她婉转蛾眉，笑靥如花，略施粉黛，风姿绰约，令作者钟情倾心。但是，作者忽而插入一句"绣户曾窥，恨依依"，值得细细品味欣赏。这暗含了他与佳人曲折的爱情经历："绣户曾窥"是他寻访、追求佳人的画面；"恨依依"则写他寻人不遇或未能如愿的落寞心绪。作者用语隐约含蓄，正暗合他当时的幽微心绪。

下阕由回忆转入现实。"共携手处"三句凄凉幽曲，透露出今昔迥异。当初桃花娇艳馥丽，如今却已香薄似雾、落红随步，失去了往日的美妙风情，直教人怜惜。作者不禁埋怨起春之迟暮，因为它带来了太多的伤感。"消瘦损。凭谁问？只花知，泪空垂"是此时作者的怀抱，佳人不见，恋情已远，他却依旧执着追忆，在离愁别绪中变得憔悴。

"旧日堂前燕"一句出自唐刘禹锡《乌衣巷》，但作者转化其意，突出的不是"飞入寻常百姓家"的世事变迁，而是"和烟雨，又双飞"的清冷孤单。燕子还能双宿双飞，形影不离，而人却是形单影只、茕茕孑立，对比强烈，摄人心魄。"人自老"三句，又是萧瑟之笔，春光仍好，人却已老去，仕途也只有求诸梦里。"前度刘郎，几许风流地，化也应悲"暗用了刘禹锡《再游玄都观》的诗句："百亩庭中半是苔，桃花净尽菜花开。种桃道士归何处，前度刘郎今又来。"其中也暗含刘晨重入天台山的典故，又一次扣住桃花，抒发了物是人非的伤逝感。经过一番缠绵往复的咏叹，作者最后结以"但茫茫暮霭，目断武陵溪，往事难追"点明了往事堪哀、旧梦难续的主题。"武陵"的出现并不突兀，还是运用刘晨上天台山的典故，他曾误入武陵溪，后多称他为"武陵人"，如"晨肇重来路已迷，碧桃花谢武陵溪"（唐王涣《惆怅诗》），所以这仍与"桃花"契合。作者早构建了心灵的美好桃源，承载着他全部的梦，但在一片茫茫的暮霭中，望穿了武陵溪水，也找不回当时的曼妙温情。

本词以桃花始，以桃花终，咏花与写人交织映衬，借物抒情，借物怀人，情致婉曲缠绵，语言妩媚动人。词中，作者的回忆也随着季节不断更换，这种时空流转的写法，乃是中国古典诗词的一大特色。

7. 借物抒情的《减字木兰花·天涯旧恨》

◎ **作者**

宋·秦观

◎ **原文**

天涯旧恨，独自凄凉人不问。欲见回肠，断尽金炉小篆香。

黛蛾长敛，任是春风吹不展。困倚危楼，过尽飞鸿字字愁。

◎ **译文**

远隔天涯旧恨绵绵，凄凄凉凉孤独度日无人问询。想要了解我内心的痛苦吗？请看金炉中寸寸断尽的篆香！

长眉总是紧锁，任凭春风劲吹也不能使它舒展。困倦地倚靠高楼栏杆，看那高飞的雁行，字字都是愁。

◎ **注释**

减字木兰花：词牌名。此调将"偷声木兰花"上下阕起句各减三字，故名。

篆（zhuàn）香：盘香。

黛蛾：指眉毛。

◎ **审美赏析**

这是写一个独处女子，在困人的春天思念远方情人的离愁别恨至深的词。

此词上阕写女子独自凄凉，愁肠欲绝；下阕写百无聊赖的女主人公困倚危楼。全词通体悲凉，可谓断肠之吟，先着力写内心，再着重写外形，触物兴感，借物喻情，词采清丽，笔法多变，细致入微地表现了女主人公深重的离愁，抒写出一种深沉的怨愤激楚之情。

上阕"天涯旧恨，独自凄凉人不问"写独居高楼，已是凄凉，而这种孤凄的处境与心情，竟连同情的人都没有，就更觉得难堪了。"人"为泛指，也包括所思念的远人，这两句于伤离嗟独中含有怨意。如此由情直入起笔颇陡峭。

"欲见回肠，断尽金炉小篆香"，是说要想了解我内心的痛苦吗？请看金炉中寸寸断尽的篆香！篆香，盘香，因其形状回环如篆，故称。盘香的形状恰如人的回肠百转，这里就近取譬，触物兴感，显得自然浑成，不露痕迹。"断尽"二字着意，突出了女主人公柔肠寸断，一寸相思一寸灰的强烈感情状态。这两句哀怨伤感中寓有沉痛激愤之情。上阕前两句直抒怨情，后两句借物抒情，笔法变化有致。

过片"黛蛾长敛，任是春风吹不展"，从内心转到表情的描写。人们的意念中，和煦的春风给万物带来生机，它能吹开含苞的花朵，展开细眉般的柳叶，似乎也应该吹展人的愁眉，但是这长敛的黛蛾，却是任凭春风吹拂，也不能使它舒展，足见愁恨的深重。"任是"二字，着意强调，加强了愁恨的分量。这两句的佳处是无理之妙。读到这两句，眼前便会浮现在拂面春风中双眉紧锁、默默含愁的女主人公形象。

结拍"困倚危楼，过尽飞鸿字字愁"两句，点醒女主人公独处高楼的处境和引起愁恨的原因。高楼骋望，见怀远情殷，而"困倚""过尽"，则骋望之久、失望之深自见言外。旧有鸿雁传书之说，仰观飞鸿，自然会想到远人的书信，但"过尽"飞鸿，却盼不到来自天涯的书信。因此，这排列成行的"雁字"，在困倚危楼的闺人眼中，便触目成愁了。两句意蕴与温庭筠《望江南·梳洗罢》词"过尽千帆皆不是，斜晖脉脉水悠悠，肠断白蘋洲"相似，而秦观的这两句，主观感情色彩更为浓烈。

此词通体悲凉，可谓断肠之吟，尤其上下阕结句，皆愁极伤极之语，但并不显得柔靡纤弱。词中出语凝重，显出沉郁顿挫的风致，读来愁肠百结，抑扬分明，有强烈的起伏跌宕之感。

8. 含蓄丰富的《钗头凤·红酥手》

◎ 作者

宋·陆游

◎ 原文

红酥手，黄縢酒，满城春色宫墙柳。东风恶，欢情薄。一怀愁绪，几年离索。错，错，错！

春如旧，人空瘦，泪痕红浥鲛绡透。桃花落，闲池阁。山盟虽在，锦书难托。莫，莫，莫！

◎ 译文

红润酥腻的手里，捧着盛上黄縢酒的杯子。满城荡漾着春天的景色，你却早已像宫墙中的绿柳那般遥不可及。春风多么可恶，欢情被吹得那样稀薄。满杯酒像是一杯忧愁的情绪，离别几年来的生活十分萧索。错，错，错！

美丽的春景依然如旧，只是人却白白相思地消瘦。泪水洗尽脸上的胭脂，又把薄绸的手帕全都湿透。桃花凋落在寂静空旷的池塘楼阁上。永远相爱的誓言还在，可是锦文书信再也难以交付。莫，莫，莫！

◎ 注释

黄縢（téng）：此处指美酒。宋代官酒以黄纸为封，故以黄封代指美酒。

宫墙：南宋以绍兴为陪都，绍兴的某一段围墙，故有宫墙之说。

东风：喻指陆游的母亲。

离索：离群索居的简称。

浥（yì）：湿润。

鲛绡（jiāo xiāo）：神话传说中鲛人所织的绡，极薄，后用以泛指薄纱，这里指手帕。绡，生丝，生丝织物。

池阁：池上的楼阁。

山盟：旧时常用山盟海誓，指对山立盟、指海起誓。

锦书：写在锦上的书信。

莫，莫，莫：相当于"罢了"之意。

◎ 审美赏析

陆游的原配夫人是同郡唐氏士族的一个大家闺秀，结婚以后，他们"伉俪相得""琴瑟甚和"，是一对情投意合的恩爱夫妻。不料，作为婚姻包办人之一的陆母却对儿媳产生了厌恶感，逼迫陆游休弃唐氏。

在陆游百般劝说、哀求而无效的情况下，二人终于被迫分离，唐氏改嫁"同郡宗子"赵士程。几年以后的一个春日，陆游在家乡山阴（今浙江绍兴市）城南禹迹寺附近的沈园，与偕夫同游的唐氏邂逅。唐氏安排酒肴，聊表对陆游的抚慰之情。陆游见人感事，心中感触很深，遂乘醉吟赋这首词，信笔题于园壁之上。

词的上阕通过追忆往昔美满的爱情生活，感叹被迫离异的痛苦，分两层意思。

开头三句为上阕的第一层，回忆往昔与唐氏偕游沈园时的美好情景："红酥手，黄縢酒，满城春色宫墙柳。"虽说是回忆，但因为是填词，而不是写散文或回忆录之类，不可能把整个场面全部写下来，所以只选取一个场面来写，而这个场面，又只选取了一两个最富有代表和特征的情事细节来写。"红酥手"，不仅写出了唐氏为作者殷勤把盏时的美丽姿态，同时还有概括唐氏人之美（包括她的内心美）的作用。然而，更重要的是，它具体而形象地表现出这对恩爱夫妻之间的柔情蜜意，以及他们婚后生活的美满与幸福。第三句又为这幅春园夫妻把酒图勾勒出一个广阔而深远的背景，点明了他们是在共赏春色。而唐氏手臂的红润、酒的黄封和柳色的碧绿，又使这幅图画有了明丽而和谐的色彩感。

"东风恶"几句为第二层，写作者被迫与唐氏离异后的痛苦心情。上一层写春景春情，无限美好，到这里突然一转，激愤的感情潮水一下子冲破作者心灵的闸门，无可遏止地宣泄下来。"东风恶"三字，一语双关，含蕴很丰富，是全词的关键所在，也是造成作者爱情悲剧的症结所在。本来，东风可以使大地复苏，给万物带来勃勃的生机，但是，当它狂吹乱扫的时候，也会破坏春容春态，下阕所云"桃花落，闲池阁"正是它狂吹乱扫所带来的严重后果，因此说它"恶"。然而，它主要是一种象喻，象喻造成词人爱情悲剧的"恶"势力。至于陆母是否也包含在内，答案应该是不能否认的，只是由于不便明言，而又不能不言，才不得不以这种含蓄的方式表达出来。下面一连三句，又进一步把作者怨恨"东风"的心理抒写了出来，并补足一个"恶"字："欢情薄。一怀愁绪，几年离索。"美满姻缘被迫拆散，恩爱夫妻被迫分离，使他们两人在感情上遭受巨大的折磨和痛苦，几年来的离别生活带给他们的只是满怀愁怨。这不正如烂漫的春花被无情的东风所摧残而凋谢飘零吗？接下来，"错，错，错"，一连三个"错"字，连迸而出，感情极为沉痛。但这到底是谁错了呢？是对自己当初"不敢逆尊者意"而终"与妇诀"的否定吗？是对"尊者"的压迫行为的否定吗？是对不合理的婚姻制度的否定吗？作者没有明说，也不便于明说，这枚"几千斤重的橄榄"（《红楼梦》语）留给了读者来嚼，来品味。这一层虽直抒胸臆，激愤的感情如江河奔泻，一气贯注；但又不是一泻无余，其中"东风恶"和"错,错,错"几句就很有味外之味。

词的下阕,由感慨往事回到现实,进一步抒写其被迫离异的巨大哀痛,也分为两层。

换头三句为第一层,写沈园重逢时唐氏的表现。

"春如旧"承上阕"满城春色"句而来,这又是此时相逢的背景。依然是从前那样的春日,但是,人却今非昔比了。以前的唐氏,肌肤是那样的红润,焕发着青春的活力;而此时的她,经过"东风"的无情摧残,憔悴了,消瘦了。"人空瘦"句,虽说写的只是唐氏容颜方面的变化,但分明表现出"几年离索"给她带来的巨大痛苦。像作者一样,她也为"一怀愁绪"折磨着;像作者一样,她也是旧情不断,相思不舍啊!不然,怎么会消瘦呢?写容颜形貌的变化来表现内心世界的变化,原是文学作品中的一种很常用的手法,但是瘦则瘦矣,何故又在其间加一个"空"字呢?"使君自有妇,罗敷自有夫"(古诗《陌上桑》)。从婚姻关系说,两人早已各不相干了,事已至此,不是白白为相思而折磨自己吗?着此一字,就把作者那种怜惜之情、抚慰之意、痛伤之感等等,全都表现了出来。"泪痕"句通过刻画唐氏的表情动作,进一步表现出此次相逢时她的心情状态。旧园重逢,念及往事,她能不哭,能不泪流满面吗?但作者没直接写泪流满面,而是用了白描的手法,写她"泪痕红浥鲛绡透",显得更委婉,更沉着,也更形象,更感人。而一个"透"字,不仅见其流泪之多,亦见其伤心之甚。上阕第二层写作者自己,用了直抒胸臆的手法;这里写唐氏时却改变了手法,只写了她容颜体态的变化和她痛苦的心情,由于这一层所写的都是作者眼中所见,所以又具有了"一时双情俱至"的艺术效果。可见作者不但深于情,而且深于言。

词的最后几句,是下阕的第二层,写作者与唐氏相遇以后的痛苦心情。"桃花落"两句与上阕的"东风恶"句前后照应,又突出写景,虽是写景，但同时也隐含出人事。不是吗？桃花凋谢，园林冷落，这只是物事的变化，而人事的变化却更甚于物事的变化。像桃花一样美丽姣好的唐氏，不是也被无情的"东风"摧残折磨得憔悴消瘦了吗？作者自己的心境，不也像"闲池阁"一样凄寂冷落吗？一笔而兼有二意很巧妙，也很自然。下面又转入直接赋情："山盟虽在，锦书难托。"这两句虽只寥寥八字，却很能表现出词人作者内心的痛苦之情。虽说自己情如山石，痴心不改，但是，这样一片赤诚的心意，又如何表达呢？明明在爱，却又不能去爱；明明不能去爱，却又割不断这爱缕情丝。刹那间，有爱，有恨，有痛，有怨，再加上看到唐氏的憔悴容颜和悲戚情状所产生的怜惜之情、抚慰之意，真是百感交集，一种难以名状的悲哀，再一次冲胸破喉而出："莫，莫，莫！"事已至此，再也无可补救、无法挽回了，这万千感慨还想它做什么，说它做什么？于是快刀斩乱麻：罢了，罢了，罢了！明明言犹未尽，意犹未了，情犹未终，却偏偏这么不了了之，而在极其沉痛的喟叹声中全词也就此结束了。

这首词始终围绕着沈园这一特定的空间来安排自己的笔墨，上阕由追昔到抚今，而以"东风恶"转折；过片回到现实，以"春如旧"与上阕"满城春色"句相呼应，以"桃花落，闲池阁"与上阕"东风恶"句相照应，把同一空间不同时间的情事和场景历历如绘地叠映出来。全词多用对比的手法，如上阕，越是把往昔夫妻共同生活时的美好情景写得逼切如现，就越使得他们被迫离异后的凄楚心境深切可感，也就越显出"东风"的无情和可憎，从而形成感情的强烈对比。

再如上阕写"红酥手"，下阕写"人空瘦"，在形象、鲜明的对比中，充分地表现出"几年离索"给唐氏带来的巨大精神折磨和痛苦。全词节奏急促，声情凄紧，再加上"错，错，错"和"莫，莫，莫"先后两次感叹，荡气回肠，大有恸不忍言、恸不能言的情致。

总而言之，这首词达到了内容和形式的完美统一，是一首别开生面、催人泪下的作品。

第九章 读宋词，学婉转的含蓄美